捧一把阳光温暖你

孟繁华 著

黄河出版传媒集团
宁夏人民出版社

图书在版编目（CIP）数据

捧一把阳光温暖你 / 孟繁华著. --银川：宁夏
人民出版社，2018.1（2023.8重印）
ISBN 978-7-227-06868-6

Ⅰ.①捧… Ⅱ.①孟… Ⅲ.①散文集—中国—当代
Ⅳ.①I267

中国版本图书馆CIP数据核字（2018）第013754号

捧一把阳光温暖你　　　　　　　　　　　　　孟繁华　著

责任编辑　陈　晶
责任校对　姚小云
封面设计　石　磊
责任印制　侯　俊

黄河出版传媒集团 出版发行
宁夏人民出版社

出 版 人　薛文斌
地　　址　宁夏银川市北京东路139号出版大厦（750001）
网　　址　http://www.yrpubm.com
网上书店　http://www.hh-book.com
电子信箱　nxrmcbs@126.com
邮购电话　0951-5052104　5052106
经　　销　全国新华书店
印刷装订　三河市嵩川印刷有限公司
印刷委托书号　（宁）0027078

开本　880mm×1230mm　1/32
印张　8.75　　　　字数　170千字
版次　2018 年1 月第1 版
印次　2023 年8 月第2 次印刷
书号　ISBN 978-7-227-06868-6

定价　45.00元

序一：阳光之书

梦　也

读孟繁华的散文集《捧一把阳光温暖你》，突然就想到了美国黑人民权运动领袖马丁·路德·金的著名演讲词——《我有一个梦想》，那是我至今为止读到的最令人感奋的文章之一："我有一个梦，梦想这国家要高举并履行其信条的真正含义：'我们信守这些不言自明的真理：人人生而平等。'"

可见凡是发乎真情，且有理有据的文字皆能沁人心脾，撼人心魄，也最易引起读者的共鸣。《我有一个梦想》之所以有强大的穿透力，能够唤起千百万美国黑人为自由平等而不遗余力，正是因为作者有一种高尚的使命感。其次，我还看过马丁·路德·金写给一位美国牧师的信，语气温和、平易近人，但理据俱强，不但为自己所倡导的黑人民权运动辩护，并且回答了许多疑问和反对的声音。

身陷囹圄，且能做到不卑不亢、不激不愤，可见马丁·路德·金具有多么大的人格魅力和感召力。

他山之石，可以攻玉。我之所以在谈孟繁华的散文之前提到了马丁·路德·金，是因为我觉得，凡好的文章都有永恒性和普遍性，何况我觉得，在孟繁华的身上也存在着一个强烈的永不退色的梦想，那就是文学之梦。

在国人普遍重视物质利益的当下，关注一下精神，打扫一下心灵，且致力于某种在常人看来不切实际的艺术，不能不说是一件好事。在物质竞争力显得越来越激烈的当下，沉下心来为祖国的文化事业多做一点事，不能不说极为高尚。为此，我觉得一个在企业界摸爬滚打了几十年的"经济人"，能长久保持一颗热爱文学的心，且能够在繁忙的工作之余，倾心书写，就显得难能可贵。

孟繁华虽不是专业创作者，但作品的数量和质量都不能低估。我觉得最让我看重的是，他是一个虔诚的忠实于文学的人，不张狂、不浮躁，老老实实、本本分分。文学上的老实和本分与生活中的老实和本分还不同，因为这不仅是一种态度，更是一种敬畏。倘若少了此二者，那么他或她要么是半瓶水要么就是个欺世盗名者。

由于经历丰富，再加上有许多的真情实感充溢胸间，孟繁华的文章就不见无病呻吟之态，也无假大空之嫌。他的胸有成竹体现在文笔的朴实和情感的真挚上，这在他的亲情类文章和故乡系列中都有体现。我觉得，他的这部散文集，不仅是对亲身经历的记叙，更是对自己心路历程的勾勒。由于不做作、不矫饰，倒使文章有了一种泥土味和人间烟火味。

凡是接近大地、接近民间的创作，都是具有生命力的。如果说文学是一片森林的话，我们不仅需要高大挺拔的树木，也需要鲜花野草；我们不仅需要电闪雷鸣，也需要小溪流淌、百鸟啁啾。

　　文学不是百米赛跑，应当是铁人三项或马拉松。文学之梦是心中不灭的灯火，它可以一直鼓励你前行，尤其是在你精神空虚的时候。然而，文学本身的严肃性和丰富性又决定了我们仅有一个梦想还不够，还需要我们不断地去从生活和文化中汲取营养，不断完善自己、充实自己、训练自己，才有望取得更大的成绩。

　　我希望这部散文集，不仅是一个总结，更是一个新的起点，它应该成为孟繁华跃上一级新的文学台阶的坚固基石。

2017 年 12 月

序二：人性光辉的文字

韩　义

　　繁华文如其人，出类拔萃，著作似山花烂漫。拜读繁华的作品，深感篇篇溢香，沁人心脾，令人爱不释手。其题材之广泛，意境之厚重，韵味之悠长，令人读来不觉耳目一新。其文字句幽默风趣，展现人生百态、世间万象，涉猎多彩乡土生活，令人如临其境。其中尊师、孝亲等诸多感人肺腑、催人泪下的文章，令人震撼！如《灵魂的梯子》一文中，"心潮涌动，仿佛春天里的一场小雨，冲洗着混沌的心灵，诗歌在我心里扎下了根。多年后，我再次捧读顾城、泰戈尔、雪莱的诗，总会想起白老师热情洋溢的吟哦。诗中那些优美的句子，便幻化成灵动的画面给我懵懂的青春涂上了斑斓的色彩，激发起我创作的冲动。"这有韵律的诗词语言，写照了他的白老师有着被爱拥抱着的人生！有些富有哲理的句子，在多篇文章中，以不同的意境频频出现。文章是那样的典雅、深邃、感人，情节让人铭记在心。如《无盐亦有味》的篇首有句名言，"爷爷如一粒沙的生命虽然已经远逝了，却以另一种形态顽强地深深植入后辈的记忆中，让人既敬仰又心疼和永久怀念。"特别是描写父亲像宝贝似的呵护栽种的两棵梨树苗，描写得那样真挚，令人神往，似乎是作者身临其境，观赏着两棵小小的可爱的梨树苗，耐心地守候着、呵护着，赶走了羊只和骡子，免于幼苗被啃吃、糟蹋。在父亲的精心照料下，培土、施肥，幼苗茁壮成长。冬天来临，把梨树用稻草严严实实地包着，树梢穿上了父亲用羊毛攒成的"小棉衣"等，细心呵护，唯恐寒冬袭击了树苗。"翻过年来，脱了包裹梨树的'棉衣'，枝条依然泛着绿，暖暖的春风一股一股地吹过，枝干像上了发条似的，攒着劲地拉开了身段，枝条上鲜嫩的芽赶着趟儿吐露了出来，渐渐地，一小朵一小朵的梨花便次第开放了。"简直是神来之笔，是那样的生动，活脱脱地展示着梨花的生命力。更是活灵活现地描写了月光下梨花的婀娜多姿，仙境般令人神往。《月照梨园》一文，意境深远，文笔流畅，描写精细，仿若置身于月光下，仰视高大的梨树叶丛中洒下的斑驳明亮的数不尽的晃动着的一个个小太阳，引人身临其境，细细品味。妙！感人至深，真乃佳作！

　　繁华阅历颇丰，精读名家大作，下笔才有至理名言和自己的见解。比如，他在文中评说了男女的作为，"有人说，男人有男人的世界，女人有女人的天空。男人的世界在酒杯中，在名利场上；女人的天空在家里，在老公和孩子身上。男人辛勤工作、努力奋斗、拼命挣钱的动力来自女人；女人任劳任怨、不辞劳苦、无怨无悔地付出是为了家庭。可我认为，男人在打理好自己世界的同时，还应该抽出时间来装扮女人的天空，只有女人的天空晴朗了，男人的世界才会精彩。"好一个男人的世界才会精彩！写得如此中肯，贴近生活，直书现实。

在写自然环境的文章里，常用拟人的笔触描绘动植物的灵性和动态。如"我爱夏天里在荷叶上嬉戏的青蛙，体验它们没有忧伤、没有烦恼，把湖水当做它们的乐园，兴致盎然地表演着一场接一场大合唱；也喜欢那些在荷花上翩翩起舞的蝴蝶，惹得一湖的花蕾竞相开放，开心得像一张张童真的笑脸；还有沿湖林荫小道上的不知名的鸟儿，一会儿跃上枝头独唱，一会儿聚在树梢和鸣。"如此这般生动、活泼、耐人寻味的拟人词句，在文中比比皆是、举不胜举，令人看后心旷神怡、赞不绝口。在他活泼的花语胜景里和鸟木似人的灵性中，充满了繁华热爱生活，咏颂大自然，壮阔雄浑的诗人情怀！尤其是《骡子的眼泪》一文，更是令人回味无穷。

繁华孝敬父母、尊重师长，堪称青年人的楷模。在他的作品中，多次描写了他永不忘怀的尊敬的中小学老师和大学的恩师。尤其是对自己的父母关心孝敬、无微不至。人常说，不孝顺的人、忘恩负义的人，将一事无成。可他忠孝双全，出类拔萃，令人竖指赞扬。比如，在《手心里的温暖》一文中写道："我十岁时，突然得了荨麻疹，高烧不退，浑身发痒，甚至昏迷不醒……可母亲不相信她的儿子就这样去了，四处求医问药，几次哭着给乡村医生跪下磕头，央求给我治病。听姐姐说，母亲为了给我治病，信了偏方，到几十里外的山上给我采摘草药，手被蝎子蜇了，手背肿得似蒸馍。可母亲还是忍着疼痛，冒着中毒的危险……由于昏迷，我的嘴巴紧闭着，用筷子都撬不开，母亲就含了药汤，嘴对着嘴地给我喂药，一口一口，如哺雏燕。五天五夜后，我醒了过来，母亲却病倒了。"啊！伟大的母亲，血肉相连的母子情，令读者读来热泪盈眶，感触极深。这是生命的写照，一曲生命的慷慨之歌！又如《芬芳旅程》一文中，他写道："一辈子没有离开家乡，没出过远门的父母亲，坐着火车疾行六千多公里，感受了远方的诗意和美好……一进入火车车厢，便像个小孩子似的，左瞧瞧，右看看，仿佛一切都是新奇的，也似乎一切都是那样的让他们愉悦。这个时候我的心里却打着鼓，担心父母能不能吃得消一路的劳顿……在曲阜去往北京的高铁列车上，座椅宽大舒适，父母比初次坐小汽车还兴奋。一个劲地说，比睡在床上还舒服哩。一边又絮絮叨叨地说着看过的景致、听过的讲解。母亲靠着窗户，手指着车窗外急速闪过的树木、村庄、河流，惊异地说：'怎么树也和车比赛跑步呢，怕是跑不过的吧？'像是在问父亲，又像是自问自答。对面大学生模样的女孩笑着告诉母亲：'高铁火车可快着呢，普通火车跑十几个小时的路程，这趟车顶多两个多小时就到。'母亲听了，沉默片刻后突然说：'那我们岂不是坐上火箭了吗？'女孩扑哧一声，捂着嘴笑得腰也直不起来。父亲紧紧挽住母亲的臂膀，一边听着母亲说话，一边目不转睛地观赏着窗外掠过的美景。"这次旅游，尽显繁华夫妻尽孝的一个侧面。当然，类似尽孝的文章，在本书中还有几篇，在此不作赘述了。

繁华除了动笔抛洒自然情感之外，在工作上，他也是兢兢业业。不仅仅是在报刊上发表小说、散文、诗歌、新闻报道等体裁的文章，更多的是在写企业管理方面的理论文章和纪实文学。如，本书中的报告文学《鹰击长空》一文报道了广袤的塞北高原跃起的一颗启明星——逐步拓展、阔步前进的大型造纸企业集团的领导人——刘崇喜。这篇报告文学写得有血有肉，人物鲜活，数据确切，事实俱全，无他人能为之，只有熟悉美利纸业的孟繁华才能了解详情，如实道来，挥笔成文，公布于世。

现以孟繁华先生的几篇小作叩门，略述一二其社会实践的步伐和辉煌的成果，谨以为序！

2017 年 7 月 9 日

宁夏大学额丝轩雅室

棒一把阳光
温暖你 目录

灵魂的梯子

作家梁文道说，如果一个房间放满了书就有了灵魂的话，我们实在也需要一把梯子摆在那里，以测量灵魂的深度。那么那些为我们指路的师者就是净化我们灵魂的梯子。

一

小学一年级时，我九岁，在班里算是超龄的了。要读的书却只有两本：一本语文，一本算术，学习负担不算重。上学的地方离家约两里地，不远也不近。我每天背着母亲缝制的花书包，引领着一帮本村或邻村年龄与我差个一两岁的顽童，跨沟渠、穿田野，蹦蹦跳跳兴冲冲地往返于家和学校之间。

小学校原先是一座庙宇，从教室的门头、地砖、梁柱，依稀能够看到寺院的痕迹，显得神圣而厚重。学校的老师经常变动，年轻的女老师居多，有的老师上不了一个月的课，连容貌尚未记住，便又换了新人。

整整两年时间，老师走马灯似的更换。大多时候，教室里根本就没有老师，我们都是嘴里呜哩哇啦地读课文，眼睛却痴痴地期待着新老师的光临。直到三年级一开学，校长引着一位女老师来到了我们班。

那天，班里照例很嘈杂，同学们左顾右盼，你一言我一语，比赛似的吵闹着，像清早的鸟儿欢叫个不停。待女老师微笑着向我们鞠了一躬后，教室里顿时安静了下来，几十双眼睛忽闪忽闪地注视着前方。

我仔细端详着这位女老师：衣着朴素、举止得体、模样端庄，看上去三十岁左右的样子，身材略微瘦小，一张鹅蛋脸，乌黑的头发扎成一对长长的辫子，大大的眼睛水汪汪的，大概是她正被爱包裹吧。女老师的声音甜甜的，从嘴里冒出的每一个字都是那么婉转柔美，好似散发着一股奶香味，妈妈的味道不就是这个样子的吗？

"老师，我们能叫你一声妈妈吗？"我忍不住站了起来，突兀地向老师发问。

"当然！"女老师先是惊异地看了看我，而后目光缓缓地扫向班里的其他学生。老师的脸上像洒满了春天的阳光，温暖的声音如电波一般传遍了每一个幼小的心灵。老师姓柳，是个城里人。我们便叫她"柳妈妈"了。

柳妈妈呵护着我们这群整天撒野的乡下孩子，她传授我们知识，也向我们播撒着爱。那时候的冬天极为寒冷，学生们贴身穿着厚厚的棉袄棉裤，依然冻得瑟瑟发抖，吸溜着两管稀鼻涕，顺手便用袖子一抹。时间长了，袖口竟变得黝黑发亮，风一吹，铁壳似的僵硬冰冷。课间休息时，柳妈妈走在教室的过道上，看到那些不停吸着鼻涕的小同学，总是怜爱地摸摸后脑勺，再俯下身子，托起小胳膊，一个挨一个地用小手绢沾了水擦洗袖子，而后让这些同学围在火炉旁烤干。

柳妈妈为了不让我们受冻，每天骑着自行车，早早就赶到学校，把火炉生得旺旺的，待我们挟着一股寒风来到教室时，暖烘烘的热气扑面而来，无限的爱意便弥漫开来。家远的同学都要带午饭，最后一节课，柳妈妈就给同学们在炉子上热饭，当酸菜豆腐土豆丝的香味在教室里飘荡时，我们的心儿就像投进了妈妈的怀抱。

班里有一位姓王的同学，学习异常刻苦，总是每天第一个到校，最后一个回家，中午吃饭时却躲得远远的。

不管春夏秋冬，王同学总是穿着一件旧得发白的单衣，裤子上补丁摞着补丁，头发脏兮兮的，爬满了虱子和虮子。有一年期末，王同学被评为了校级"三好学生"，学校召开表彰大会，他上台领奖时裤子后面破了，竟然露出了白花花的屁股，惹得台下的学生哄然大笑。王同学木然地站在台子上，羞得放声大哭。后来我们才知道，王同学的妈妈去世早，家里兄弟姊妹又多，一块五毛钱的学费都是七拼八凑借来的，更何况穿衣吃饭呢。

那个时候，我就在想，没妈的孩子真是像根草，幸运的是他遇见了柳妈妈。每次家访，柳妈妈都要为王同学洗衣做饭、缝衣纳鞋，还贴补学费。王同学一次又一次地退学，柳妈妈一次又一次地劝返。成年后的王同学尽管学业无成，却逢人便说柳老师是他的妈妈，直到如今。

写第一篇作文时，柳妈妈让同学们给远在他乡的亲人写一封信。刚好大姐在银川当保姆。母亲本来是不同意的，可大姐脾气执拗，一心要出去闯荡。大姐走了，母亲心里空落落的，总想知道大姐生活近况，可又不知道怎样才能联系上，就在我的耳边一遍遍唠叨。我便按照柳妈妈讲的作文要领，洋洋洒洒写了三页稿纸、大约八百字的一封信。

在其他同学抓耳挠腮，尚不知如何下笔时，我已经高高地举起了小手，骄傲地向柳妈妈交上自己的"大作"。柳妈妈惊异地望了望我，微笑着接过作文本，继而却皱起了眉头。

"你写得很快，说明你很聪明。但是写信，既要明明白白地告诉别人你的近况，也要清清楚楚地问明白自己想知道的事情。你的字写得这么乱，错别字又那么多，你姐姐怎么知道你在说些什么呢？"柳妈妈摸着我的头耐心讲解，还不厌其烦地一个字一个字地帮我修改润色。

经过柳妈妈的指导，我的第一篇作文成了同一年级最优秀的，不仅在班里作为范文让同学们学习，而且传到了高年级学生那里。这封信寄给大姐后，大姐高兴得立马回了信，母亲自豪地逢人便夸她的儿子已经能写信了，我激动了好长一段时间。喜欢写作的种子，大概在那个时候就种下了吧。

那时候，小学校四周杂草丛生，遍地屎尿。后来柳妈妈让我们在学校周围植上树，和小树比比谁长得快，她要看着我们长大，看着小树成才。为了搞到树苗，柳妈妈带着我们到乡间、到田埂，只要是有杨树的地方就有柳妈妈和她的学生的身影。她用娇嫩的手，折下了一根一根正在发芽的树枝。她让我们把这些树枝用斧子砍成一节一节的木棍，然后用水浸泡了一天一夜。

一切准备妥当，家近的同学拿来了铁锹、水桶。柳妈妈挖土、平整，我们扦插、培土、填坑、浇水。栽下去的木棍，每一个同学都认领了三到五根。于是，每到下课时，我们便趴在树坑旁，观察着树芽的长势，提心吊胆，生怕自己栽下去的木棍芽死了、干枯了，盼望着木棍上的树芽抽出一根根嫩嫩的枝条，眨眼间长成参天大树。柳妈妈说，不用着急，只要我们把这些枝条种在心里，就一定能长出大树。

第二年春天，木棍长成了树苗，秋天时已有我们的小胳膊粗了。同学们用小刀在自己的小树上刻下了名字，整天与小树比身高。柳妈妈看着她的学生与小树握手、同小树吟唱、与小树欢笑，心如花儿般绽放。

两年后，柳妈妈调到了别的学校，从此再没有了她的任何消息。可我的梦里依然有柳妈妈的馨香和她长长的辫子。

多年后再路过小学校，那些低矮的土房子已变成一座别致的小洋楼，一切都陌生得恍若隔世，唯有我们栽下的小树长成了参天白杨，粗粝的树皮上留着业已模糊的我们的名字，片片树叶在微风中沙沙作响，像是在深情地诉说着那段充满了爱和温暖的童真时光。

二

人生的每一段经历都如一把刻刀，雕刻着成长的印记。也许荆棘密布，也许一路芳香。

乡村学校的孩子，对于理想是极其模糊的，未来似乎是极为遥远的事情。父母与土地打交道，整天面朝黄土背朝天，风里来雨里去，无暇顾及孩子们的学业。子女书念得好，跳出农门不再与土坷垃为伍，不用修地球受苦；书念的不好，只好接下父辈的锄头，朝露相伴，汗水和泥。生活总是要过下去的。

学校的风气和老师的教学态度与这乡野的风一样，时而热情似火，时而狂叫怒吼。学生们的心思也就乱糟糟的，心思放在学习上的寥寥无几。新来的一位姓芮的老师却不信邪，决意要培养出一批优秀的学生。

芮老师本是教数学的，可他却要求我们每天提前半个小时到校，高亢激扬地领着我们读英语单词、背诵课文。芮老师读英语单词总是吐字不清，明显夹杂着方言，同学们私下里笑芮老师是"半吊子"英语老师。但却佩服他诵读课文时的抑扬顿挫和诗情画意，那摇头晃脑的样子，颇有点私塾先生的遗风。

那年我们初三，芮老师刚刚师范毕业，比我们大不了几岁，因而很容易与同学们拉近距离。我们俨然把他当作了热情的孩子王，芮老师更像一个循循善诱的兄长，引领着一帮花季少男少女，激情勃发地遨游在青春的海洋中。

在芮老师的鼓励和引领下，同学们的学习兴趣渐渐高涨了起来，学习劲头一天比一天足，班里的学习风气也逐渐浓厚起来。尤其初中最后一个学期，大家在芮老师的鞭策下，个个心里攒着一股劲，聚精会神听课，认真刻苦读书，大有"不到长城非好汉"的英雄气概。

但是，一向努力上进的我，却沉浸在了青春的自我膨胀中，好像变了一个人似的。不爱劳动，厌烦学习，看什么都不顺眼，不是踢踢打打，就是骂骂咧咧，学习成绩直线下降。书包里装的已不再是课本，而是一把锋利的三叉刮刀和一袋父亲的旱烟叶子，三天两头打架滋事，公然在校园里叼着用课本纸卷的纸烟，吞云吐雾，一副登徒浪子的形象。

那时候时兴霹雳舞，二叔家刚好买了录音机。晚饭一吃，我便和村里的大孩子跑到二叔家的小院里，围在一起，一会儿"擦玻璃"，一会儿"爬电杆"，舞得不亦乐乎。亢奋的打击乐伴着我们胡乱编造的舞步，疯狂得忘记了青春的烦恼，忘记了老师的谆谆教导，每天都是在父亲的一顿棍棒后，方才四散而逃。

正处于青春叛逆期的我，身穿二哥的一身黄军装，头戴用报纸撑起来的黄军帽，被一帮所谓的小弟兄簇拥着，骄傲地骑着自行车，在尘土飞扬的马路上撒把，逮着年龄小或是看不顺眼的学生，上去就是一顿拳打脚踢，然后哈哈大笑着扬长而去。

终于有一天，忍无可忍的班长居然当众指着鼻子大骂我"混球"，我觉得自尊心严重受挫，一怒之下，抓起文具盒就砸了过去，不偏不倚，砸在了班长的鼻子上，顿时班长鼻血直流，吓得班长在我的小兄弟的哄笑声中，捂着鼻子冲向了洗手池。

这还不解气，放学后，一帮小弟兄把班长堵在了路口，又是一通痛打，打得班长不敢来学校上课了。芮老师知道了情况，把我叫到了教室外面，不由分说，一记耳光扇向了我。按我当时的狂傲，扑向芮老师打他一顿是极有可能的，我当时就攥紧了拳头。

也许是意识到自己过分了，也可能是不敢和老师叫板。不管怎么说，我还是松开了拳头，低着头纹丝不动地站在芮老师的面前。

"你的青春就这样耗费吗？你的未来在哪里？青春是用来回忆的，你有回忆的资格吗？"隐约中只听见芮老师冲我吼，他激动得唾沫四溅，声音都颤抖了起来，最后竟然泣不成声，呜呜咽咽地哭了起来。

我震惊地抬起头来，看到芮老师一个大男人，面对自己的学生，竟然哭得泪流满面，鼻翼颤动，我的抗拒心理忽然奇迹般消失了，取而代之的是深深的自责和内疚，有什么东西开始在心中蠢蠢欲动。

芮老师曾经告诉我们，他也是农村人，自小聪明伶俐，学习拔尖，上大学本是十拿九稳的，却因为家里兄妹多，生活穷困，吃了上顿愁下顿，几次面临辍学的危险。由于芮老师母亲的坚持，他才勉强读完初中，考上了初级师范，走出农门。因此他深深体悟知识能改变命运的真切含义，他不允许他的学生不珍惜上学的机会，荒废大好的时光。

芮老师的愤怒和泪水，像一颗钉子镶进了我的心里，我在细细地体味，在深深地自责。我开始安静地坐下来，认真地思考未来、规划人生，并再一次攥紧了拳头，暗暗下了决心。

可是，五十天的时间能干些什么，脑子里能装进去多少知识？我问我自己。毕竟一个数理化只考三四十分的"问题少年"，与课本早已形同陌路。芮老师似乎在黑暗中看到了一束光，见到我总是一个劲地给我打气。他鼓励我："为什么不试一试，也许明天会有不一样的阳光。"

看着芮老师期待的目光，我一头扎进书堆里，反复做题，反复推演，诚心求教。那五十天，我早上五点起床，晚上十二点睡觉，几乎没有见过太阳的面，可我的心里却盛着一千个大大的太阳。灿烂千阳照亮了我的世界，温暖了我的心魄，使我热血滚滚、斗志满满。

中考如期而至，我竟然以超出录取分数线八十分的成绩，稳稳考上了重点高中。在我的代课老师和同学们惊异的目光中，我知道应该把满腔的感激之情，全部捧给谁！

那时流行一句歌词："命运不是那辘轳，要挣断那井绳……"我在芮老师的指引下，把自己的命运紧紧地抓在了手中。

我的兄长般的芮老师，您还好吗？现在，您还记得我吗？

三

上高中时，我遇到了白老师。

白老师大学一毕业，就执教高一重点班的语文，这在乡下学校算不了什么特殊待遇。白老师中文系科班出身，课讲得不算特别好，但也让学生们听得津津有味。白老师身材修长，皮肤白皙，棱角分明，留着二八式小分头，常穿一件浅蓝色开叉小西装，在尘土飞扬的乡村学校显得清新灵动、朝气蓬勃。

第一堂课，白老师就成了学校的新闻人物。班里有一位女同学，长得白嫩可人，披肩发，大眼睛，是那种很吸引异性目光的女生，恰好又坐在第一排。白老师一鞠躬，目光就扫向了这个女生，居然忘记了接下来要说的话，同学们久久听不到那声"请坐"，奇怪地抬头，看到了白老师的失态。

同学们开始感到好笑，个个露出一脸怪相，女同学大概意识到了什么，头低垂了下去。几分钟过去了，白老师竟还无法还魂儿，静悄悄的教室，开始有人窃窃私语，并有由弱渐盛之势，几乎掩盖了白老师反应过来后的讲话。白老师就这样进驻到了我的脑海，后来我常常猜想白老师是出于怎样的心情，才会失态至此？虽假设了许多种可能，但毕竟没有定论。

很快，我就因为语文成绩好，得到白老师的器重，而对他有了更深的了解，白老师并非同学眼中的好色之徒。他的诗词功底很深，讲课中随意引用李白、王维、辛弃疾等大诗人的诗词，洋洋洒洒，忘我倾吐。每当这个时候，随着白老师春风化雨般的吟诵，我会感到心潮涌动，仿佛春天里的一场小雨，冲洗着混沌的心灵，诗歌在我心里扎下了根。

多年后，我再次捧读顾城、泰戈尔、雪莱的诗，总会想起白老师热情洋溢的吟哦。诗中那些优美的句子，便幻化成灵动的画面，给我懵懂的青春涂上了斑斓的色彩，激发起我创作的冲动。

陆陆续续，我也写了一些所谓的诗，尽管不成气候，但却滋养了我迷茫的心田。每当这时候，我就会想，白老师一定是有着被爱拥抱着的人生，他该有一位娇媚的女朋友，经历过一些缠绵的爱情，故事想必很精彩。要不然他的身上怎么就透着诗人的气质，散发着阳刚的魅力。

上了高中，家远的同学就得住校，奇怪的是大部分同学都不爱住学校的宿舍，至于什么原因，无从知晓。学习好的同学早早就被老师安排到了自己的宿舍或是教研室，一些同学还会到学校附近的农户家租房子，有关系的同学会住进学校旁边的公社或是小学校。而我算不上学习最好的，却偏偏住进了白老师的宿舍里，引得其他同学羡慕嫉妒恨。

白老师的宿舍和他的人一样，干净、整洁，书架上放着他的大学课本，还有几本诗集，有《唐诗三百首》，也有舒婷、普希金等中外著名诗人的书。他是城里人，每天放学后就回家了，我可以自由地翻翻白老师的大学课本。倒不是提前预习，而是想看看他的书里会不会夹着某个女生写给他的情诗，但每次我都懊丧失望了。

于是我改变策略，一下课就跑到白老师的宿舍，有时候假装喝口水，有时候假装看会书，白老师不恼也不吭声。有一次，我去白老师的宿舍喝水，一进门见几个老师在打扑克，我诧异地呆在门口，出也不是进也不能。白老师怎么也玩扑克呢，他怎么会玩扑克呢？我莫名其妙地竟然虎着脸，粗声粗气地对白老师说："我在这看会子书！"白老师的脸竟古怪的变得更白了。

冬天的时候，白老师的宿舍里生起炉子，既取暖也为做饭方便，可白老师一次饭也没做过。他把碗筷和炒锅刷得干干净净，交代我可以用这些炊具做饭。我又哪会自己做饭呢？虽然那时候家里穷，每天只能去学校食堂吃一顿饭，常常饿得眼冒金星。

终于忍不住，叫了一位据说会做饭的同学到白老师宿舍，他答应为我做一顿糯米饭，还说是他跟奶奶学的独门手艺，保准我吃得喷香。他有模有样地淘米下锅、笼火烧油，盖上锅盖后，就拉我到操场上踢球。

待我们一身臭汗，饥肠辘辘地回到白老师的宿舍，想要饱餐一顿。一推门，迎接我们的是一股呛人的焦煳味，屋里浓烟弥漫，黑絮乱飞，饭烧焦了，锅底也破了洞。

这下闯了大祸，我们俩都傻了眼。最后只好悄悄清理战场，就等白老师把我轰出宿舍。没想到，白老师不仅没把我赶出去，还从家里又拿来了一口新锅。我青春的血脉，仿佛有一股爱的暖流清晰地穿过每一根血管，暖遍了整个身心。

我曾经到白老师的家里拜访过，也是唯一的一次。我的目的很明确，就是想感谢白老师对我的照顾。我向父亲要了五块钱，父亲破天荒地没问钱的用处。我买了两瓶银川白、两瓶苹果罐头，卖货的阿姨听说我买东西是要去看望老师，说我这么小的年纪就知道巴结人，让我哭笑不得。

白老师家是个四合院，院子收拾得一如他的为人一般严谨，所有东西都摆放有序。乍见到我，白老师显得很激动，甚至忘了一些冠冕堂皇的寒暄，至少我希望白老师这样说。白老师正在布置婚房，红艳艳的床单，红艳艳的窗帘，就是没见白老师的女朋友，也没见一架书，让我觉得少了些什么。

直到几年后，白老师才结了婚，娶了个乡村教师。当我忆起有关白老师的点点滴滴时，我的两鬓已爬上了白发，可是时光的刻刀，并没有抹去这些记忆。

四

韩先生是一位大学教授，我在那所学校读书时，他在校报编辑部做着编辑的差事。同学们在闲聊中总会提及韩教授，大家都亲切地叫他韩先生。

我很是向往能够结识韩先生，但每次遇见，心里却是怯怯的欲言又止。在一次通讯员培训班上，韩先生作为主讲人，穿着一件灰扑扑的夹克衫，带一副金丝边眼镜，笑如一朵开放的花儿。韩先生讲课不带讲义，引经据典，侃侃而谈，从普利策到邵飘萍，从魏巍到穆青，枯燥的新闻写作被他讲述得生动活泼、丰富有趣。

我那时候已在省城的报纸副刊上发表了几篇豆腐块，学校的通讯社和文学社很快就吸纳了我。我有幸能与韩先生在一起谈文学、谈人生，议论时事，也朗诵各自写的文学作品。并时常光顾韩先生的办公室，起初是请教一些写作的方法、技巧，渐渐地写了稿子想要投给校报。

第一次投稿，我用信封把稿件装了起来，悄悄地递给韩先生后，就欲急速逃离。韩先生却叫住了我，随手拆了信封就要看，我心里的小鼓敲敲打打，担心受到先生的严厉批评。

韩先生摊开稿纸，眉头皱得紧巴巴的。我的心脏狂跳着，忐忑不安地盯着韩先生的一举一动，心里七上八下、不知所措，为潦草的字迹自责，为莽撞的行为感到羞愧。但是，韩先生低着头一边看着稿子，一边拿起铅笔修饰着一些字句，还把一些笔画不正的字顺了过来。

当韩先生改完稿子，抬头看我时，我仿佛一个犯了错的孩子，呆立在一旁无所适从。韩先生显然看出了我的窘迫，一把拉过了我的手，对我说："你的文章写得挺好的，好好努力。但是字迹是人的脸面，还是要下工夫把字写好的。"那一刻，我看到韩先生和蔼的脸庞像极了我的父亲，他的话像鞭子一样时时抽打着我。

从此我不敢直接写了稿件就往出投，总是央求字体漂亮的女同学帮我誊写得工工整整才投递出去。为此还下了很大的工夫练习写钢笔字，也许是方法不当，字终究没能练得刚劲有力、方正圆润。

但我与韩先生的交往日渐频繁，他夹着方言的普通话，朴素、纯净，没有一点大教授的孤傲。他学养丰厚、知识渊博，对自然科学和社会科学都有研究，创作的散文、剧本，文字坚实、耐读。后来我才知道，韩先生大学学的是化学专业，自学了日语、声乐，能翻译日文作品，还能弹钢琴和手风琴，是多才多艺的鸿儒呢！

韩先生当了十多年讲师后，组织上要提拔他当部门的领导，他婉言拒绝了，偏偏喜欢当一个校报的编辑。一张报纸，韩先生校稿、画版、跑印刷，忙得顾头顾不了尾。韩先生对投到校报的稿件总是不厌其烦地修改、润色，一些初入门的学生的稿件让他改得结构严整、语言意趣盎然，直到满意方肯罢休。我的多篇文章也在韩先生的精雕细琢下，像模像样地变成了铅字。

韩先生对待学生如同自己的孩子，极尽所能给予帮助，经常约了学生到他家里打牙祭，狭小的屋子里便溢满了韩先生爽朗的笑声。韩先生用心哺育着一茬又一茬的学生，耐心地引导热爱写作的学生练就过硬的文字功底，毕业时又帮助推荐工作。一些通讯社的同学后来当了高官，成了单位里的骨干。而我因着发表了几篇文章，顺利地敲开了工作的大门。

毕业后我在小城的一家国企谋到了秘书的工作，韩先生担心我凌乱的字体和粗心的毛病误事儿。几次写信告知我好好练字，每天做好笔记，学会总结，坚持写作。每次遇到工作和生活上的烦恼，我便赶到韩先生的家里向其倾诉。于是，学校的操场上、树荫下，都留下了我和韩先生倾心交谈的身影。韩先生用他永远年轻的心态、阳光的笑容，化解了我内心的急躁、彷徨与无助，他就像是我人生长河里指路的灯塔。

可以这样说，我从一个小秘书，在毫无背景关系的环境中，在大型企业的多个管理岗位任职，离不开韩先生如父般的哺育。

韩先生在大学校园里的家俨然成了我在省城的依恋。二十多年了，我依然把那里当成了港湾，时不时地带着妻儿去看望先生，与先生彻夜长谈，听先生聊他新写的剧本，说歌舞团的长长短短。有时待在屋子里闷了，先生便带着我到学校外面的广场上，学着跳交谊舞，或者到小吃摊上品尝零嘴。先生一辈子不抽烟、不喝茶、不饮酒，可总是给我泡了浓浓的新茶让我品尝，还叫来他的儿子陪我喝酒……

直到我与先生成了无话不谈的忘年交后，才明白先生是把每一天都当成了生命的起点，笑看尘世，磊落芳华。韩先生学富五车，才艺芳菲，可妻子却是一位连自己名字都不会写的家庭妇女，断断续续在学校的食堂打短工。显然先生与妻子的差距大得离谱，可先生在讲台上幽默风趣，在家里与妻子家长里短谈兴十足。妻子要看电视剧，先生陪着唠嗑聊天；妻子要散步，先生搀扶着，徜徉在夕阳下。就这样，先生伉俪风风雨雨几十年，相濡以沫，携手到老。

韩先生有三个子女，作为大学教授的儿女，考个大学应该是轻而易举的事，可偏偏三个孩子都先后高考落榜。这搁在谁心里都不是个滋味，可先生没有气恼，没有责骂。他平静地告诉孩子们，只要学下个技能，总能养活了自己。三个孩子不负先生的厚望，相继进了军营、做了外企高管、当了大学讲师……

进入耄耋之年的韩先生依然每天读书、写剧本，笑呵呵地

弹奏他心爱的电子钢琴，琴声和着歌声，穿过窗棂，飘向云朵，落在匆匆赶路的人群里。

在我的人生中，我就是攀扶着至今想起仍让我心里温润、让我激动的灵魂之梯向上的，若不是这些灵魂的梯子，我堕入深渊也很难说。

无盐亦有味

爷爷如一粒沙的生命虽然已经远逝了，却以另一种形态顽强地深深植入后辈的记忆中，让人既敬仰又心疼和永久怀念。这缕复杂的情思最终变成一段永久的怀念刻在后人心头。

77 载，爷爷见证了抗日战争和解放战争的风云变幻，也经历了新中国土地改革、"文化大革命"和改革开放等历史变迁，生活的酸甜苦辣和颠沛流离，把爷爷变成一个有故事、有远见、坚强的西北汉子。

记忆里，爷爷多半一个人，孤零零地出入自己那个破败的院落，默默地下地劳作、操持家务，经常吃一些少醋无盐、仅可果腹的简单饭菜。我总觉得他不是忘记了放盐，而是生活太过辛酸，让他把眼泪当成了盐水。

1912 年，爷爷出生在山东省济宁市金乡县渔台乡孟塘村一个贫寒的农民家庭。风雨飘摇中的封建社会虽被摧垮了，但社会底层的农民依然生活窘迫，加上连年的军阀混战和饥荒不断，他们更加生无尊严、活无希望。村民不是饿死，就是被抓了壮丁成了炮灰，整日里哀嚎不歇、丧调不停。爷爷在这个时候来到人世，可谓生不逢时。

在饥饿的煎熬中，在善良的庄户人互相帮衬下，爷爷一家三男一女，兄妹四个艰难地长大了。原本想家里壮劳力多了，日子会好过一些。野心勃勃的日本鬼子又发动了侵华战争，从此灾祸不断。为了生计，大爷爷和邻村的几个青年勇闯关东，从此杳无音信，一家人饱受骨肉分离的悲恸。

更惨的是日本鬼子进了村，一阵狂轰滥炸，整个村子被烧了个精光，太爷爷和太奶奶也被活活烧死，爷爷和二爷爷外出打柴，侥幸躲过这一劫。可看到焦黑的村庄和已经无法辨认的父母亲的尸首，正值年少、血气方刚的小哥俩，发誓一定要报仇雪恨，当时就扛起锄头和镰刀，要去找日本人拼命，愣是让幸存的村民拦挡下来。

于是，爷爷和二爷爷参加了国民党部队，前往抗日前线，一心想着给父母报仇，杀尽那些杀了他们的父母、烧了他们村子的日本鬼子。可是很快，爷爷所在的部队就和共产党领导的部队干上了仗。自己人怎么能杀自己人呢？爷爷哥俩一合计，连夜偷跑出了军营，逃回了家乡。

后来，颇有经商头脑的爷爷，挑起了能装针头线脑、粉饼丝巾的货郎担子，"走州过府"地做起了小买卖，最后竟来到了宁夏。而与爷爷一起逃难的二爷爷，却一直过着东躲西藏的日子，直到新中国成立后，方与爷爷通过书信得以联络。二爷爷曾经扛着能磨刀磨剪子的长条板凳，一路跋山涉水来到宁夏，看望爷爷。

爷爷是幸运的，他挑着货郎担子，只身一人来到宁夏谋生，在举目无亲，连个安身地都没有的情况下，经好心人牵线，认识了心地善良、体弱多病、身材瘦小的奶奶，最后喜结连理，在当地安家落户，生活终于安定下来了。父亲的出生，给了身在异乡的爷爷莫大安慰，一下子觉得生活有了奔头，于是挑着货郎担子，每日里迎着朝霞出门，披着星月进屋。他的目的很明确，一定要攒钱供自己的儿子上学。

父亲刚到学龄，便被爷爷牵着进了学堂，喜滋滋地成了村里唯一能够到学堂读书的孩子，让村子里的小伙伴好不羡慕。要知道，在那个年代好多人家吃饭都成问题，有的人家大冬天连条棉裤都没有，更别说供孩子上学读书了。爷爷对文化以及对文化人的崇尚和尊崇，现在看来是多么英明而富有远见。

尽管父亲只读了四年小学，未当上什么大官，也没能吃上"皇粮"，一辈子当农民，但俨然成了让人尊敬的"文化人"，因此风光了一辈子。因为父亲会写毛笔字，能写对联，经常替村里人写书信。尤其春节是最忙乎的，村邻们总是早早地拿上裁好的红纸，登门请父亲写春联，父亲一本正经地研磨、运笔、写字，爷爷就在旁边乐呵呵地看着，幸福得一个劲地点头，赢得村邻许多羡慕的目光。

父亲还会打算盘，这也给我们兄弟的童年增加了无限的乐趣和骄傲。有一次，父亲带着我去卖自家养的生猪，过罢秤，未等收购员算账，父亲已拿起算盘啪啪拨弄起了算盘珠子，等到大家反应过来，父亲已算出交售生猪的钱数，引得卖猪的同伴发出一片啧啧声。回到家我自豪地向小伙伴们一阵吹嘘，爷爷听到后更是为自己没有白供养他的儿子上学而愉悦欣慰。

父亲身体瘦弱，不能像一些壮劳力一样有力气，大集体时常受到挤兑。但沾了有文化的光，在队里当会计、记工分，后来还当了小队长、大队副队长。尽管曾因为文化而在特殊年代受到打击，但爷爷对父亲以致我们子孙后辈的影响都是深远的，使我们受益终身。父亲的五个孙子有三个上了大学，且都有着体面的工作。我想这应该应验了爷爷常说的一句话，人来到世上多学文化是没有错的。

芸芸众生中，有人把高官厚禄作为人生追求的目标，有人把儿孙满堂当做幸福的底色，也有人把著书立说、成就民族大业作为奋斗的动力，更有人把吃喝嫖赌当做人生价值。爷爷的一生好像与这些都无瓜葛，他只是尽着父亲的责任，默默劳作，静静生活，用他枯枝般的手指编织着自家的日子。

经历过兵荒马乱、食不果腹的日子，爷爷非常爱惜粮食，非常珍惜来之不易的生活，对共产党、对伟大领袖毛主席，更是满怀感激之情。以致在弥留之际，还特意让母亲把在课堂上的我叫到身边，一字一顿地对我说："要好好学习，掌握更多的知识，长大了报效国家、报答共产党。"

年少的我，当时虽然还不能完全理解爷爷的希冀，却牢牢地记住了他的话。后来，我上了大学，二十岁便加入了中国共产党。我想这些应该和爷爷的叮咛和教诲大有关系。

由于奶奶常年有病，又没有宽裕的钱治疗，在五十岁上便撒手人寰，留下了尚未成年的二叔。奶奶去世后，爷爷变得寡言少语、严肃刻薄，我的兄姐见到爷爷仿佛老鼠看到猫般惊恐万状，四散逃离。我能理解爷爷的悲苦、孤独和无助。在那个物质和精神都极度匮乏的年代，一个光棍带着幼子熬日子是多么的艰辛。二叔未读书，身体羸弱，种庄稼没眼窍，处处受人奚落。在大集体靠挣工分过日子的年代，二叔这样的人就是累赘，不仅队里人不喜欢，而且挣不来工分家里就分不到口粮，日子便过得很是恓惶。我们家孩子多，父亲无暇顾及爷爷和二叔。爷爷承受了中年丧妻的悲痛，粗糙地打理着生活。他靠开自留地偷偷地种一些烟叶和蔬菜，待成熟了与人换些粮食；每日凌晨早早地到田野里拾粪挣工分；晚上夜深人静时关起门来编背篓、竹筐换些钱物，存备着要给二叔娶媳妇。

爷爷的脊背在一个个背篓换成纸币后变得弯曲了，他的苍老的面孔明显变形，我看不出他的欢乐，更瞧不见他的笑容，他好像把一切都藏在了心里。他不想让父亲看到他的痛苦，更不想让二叔觉得他老了，没能力给二叔娶上媳妇而让村人耻笑。我曾偷吃过爷爷做的没有油水甚至都未曾放盐的饭菜，还有用铁皮烙得夹生的馍馍。

其实爷爷把日子编进了背篓里，把梦编进了竹筐里。背篓换来二叔的媳妇，竹筐完成了他的心愿。可我亲爱的爷爷没有享一天福，二叔结婚后的第二年，他瘫在了炕上，不能进食，一年后去世。

纵然爷爷的一生平淡乏味，没有惊天地泣鬼神的英雄事迹，却给我们留下很多感悟，让我觉得，他的生命无盐亦有味，值得我们这些后辈深情追忆和学习。

梨花满院

　　梨树是北方最为普通的一种果树，它易于栽种，果实繁硕，材质坚实，日月殷实的农家总会在院落里种上几棵，果子成熟可以顺手采摘几颗，或待客，或自享，调剂着农人亦苦亦乐的平常岁月。每到春暖花开的时节，梨树总是率先顶出一簇簇白色花朵，雪一样盈满枝头，带给人们春的消息的同时，也给荒芜了一冬的农家院舍带来点点生机和意趣。

　　我自小喜欢吃脆甜可口的酥梨、香水梨，可我家的院里院外都种满了许多能派上用场的杨树和槐树。那些树都是父亲准备给他的儿子们盖房用的，果树似乎是一种奢侈，除了添个零嘴，用处是极为有限的。村里有两户人家种有梨树。秋天，看到邻居家的孩子啃着脆皮嫩瓤的梨子时，我便使劲地吞咽口水，跑到家里向母亲要梨吃。母亲苦涩的脸拉得长长的，不言一语，我便悻悻地离开了。繁重的农活过早地压弯了父亲的脊梁，暴躁了他的脾气，我不敢向父亲提及我嘴馋的想法。

　　家里的生活略微好转的那个春天，父亲带着我到集市上购买树苗。父亲在一堆树苗中挑挑拣拣，反复端详。一会儿挑了根稍细长的枣树咂咂嘴巴，一会儿又握着枝干粗壮的苹果树比比划划，惹得卖树苗的大爷嘴角抽搐，好不情愿。父亲不紧不慢，蛮有把握地选中了两棵长短适宜、粗细适中的梨树苗后对我说：

"这两棵梨树苗子，栽到地里一定当年就能成活，几年后就可以结出水多皮薄的大个头酥梨，你只管好好等着吃吧。"我心想，父亲怎么知道我爱吃梨，又是如何学会由一棵树苗掂量出它的未来呢？我疑惑地望着父亲，却只看见父亲黝黑的额头，爬满了深深的皱纹。

两棵梨树苗，父亲生怕风吹干了树皮，太阳晒坏了树根，像抱着自己的孩子一样，用他襁了的衣角包裹着带回家。父亲先是灌满了水缸，把梨树苗浸泡在水里，站在院子里张望了许久，迈着步子来来回回一番丈量。选定了栽种梨树的位置，画了两个圆圈后，父亲重重地用铁锹挖出了两个又大又圆的树坑，在坑底撒上了农家肥，便蹲下身子眯着眼睛，卷了纸烟吧嗒吧嗒地抽了起来。父亲圪蹴在墙角在想些什么呢？年少的我不曾探知父亲的心思，却分明感到父亲在憧憬着什么。

父亲把两棵梨树苗种在了院子的两边，一棵靠着二哥的卧房，另一棵临着大哥的窗下。父亲像宝贝似的呵护，容不得它遭受半点侵害，家里的山羊、骡子被父亲呵斥得躲得远远的，从未敢靠近过。冬天时，父亲用稻草把树干裹得严严实实，树根培上了带着颗粒的肥土，树梢穿上了父亲用羊毛攒成的"小棉衣"。翻过年来，脱了包裹梨树的"棉衣"，枝条依然泛着绿，暖暖的春风一股一股地吹过，枝干像上了发条似的，攒着劲地拉开了身段，枝条上鲜嫩的芽赶着趟儿吐露了出来，渐渐地，一小朵一小朵的梨花便次第开放了。父亲每天下地干活时，像一位儒者站在梨树下沉思良久，看看白得耀眼的梨花，方才脸上挂着笑出门。

我伴着院子里的梨树长大，个头超过了父亲，两棵梨树跃过屋顶，枝干伸展开来，如一把大伞，灰蒙蒙的院落昂扬着清新的气息。梨花开时，院落的上空铺满了白白的云朵，院子里散发着扑鼻的清香，吸一口满心愉悦，咂摸一下，心中涂了蜜似的。

一场春雨洒过，一树梨花在细雨中，油亮亮的，愈加娇嫩可人，一些娇滴滴的羞涩梨花，昨天还含苞待放，今儿个就争着抢着脱了胞衣，露出了张张鲜嫩纯美的笑脸，让人不禁想摘了入口品味，却怜惜不忍。遇上天气晴好，月亮满圆时，梨花掩映下的院落越发惹人怜爱，月色穿过梨花，一个个小如酒杯的月亮便挂在树上，闪着白光，晶莹剔透，宛若星辰。在这样一个月夜入睡，梦也是甜美的。不知是曼妙的春天孕育了梨花，还是多情的梨花装点了春天。这小院的梨花盛满了父亲融融的爱意。

小院的梨花开在了我的心田里，梨树结出的果子留在我的味蕾上。当梨花褪尽，枝叶葳蕤，梨树成了我们一家纳凉歇息的天地。父亲在梨树下修理农具、喂养牲畜，母亲傍着梨树洗衣择菜、纳鞋缝补，长大的哥哥姐姐描摹着他们的日子。我骑在树丫上写字读书，紧紧挨着父母亲围坐在梨树下吃着母亲做的饭菜，满心欢喜地听着广播剧、评书和时兴的歌曲。梨花小院里知了声声，情意绵绵。果子熟了，个大皮薄，水分充足，父亲踩着梯子、提着竹筐，先是摘了向阳的黄灿灿的梨子送了二舅，然后才能轮到我大口品尝，那滋味绵长久远，深入心扉。

几年后，两个哥哥先后搬出了院落，我也住到了城里，小院显得冷寂、空旷。可是梨花依旧芳香，老了的父亲，依然喜欢坐在梨树下，他和母亲已没有了观赏的心气，尽管农活已不再繁忙，生活不再沉重。果子熟透后，采摘居然成了父亲的负担，父亲的腿脚不再灵便，爬上梨树成为了奢望，可他仍然心心念念，惦记着他的儿孙，惦记着乡邻，颤巍巍地踩了梯子，摘了大个的梨子，一一送与亲朋品尝。

后来，院落拆迁了，父亲栽下的两棵梨树正值枝繁叶茂、硕果盈枝的盛果期。可是那又能怎么样呢？该拆还得拆！父亲的手在抖，含着泪亲手砍倒了两棵梨树。捡拾着那些沾满我过往的树枝，仿佛剪断了一段丰满的往事。

现在，父亲也走了，在那个梨花飘落的季节，那个梨香萦绕的院落，伴着那两棵满载了他希望的梨树，永远离我们而去了。可那些梨花满院的岁月，却装进了我的灵魂，让我时刻难忘。

爱在形影相随中

记忆中，家里整日充斥着父亲的叫骂声。父亲脾气暴躁，总是没来由地对着母亲发火，甚至动手打母亲。饭做得不好吃了，父亲会连碗一起砸向母亲。母亲只有唉声叹气和流泪的份。年少时的我老在想，父亲什么都不会做，还嫌弃母亲，真是不应该。

相扶相携几十年，父亲早已习惯了母亲的照料，日日享受着母亲带来的家的温馨，而父亲却对母亲照顾甚少，甚至常常忽略了母亲的感受。可如今，父亲看母亲的眼神都是那么的爱怜和慈祥，十足一个好丈夫。

这种神奇的转变，得从几年前母亲生病说起。母亲的病突如其来，没有任何征兆。看着疼痛难忍的母亲，父亲像个失去了方向的少年，显得迷茫而无措，母亲的病成了父亲的心结，无论如何也不相信母亲的病治不好。他不但揽下了所有家务，还四处打听偏方，一旦得到信息，便不管刮风下雨，骑上自行车，驮着母亲匆匆赶去。

求医路上，两位白发苍苍的老人穿行在人流中，来往在医院和家之间，风雨无阻。父亲总是推着自行车，先让母亲坐稳当了，才跨腿骑行，母亲则双手攥着父亲的衣角，有时候也会搂着父亲渐趋弯曲的腰身。父亲载着母亲针灸按摩，睡理疗床，打吊瓶，抽血化验，做各种检查；医院的走廊上，父亲粗糙的手永不空闲，一手拿着化验单，一手搀扶着母亲，生怕一不留神会失去陪伴了他一生的伴侣。几年下来，父亲骑坏了三辆自行车。每辆车子上都留着母亲和父亲来来往往的身影。母亲的病渐渐好了起来，而父亲的脊背却越发佝偻。我劝父亲，外出不要再骑自行车了，不安全，也太费力了，年纪大了，还是坐出租车吧。父亲却摆着手说："哪能那么破费，省下钱还要给你妈看病呢！"每每此时，我总是泪眼婆娑，无语凝噎。

在家里，父亲像个忠实的保姆，呵护着母亲的饮食起居。每天天不亮，父亲就起床了，他先是笨拙地捅开火炉，煨上母亲吃药的水壶，然后抱来柴火一根一根地喂进炕洞，望着燃烧着的火苗，父亲一遍遍虔诚地为母亲祈祷。待屋子里暖和起来，父亲就静静地坐在炕沿上，一颗一颗数好母亲要吃的药丸，再像给小孩子喂饭一样，一勺一勺地喂母亲吃药。一辈子几乎没做过饭的父亲，竟然学会了切土豆丝、焖米饭。母亲只能吃些软和清淡的饭菜，父亲便边做边尝，每一顿饭都尽量让母亲吃得可口称心。母亲渐渐依赖着父亲，也品尝着病痛中的幸福和快乐。

母亲病好转些时，父亲更像影子一样，时刻伴随在母亲左右，就连到亲戚家串门，父亲也总是陪伴着，一起唠家常、谝闲话，惹得亲戚们都说父亲把母亲当成手心里的宝。父亲不反驳，笑呵呵地说，老伴现在就是他的"金不换"啊。天气暖和时，父亲会牵着母亲的手，去广场上看跳舞的男男女女，那些扭来扭去潇洒自如的人，让母亲禁不住呵呵笑起来。父亲也会陪着母亲晒太阳，两个沧桑的身体埋在放在路边的旧沙发里，看着来来往往的车辆和行人，像一双归来的倦鸟，安静而和谐。

这些年，父亲一直和母亲形影相随，像一对初恋的情人，一刻也不分开。就说这次母亲要来银川进行术后的复查，我不

在身边，难以陪伴左右，真担心会出现意外，本指望哥姐能陪母亲去做检查，可他们一个比一个忙，推脱着不肯前往。想到母亲被病痛折磨得瘦小而单薄，抵抗能力极差，稍不留心，便嘴角抽搐，异常难受，我心中焦急而愧疚。只好打电话给父亲，满怀自责地诉说我的难处。不料父亲却毫不在乎地说："不用你们瞎操心，我会和你母亲一起去医院的！"父亲在电话里再三保证他知道怎么照顾母亲，一定不会让母亲出什么意外。我忽然一阵心酸，要知道父亲已是年过七旬的老人，腿脚又不灵便，怎么能走这么遥远的路程呢？可事实是父亲真的做到了，而且做得那么的圆满。

父亲对母亲的爱，在形影相随中荡漾，在绚烂芬芳的夕阳里，跳动着幸福的音符。这于我，亦是天地间的一篇大文章，让我读出了内涵，读出了韵味，读出了感动，读出了相濡以沫的甜美滋味。

芬芳旅程

多年来，我和妻子一直念叨着要带父母亲看看黄土高坡之外的美景，品品异地的美味，感受感受他乡的风物人情。可总是有时间时没钱，有钱时又没时间。眼看着父母年过古稀，身体日渐病弱，远行的梦想越来越缥缈，忽然害怕等待会给自己留下遗憾。于是，我决定带着父母来一次说走就走的旅行。

当我打电话给父亲，说了自己的想法后，父亲有片刻的沉默，而后允诺了我的请求。我知道，在黄土地上洒了一辈子汗水的父母，何尝不想看看外面的世界，听听与自己不一样的声音？也许父亲也在盼望着有这么一天，可能在梦里已然走遍了千山万水。于是，一辈子没有离开家乡，没出过远门的父母亲，坐着火车疾行六千多公里，感受了远方的诗意和美好。

也许他们在畅想外面的如画景色，也许他们在回忆过往的艰难日月。从来没有坐过火车的父母，一进入火车车厢，便像小孩子似的，左瞧瞧，右看看，仿佛一切都是新奇的，也似乎一切都是那样的让他们愉悦。这个时候我的心里却打着鼓，担心父母能不能吃得消一路的劳顿。因害怕父母受不了飞机的颠簸，心想买火车票补卧铺。没想到车厢里挤得连个落脚的地方都没有，愁肠得不知所以。

父母仿佛明白我的心思，他们连连摆着手说："没有关系的，我们受了一辈子的苦，站着也无妨。"面对父母满脸的笑，我惭愧不已。火车开动，父亲未及提防，一个趔趄险些摔倒，好容易稳住身子，父亲竟笑着说："这火车也像个调皮的骡子，一惊一乍的，要熟熟皮的。"惹得车厢里的大人小孩笑个不停。

"这老汉把火车当骡子呢，挺幽默的啊！"一个青年说着话，喊着同伴给父母让了座位。

老实巴交的老父亲，几句土里土气的家乡话，不仅给自己换来了座位，而且还拉近了和陌生旅客的关系。父亲和两个年轻人操着各自的方言，熟络地聊起天来，说起家乡的种种奇闻逸事，时而一阵大笑，时而一阵唏嘘。

"奶奶，奶奶！"母亲则逗着车上一对双胞胎小女孩，惹得她们叫个不停。拥挤、杂乱的车厢里弥散着欢笑，荡漾着清香。旅途便不再劳累，不再寂寞。

在曲阜去往北京的高铁列车上，座椅宽大舒适，父母比初次坐小汽车还兴奋。一个劲地说，比睡在床上还舒服哩。一边又絮絮叨叨地说着看过的景致、听过的讲解。母亲靠着窗户，手指着车窗外急速闪过的树木、村庄、河流，惊异地说："怎么树也和车比赛跑步呢，怕是跑不过的吧？"像是在问父亲，又像是自问自答。对面大学生模样的女孩笑着告诉母亲："高铁火车可快着呢，普通火车跑十几个小时的路程，这趟车顶多两个多小时就到。"母亲听了，沉默片刻后突然说："那我们岂不是坐上火箭了吗？"女孩扑哧一声，捂着嘴笑得腰也直不起来。父亲紧紧挽住母亲的臂膀，一边听着母亲说话，一边目不转睛地观赏着窗外掠过的美景。有时像个知识广博的导游，给母亲解说沿途的风光。有时像个历经沧桑的归者，一心一意地辨认曾经的风物。我想，父亲是在尽自己的眼力，收揽这远而可及的景物或是记忆吧!

我和妻子拖着几包行李,照顾老人总是分不开手脚。在上下陡峭的地铁电梯时,总怕摔着了父母。我在前面引路,妻子在后面补遗。我站在电梯上,一回头,远远地看到父亲一只手扶着电梯,一只手拉着母亲的手,两个白发苍苍的头一仰一俯。那形影,像极了一双翻山越岭的倦鸟,又像一对穿溪过河的鸳鸯。面对此情此景,不由得眼泪在眼眶里打转,心里却默默地为父母祝福。在地铁车厢里,父亲的手始终紧握着母亲的手,如在热恋中的青年。父亲一会儿扶一扶母亲,一会儿和母亲说着话。母亲把嘴凑到父亲有点背的耳旁回着话,也说着自个的见闻。车厢里,羡慕的眼光一束一束地射过来。一个急刹车,父亲松开手,一把抱住了母亲。也许,"执子之手,与子偕老"正是这样一幅图景吧!

在行进的火车上,父母不知疲倦地与旅客畅谈,时而低低询问,时而高声长笑,仿佛回到了激情洋溢的青春时光。在急速奔驰的高铁客车上,父母亲依偎在一起,贴着窗玻璃观赏一晃即逝的沿途风景,说着,笑着,脸上的沟壑里都溢满幸福。在风驰电掣的地铁车厢里,父母亲手拉着手,贴耳细语,羡煞了车里的行人,洒下了一路芬芳。

回家途中,又是一个有票无座的旅程。我为父母预备了马扎,父亲却执意让我和妻子坐。父亲说,一路上和人换着坐坐,拉拉话、唠唠嗑,很快就到了。不多会的工夫,父亲和一位新疆维吾尔族旅客挤着坐在了一起,还为母亲找到了座位。我这个走南闯北的儿子,只有自惭形秽的份了。父亲和维吾尔族人谝谝话,一个用的方言,一个是半生不熟的汉语,怎么也搭不到一起。父亲急中生智,只见他大方地站了起来,双手举过头顶,一边挥

动手臂，一边大声唱起了《咱们新疆好地方》："咱们新疆好地方啊，漫山遍野是牛羊……"从未当着儿女的面唱过歌的父亲，竟然唱得字正腔圆、亢奋有力、节奏协调，惹得车厢里的许多人都站了起来，有人打着节拍，有人踩着鼓点，一起放声唱着，一曲接一曲。

那熟悉的歌声一浪一浪飘荡着，拥挤、烦闷的车厢快活、激荡，连列车员都肃立静听。我和妻子看着眼前的一切，如入梦里。没想到，父亲竟是那样的开心、快活、无畏无惧。我向父亲竖起了两个大拇指，对父亲说："老爹，我给你点无数个赞。"父亲伸出双手，平生第一次一把揽住我说："三儿，老爹谢谢你。"那一刻，我热泪盈眶，那一刻我满心释然。

回到家，我问父母亲："这一路感觉怎么样？"

父亲说："反正我是笑着去，笑着回来的。"

母亲则笑着说："我的病好像好多了。"

与其说，这趟旅途是我带着父母去看山那边的景致，不如说是父母海一样的情怀，给了我们芬芳无比的幸福。若干年后，这次旅程必将带给我芬芳的记忆和甜美的回味，作为人子的我也将获得巨大的宽慰！

父亲的理想

周末回家看望父母。掀开门帘，我看见父亲的身体深深地埋进了沙发里，低着头不知在想些什么。母亲则耷拉着头坐在一旁，像是在低声啜泣。

看到我，父亲吃惊地"呼"一下站了起来，紧张地不住上下打量我，最后竟伸出手摸摸我的脸蛋，拍拍我的肩膀，这才长舒一口气，颇为轻松地大声冲着母亲说："这不好着呢吗？我儿全活着呢！"母亲一下子呜呜地放声哭了起来。

在我正纳闷得不知所措时，只听见父亲说，母亲头天晚上做了一个很不好的梦，梦中我出了车祸，尸骨都不全了。半夜梦醒后，老两口再也没有睡着，担心了一夜。

听到这话，我急忙仔细端详着母亲。一夜担忧，让她的眼珠布满血丝，像一根根飘在风里的红线线，眼圈黑得都赛过国宝大熊猫了。

我好笑地说："我这好好的，你们瞎想什么呢？都多大年纪了，还相信梦里的事儿！"

"好着就好，好着就好。"母亲嘴里念叨着，却早已伸手拉着我，让我坐到了热乎乎的土炕上，像等待远道而来的贵宾一样，满脸热忱地盯着我的脸，怎么也看不够似的。

我和父母一边拉着家常，一边从包里掏出了刊有我文章的报纸。父亲的目光落在了报纸上，欲言又止。我看出了父亲的心思，他是想看看报纸上写了些什么。我拿过报纸，指着一篇署有我名字的文章对父亲说："这就是我写的文章。"还不忘自豪地跟上一句，"读书写文章是我的理想。"

父亲盯着还散发着墨香的报纸上的文章，一个字一个字细细地看着，乐得眼睛眯成了一条缝，不住嘴地感叹："好，好，咱家终于出秀才了！坏小子，没想到你还真出息了，都能写大块头的文章了。"

父亲的一声"坏小子"，硬生生让时光回转到我的初中时期。那个时候我还是个调皮捣蛋的坏小子，整天在村子里惹是生非，爬墙上树。不是今天偷了张家地里的西瓜，被看瓜老汉追得四处乱跑，就是明天打破李家孩子的头，惊慌失措地东躲西藏。可是父亲却是村里唯一念过书的人，是庄子上公认的秀才。他识文断字，能抄写公文、誊写家信，深得村人的尊敬。

那时父亲的理想是做一名老师，但当机会到来的时候，他却把名额让给了别人。后来还想过当会计，却给不识字的队长做了多年的幕后刀手。我常想，父亲怎么不为自己争取一份理想的职业呢，而是选择面朝黄土背朝天地，把大好的时光浪费在了泥土里。现在想来，父亲何曾不愿追着自己的理想前进呢？只不过是家庭的柴米油盐、子女的吃穿用度，搁浅了父亲的所有抱负，他的梦想终究落在日复一日地为家庭的操持上。

我突然问了一句："爹，你现在还有理想吗？"

"当然有啊！"本以为父亲会不好意思，没想到他竟毫不犹豫地脱口而出。

"是什么？"我故作惊讶地问，满心以为父亲会说要搬进楼房，享享清福什么的。因为老房子已被拆迁了，租住在别人家又破又旧的土房子里，父亲一直想尽快住上自己的新楼房。

"我的理想就是，你妈得病都已经七个年头了，到明年也该好了，住院吃药打针太痛苦了，我想让她身体硬朗朗地和我一起安度晚年，我们自己照顾自己，不拖累儿女，不让儿女操一点点心。"父亲微笑着缓缓说道。

父亲一只手攥着报纸，仿佛生怕丢掉了他一生的劳顿，另一只手轻柔地落在了母亲干枯无力的手背上，语气平淡，神情凝重，目光扫过母亲瘦小的身体，眼睛里满是爱怜，浓得就像冬日的阳光，和煦、自然，却又透着一股暖暖的力道。

别样天空

有人说，男人有男人的世界，女人有女人的天空。男人的世界在酒杯中，在名利场上；女人的天空在家里，在老公和孩子身上。男人辛勤工作、努力奋斗、拼命挣钱的动力来自女人；女人任劳任怨、不辞劳苦、无怨无悔地付出是为了家庭。可我认为，男人在打理好自己世界的同时，还应该抽出时间来装扮女人的天空，只有女人的天空晴朗了，男人的世界才会精彩。

我常常跟妻子开玩笑："我们的生活里没有玫瑰，没有巧克力，好像连浪漫的话语也没有，平淡得像白开水一样，可我感觉很幸福。"妻不言，却捂嘴直乐，她该是也有同感吧。

妻子是个工人，没有上过大学，可她孝敬公婆谦恭有加，照顾孩子细致入微，操持家务井井有条，是个典型的家庭妇女。妻子不爱打扮，不喜逛街，每日过着"两点一线"的生活，能做几道让我面子十足的拿手家常菜，使我这个既非大款又不是什么高官，且懒惰又好吃的大男子主义者，悠然自得地过着饭来张口衣来伸手的快活日子。

但妻子并不局限于家庭，她也有自己别样的天空。

年初我们一家三口各自制订了一年的奋斗目标，妻子有两件重大事项要完成，一要学会使用电脑，二要拿到驾照——这个目标是我和儿子给她定的。这对妻子来讲，确实是很为难的事情。她总觉得自己学什么东西都笨手笨脚，又没有充裕的时间，加上年龄大了，学起来肯定很吃力，又没人耐心教她，为此她还郁闷了好长一段时间。

没想到她竟然多了心，质问我们爷儿俩是不是嫌弃她了，是不是她哪里做得不好，惹麻烦了，才会受到这样的惩罚，最后还流起了眼泪。

没想到妻子的反应这么大，我不由得揶揄妻子说："你不是要把你们女人的天空打扮得像嫦娥的宫阙一样吗？把男人都吸引到你们身边吗？现在的时代是互联网时代，不会电脑就是新时代的文盲，在社会上是没法生存的。男人们用烦了伊妹儿、QQ，又用上了微博、微信，就你们这些连电脑都玩不转的，还想走进男人的世界控制男人呢！"看妻子不置可否，有点动摇的意思，我急忙趁热打铁，想彻底打消她拒绝的念头，消除她的恐惧心理，就故意轻描淡写地对妻子说，"开车就像骑自行车一样已不是什么难以掌握的事情了，它只是一项技能、一项出行的基本能力，能骑上自行车到处跑，就能把车开上四处奔。"经我这么一说，妻子打消了顾虑，燃起了学习的兴趣。

妻子先是找来了电脑操作方面的书籍埋头苦读，而后又借来了电脑键盘练习指法，每日孜孜不倦，着实让我和儿子感动了一番。可不过数日，妻子便嚷着不学了，说太难了，学不会，学了也没用，而且还说一碰电脑就头晕恶心。其实，妻子能安心坐到书桌旁已经很不错了，要知道她上班的岗位不用电脑，根本就没有机会接触电脑，加上没有系统地学习过，连电脑开关机都不会，几天之内自学到能自主操作，那简直是奇迹了。

看妻子每天学习像受刑的样子，我有点心疼地对她说："不好学就算了吧，反正对你来讲也没什么意义，咱不用找不自在。"

我觉得妻子的第一项计划算是搁浅了，以后也不用再操心。

在我几乎淡忘了妻子学电脑这件事的时候，有一天饭后闲暇，她却兴冲冲地对我说："网络世界真是丰富多彩呀，有电影、电视剧、小说，还能从网上购物，真是太方便了！"见我吃惊的样子，她又献宝似的告诉我，"我还申请了QQ号，认识了很多网友，想了解什么输入搜狐、雅虎、百度即可找到，还在网上学了几道菜，明儿给你露一手！"

看着滔滔不绝的妻子，我一时呆愣着说不出话来。一个连电脑基本常识都一无所知的人，突然能说出这么多与电脑有关的东西，能不让人诧异吗？原来，妻子为了不让我和儿子失望，每天挤出时间到电脑培训部参加正规学习，在老师的指点下，反复练习，虚心请教，掌握了电脑操作的基本要领，学会了使用网络。

会玩电脑能上网的妻子，知识面开阔了，时不时冒出"小盆友""童鞋""神马""浮云"等网络词汇；生活内容也丰富了，时不时跟网友聊天儿、购物、学做菜，脸上整天洋溢着快乐的笑容；跟我的共同话题也越来越多，还会适当关注我的写作，提出一些非常中肯的建议，让我大为惊喜，心里的幸福感和成就感更为强烈而真实。

很快，妻子又参加了驾驶员培训班的学习，顺利拿到了驾照。欣喜之余，我忽然觉得其实幸福很简单，你向太阳要一缕阳光是很容易的事，可你若向一缕阳光要整个太阳，那就有点不可思议了。

妻子曾有一位叫阿霞的朋友，和老公同在一个单位上班，有一个乖巧可爱的女儿，两口子一起上班，一同回家做饭，家里常笑声不断，其乐融融，小日子过得虽不算富裕，但也衣食无忧，怎么着都算幸福的一家。

可好景不长，阿霞的虚荣心，随着攀比心理的增加而步步攀升。从嫌弃老公没有本事挣大钱开始，到住的房子太小，银行的存款太少，不像张家老公住着大房子，单开门冰箱换成双开的，背投电视换上了液晶的，更不如李家老公今天给老婆送对耳环，明天给媳妇添个戒指，总之是怎么看自己的老公怎么不顺眼。

后来发展到不再安心上班，昏天黑地地搓麻将，还学会了喝酒、唱歌、跳舞，跟一些所谓的时髦女郎，流连歌厅、舞厅和酒吧，根本就乐不思蜀。由于太渴望自己的钱袋子鼓起来，阿霞甚至傍上了一位有钱、有车、有房的大款，即使对方年龄大得足以做她的父亲，阿霞也觉得自己的天空从此飘扬着绚烂的彩云。她很快抛弃了丈夫和孩子，潇洒地嫁给了这个有钱的老男人，住上了大房子，开上了小车，整天打扮得花枝招展，俨然一副阔太太的架势。

但是，有钱的老公能满足阿霞的虚荣心，却无法满足她的强烈的生理需求。转眼，她就用老男人的钱，勾搭上一个高大英俊的小帅哥。被戴了绿帽子的老男人恼羞成怒，竟然趁黑点燃了装修豪华的大房子，两人在滚滚浓烟中，双双结束了生命，给各自的孩子和亲人留下了无尽的痛苦……

其实，妻子也好，阿霞也罢，她们的天空都一样的绚丽，只是认识的角度不同，结局才会千差万别。因为规矩常常比双脚走得快，所以走路的人都有不舒服的时候。但只要走路的过程让你欣然，那么，你头顶上的那片天空，就一定会成为最美的风景。

寂寞的农具

　　一个庄稼把式，如果能拥有几件趁手的农具，不但会把庄稼地拾掇得井然有序，让粮仓里不缺粮食，让日子过得丰裕，而且还会不自觉抬高自己的身份和地位。

　　农具就是农民的财富，别看那些锄头、镰刀、铁锹不起眼，也值不了多少钱，农忙时可是农民们得力的帮手。手再快总不如工具快，所以庄户人攒下余钱，总是先计划置办农具，能置几样算几样。这样干农活时，就不用向张家借李家讨的看人眼色，这样的人家便是一个有好日子过的兴旺家庭。

　　从父亲的祖父起，他们便在土地上刨食，那些打磨得明光锃亮的锄头、镰刀和铁锹等农具，就是他们的手脚，就是他们的衣食。我家里人口多，地也多，但总是置办不起全套的农具。每年锄地或是收割稻麦，父亲总是打发我到邻居家里去借，有时农具借不到，还惹来邻居轻蔑的眼光，招来一阵阵的数落。母亲经常念叨着要置全所有的农具，可恓惶的光阴怎容他们肆意挥霍呢？父亲总是想尽办法修修补补，把那些豁了牙口，或是裂了口子的农具，拿来凑合着使用。每当哥姐下地干活，割稻麦的镰刀使不顺手、不够锋利时，总是埋怨父亲，难道不能置办几样好农具，父亲总是满脸尴尬，讪讪地一笑而过。

　　也许正因为如此，父亲这个算不上庄稼把式，顶多也就是个种庄稼的农民，对农具的爱护却达到了让我难以想象的地步。至今放在墙角的那把锄头，比我的年龄大多了。锄把裹上厚厚的布条，汗渍和血迹让布条变得黝黑发亮，仿佛在见证父亲曾经受过的苦痛。挂在墙上的那把镰刀，刀刃磨得几近刀柄，刀把却依然光溜顺滑。那是把别人嫌弃刃老碌手丢在荒田里，被父亲捡来用磨刀石一遍遍地磨出锋刃，然后用它一次次地割麦收稻、剐草喂羊，从未落在人后面。还有那几把铁锹，更是父亲片刻不离身的伴侣。记得有一年春耕，别人家都忙忙碌碌地撒肥耕地，我家却因为骡子在外搞副业而束手无策。父亲想借了亲戚家牲畜赶种，可大忙季节，谁家都自顾不暇。父亲无奈带着哥姐操起铁锹，挖了三天三夜地，愣是把五亩旱地深翻了一遍，才没有错过种地的时节。

家里的那些农具，就像父亲最亲密的爱人，它们在父亲心中的地位，远远超过母亲和我们姐弟几人。父亲走到哪里，便将那些农具带到哪里。没事儿就会清点护理一下，就像抚摸自己的小孙子一样，小心翼翼地磨一磨铁锈，捋一捋柄上的尘灰，摆放得端正一些，尤其那把专属于我的小锄头，父亲更是不时擦拭，一副爱不释手的样子，让我都有点嫉妒了。

那是我八岁时，父亲带我到地里干农活。可锄头有我的两个个头高，我几次拿起锄头都趔趄着摔在地里，父亲看着忍不住地笑。但是他却说，咱农人家的孩子，就要学会种地。将来不管干什么，都离不开一天三顿饭，要吃饭，就要会种地。于是，父亲特意到镇上的铁匠铺，给我打制了一把小锄头。那把小锄头的铁头小巧锋利，锄柄是父亲用自家院里的榆树杆子做的。拿在手里轻巧适中，正合我的小手。我也有一把锄头了，我是个大人喽，我的小手攥着小小的锄头，又是挥舞，又是打闹，欢喜地咯咯笑个不停。从此，我就像个跟屁虫一样，尾随在父亲的身后，一仰一俯地锄着地里的杂草。那时节，觉得庄稼地里的气息，都是醇香迷人的，风也是柔和温馨的，脸上便多了些童真的满足。

随着城镇化进程的加快，许多土地被钢筋混凝土掩埋。农民没了土地，那些农具便日渐孤独，它们蓬头垢面、锈迹斑斑地躺在蛛网密结的角落里，令人揪心地打量着陌生的世界；它们就像那些日暮西山的老人，蜷缩在旮旯里，回忆过往的流年，沉浸在曾经的岁月里，被他们昔日的亲密爱人，像扔掉垃圾一样随意地丢弃，无人理会它们的呻吟，无人倾听它们的诉说，也没有人来为它们清洗伤口。也许有人偶尔瞥一眼，那种厌弃的目光，也会吓得它们惊恐万状、魂飞魄散吧！

如今，父亲的老房子拆迁了，庄稼地变成了高楼大厦。父亲却不愿意住进钢筋混凝土建成的楼房里，他离不开泥土，舍不得那些农具。那些如同小伙伴陪伴我长大的锄头、镰刀、铁锹，仍然拥挤在父亲居室的墙角，就像一张泛黄的旧照片，铭记着飘落的时光、艰辛的岁月和五谷丰登的欢喜，可是父亲的脸上，再也看不到昔日的满足和兴奋。

农具是寂寞的，同时寂寞的，还有那些失去了土地的农民。

旧家具里的年华

父亲生活了七十年的老房子要拆除了，这个消息竟让我有点儿不知所措，只想快点赶回家，再看一眼那盛满了欢笑的老房子。

匆匆到家时，挖掘机已经嘶吼着，恶狠狠地摧毁了房舍和院墙。纷扬的尘土，像滚滚浓烟冲向天空，熏得几只蹲在树上的乌鸦啊啊地叫着飞向了远方。

我呆呆地望着眼前的一切，像那只惊魂甫定的乌鸦，心扑腾扑腾地狂跳不止。我们的家没了，我和家有关的那些记忆，是否也要被埋葬了？

父亲看见我，忙喊我搬他已经挪出来的家具。我木然地在一片狼藉中，搜寻着父亲所说的"家具"：被拆迁工人扔到房前麦地里，破烂得近乎可以劈柴的几张桌子、板凳；被无情地摔在尘土里的大立柜、五斗柜、连二柜、炕桌和两只沉沉的大木箱；还有父亲视若生命的"钱匣子"。陪伴了我几十年的旧家具，竟像一堆垃圾一样呈现在我的眼前，我忽然烦躁起来，拍拍手对父亲说："这些垃圾不要了，全扔了！"

父亲的脸色立刻黯淡下去，他心疼这些陪伴了自己几十年的旧物件，舍不得对它们摔摔打打，更不要说随意丢弃了。过了好半天，父亲才淡淡地说："别看它们是一些没用的旧东西，这些物件不会说话，却是有灵性的，不能没人疼。"

我放缓语气，一字一句地对父亲说："这些旧家具已经过时了，住上楼房也没地方放，还是把它扔了吧。"父亲却执意要留下几件，说是给我们留个念想。

的确，这些一文不值的旧家具，就是父亲七十年的全部家当。是父亲的汗水和母亲的辛劳，是我们兄妹幸福成长的泉水。而那些似水流年里，匆匆走过的人生，总会留下让人难以忘却的记忆。

那个已经脱了漆的"钱匣子"，是爷爷盖房时，母亲央求木匠给做的，一个小小的长方形的木盒子。父亲刷了红漆，说是吉祥，能招财进宝呢，还钉了一个如纽扣般大小的板扣，可父亲从来都没上过锁。小时候，总觉得父亲的"钱匣子"是一个宝贝，因为父亲挣来的钱和粮票就放在里面，一家七口人的吃穿用度全靠这个木头匣子了。那时年幼的我，看到父亲时不时地往匣子里一叠一叠地放钱和粮票，便趁父母不在家时，一层一层垫上小板凳偷了匣子里的钱和粮票到小卖部买麦芽糖，惹得小伙伴馋馋地跟在我的屁股后面甩也甩不掉。父亲知道后狠狠地揍了我一顿。要知道，匣子里的毛票是父亲分分角角攒下来，供我们兄妹上学和维持家用的。

上了大学，三年近万元的开销，对一个农民家庭简直是天文数字。父亲几乎卖了家里所有值钱的东西，也只够我一年的学费。"钱匣子"便成了我的储蓄所。父亲帮人犁地、插秧，母亲养兔子、喂猪仔，每换来几元或是几十元，便数了又数地夹在一本书里，悄悄放在匣子的底层。待到我开学时，母亲又把那些散发着汗味的毛票从匣子里取出来，数了又数地交到我手上。每每此时，我就暗下决心，一定要好好读书，报答父母。

毕业后，我便学着母亲给我存学费的样子，把挣来的钱一点一点地放到匣子里，想让母亲从匣子里取出儿子孝敬她的钱，为自己买件衣服。可母亲一分也没动，待我结婚时，又从匣子里取出来，全部给我买了新式家具。

父亲的"钱匣子"不光是我家里的钱掌柜，更是我们兄妹识字认宗族的教案。匣子虽小，可始终放着父亲的毛笔和墨汁，还有我们家族的族谱。父亲虽然读的书不多，可他能写毛笔字，经常给庄子里的邻居写对联、写家信，还教我们识字、练书法。可惜我小时候学习总是投机取巧，没能好好地跟着父亲练书法。我从匣子里知道了爷爷来自孟子的出生地山东。我们是孟氏家族的后代，至于是第多少代，父亲没说过，我便不得而知了。

两只刷着暗红色油漆的笨重的大箱子是母亲的嫁妆。母亲舍不得丢掉，那就让它陪着母亲吧。年少时，尚在酣睡中的我总被母亲擦箱子的声音吵醒。母亲总是先用湿抹布擦去前一天落下来的灰尘，又用干抹布一遍又一遍地擦去水渍，箱子便亮亮地闪着光，像一面能照着人影的镜子，以致五十多年过去了，依旧整洁如新，毫无破损。我不知道，母亲为什么那么珍爱她仅有的嫁妆。也许，那两只箱子承载着她的青春和记忆。

有一年，家里的粮食大丰收，待粮食换来钱，父亲的眼睛都笑眯了。母亲扯了一大块布料，请了裁缝给我们兄妹五个一人做了一身衣服，可就是舍不得给自己扯一身衣服。那些做好的衣服，母亲一件一件熨平、叠好，用头巾包裹起来，再放到两只大木箱子里，也就是母亲的"嫁妆"里。到大年三十时，母亲便从箱子里一件一件拿出我们的新衣裳，再一件一件给我们挨个穿上，生怕穿错了我们兄妹几个互相打闹，影响过年的喜庆。年过完后，母亲便要求我们脱下新衣服，再一件一件地洗净、熨平、叠好，放到箱子里，以便来年春节再穿。这个时候，我总会嘟着小嘴不肯脱下衣服，母亲会毫不客气地打我几巴掌。衣服放进箱子里时，我会扯上姐姐偷偷地打开，趁母亲不在时，也会拿出来穿在身上显摆显摆。

还有那些大立柜、五斗柜、连二柜、炕桌……

忽然觉得这一堆乱七八糟的破烂儿，竟然书写了我的半部人生，虽然他们就像秋天的树叶，将要在强劲的秋风里四散而逃，了无踪迹，但好在还有回忆可以收留。那就珍藏下那些旧家具带给我的欢乐和记忆吧！

苦涩的甜蜜

　　小时候的二姐，小眼睛塌鼻子，鼻涕总也擦不干净。父母亲每天忙于农活，无暇顾及二姐。她就整天穿着母亲或是大姐穿旧的、宽大的破烂衣服，在村巷里、土窝里疯玩，虱子和虮子爬满了发丝。我们兄妹几个嫌弃二姐，不和二姐一起玩耍，也不和二姐在一个被窝里睡觉，受了冷落的二姐整天不吭不喘。

　　村里人和二姐逗笑，说二姐是抱养来的，鄙夷地叫她"卖花姑娘"。小伙伴们也跟着起哄，说二姐是没人要的野孩子。这个时候，二姐便会放声大哭，疯了似的跑回家，扑在母亲的怀里，一个劲儿追问母亲，自己是不是别人家的孩子。直到母亲抚摸着她的头，轻轻地拍着她的脊背说："傻丫头，他们和你逗乐呢，你是妈亲生的好闺女啊。"二姐才会脸上乐开花，破涕为笑，撒开脚丫子跑出门外去，在田野里跳着脚高声喊着："我是我妈亲生的，我是我妈亲生的！"甜甜的童音荡漾着，飘进了高远的天空。

　　小学一年级没读完，二姐就死活不去学校了。父亲问其缘由，二姐便说实在是念不进去。父亲只好叹息着作罢。离开了学堂，二姐就跟着大人下地干活，瘦小的身体像在风中摆动着的麦苗，单薄得让人心疼。

　　风里来雨里去，一年年的磨炼，二姐个头长高了，人也干净利落了很多，而且成了一个种庄稼的好手。撒种、施肥、插秧、除草、收割、打场，二姐样样熟络，样样行务。村里人逢着正在地里干活的二姐时又开始打趣："这么能干的女娃娃，不知以后要便宜了谁家？"二姐便羞涩地低下了头。

二姐没有识上几个字，可是爱看书，放羊、挑草时，沟渠畔上碰到有字的纸片儿，二姐都会一片一片地捡来，用线绳子串了起来，有空时，就津津有味地念念有词，遇上不认识的字，回到家后就抓住哥哥姐姐问，就是这样二姐竟然认了不少字。

后来，二姐看书的势头便一发不可收拾，简直到了痴迷的程度，还因此发生了很多趣事。记得有一年夏天，二姐不知从哪里弄来了一本连书皮都没有了的小说，白天忙完活，就蹲在麦场上的灯光下看书。二姐被书中的情节深深迷住了，竟然忘记了时间，书看完时已是鸡叫时分。这个时候，二姐才发现自己的脸上、腿上、胳膊上被蚊子盯得满是疙瘩。还有一次，二姐出去放羊，只顾闷着头看书，羊群跑到了庄稼地里，祸害了人家的粮食她却浑然不知，田主人因此不依不饶，二姐没少挨父亲的打骂。但二姐依然故我，只要能够弄到手里的书，总是偷偷地藏了起来，生怕被别人发现抢了去。

我上小学三年级时，二姐已经读了《呼杨合兵》《七侠五义》《三国演义》《岳家将》和《儿女英雄传》等小说。而且对每一本书的内容，二姐几乎都烂熟于心。一拃厚的书，几十上百个人物，二姐能从头到尾讲得堂堂不流水，惹得一大帮爱听故事的小孩整天围着她的屁股转。

后来，村子里光景好的人家有了电视机，我家儿多家贫买不起。二姐也不埋怨，每天忙完农活就跑到邻居家看电视，邻居家看不懂的故事情节，二姐就给他们讲，回家后又给我们兄妹几个讲。那时候，我老诧异二姐有那么好的领悟力，那么好的记忆力，怎么会念不进去书呢？

多年后我才知道，二姐看着父母亲成天在地里狠命地劳作，有时候连个饭也吃不上，还要供养五个子女上学，小小的年纪就想减轻父母的负担，便早早地离开学堂，回家帮衬父母，我忽然对这个傻兮兮的二姐，产生了一种近乎崇拜的心理。

二姐到了婚嫁的年龄，上门说亲的媒婆一拨接一拨。二姐独独看上了远村的一个比自己小两岁的小伙子。姐夫是独子，上有六个姐姐，五个已经出嫁。姐夫的父亲已经七十多岁，种地已然没了力气，母亲害了眼病，只能摸索着煮个稀饭。姐夫只上了小学三年级，田地里的活不甚精通，侍弄庄稼简直是个门外汉。庄子上的人都想不通，二姐放着那么多家底好人又壮实的男娃不找，偏要找一个一进门就伺候老人的老秧蛋子，明摆着是受苦遭罪的姻缘。可二姐认为，姐夫为人厚道、孝敬父母，没有坏毛病，有主见、点子多，更主要的是姐夫家地多，嫁过去不愁吃喝。

父母本不大同意二姐的这门亲事，说姐夫家单门独户，没个帮手，会受人欺负。但二姐的执拗让父母让了步。二姐出嫁时，父亲泪眼婆娑，慌乱中把一瓢水倒进了油锅里，油锅起了火，父亲没来得及躲闪，一团烈火扑向了父亲的面部。父亲的头立刻就肿大了许多。二姐见父亲成了这个样子，哭喊着说什么也不嫁了。母亲好说歹说，二姐才放声哭着，一步三回头，趔趔趄趄上了娶亲的轿车。

二姐嫁到婆家着实感受到了苦难。虽说姐夫家地多，干活的人手却少得可怜。十多亩地，二姐像陀螺一样地旋转，没有一刻闲工夫，放下这头就顾那头，里里外外都得顾。每天天麻麻亮就下地了，一个人不抬头地干活，有好几次都晕倒在地里，硬撑着爬起来接着干。拉土、上粪、犁地、播种、割麦，二姐没有一样落在别人家的后面。每当颗粒归仓，粮食满囤时，二姐的脸上便会绽放出如花的笑靥。

二姐对待公婆视同自己的父母，恭恭敬敬，知冷知热。粮食换了钱，二姐先是给公婆扯上一身新衣服，而后给姐夫买上几包烟，给娃娃抓上几包糖，唯独没有自己的。二姐眼光长远，在别人只顾着在自己的责任田里打转时，二姐就鼓动姐夫搞副业，养牛、养猪、养鸡、种大棚蔬菜，二姐一点点摸索着致富的门道。在二姐的辛勤操持下，日子一天天地好过了，成了村里的冒尖户。二姐务营着庄稼，伺候着年迈的公婆，年轻的额头上过早地爬上了皱纹。村里人都说姐夫娶了个好媳妇，姐夫的父母见人就说他家烧了高香了。二姐的公公八十五岁无疾而终，含笑九泉。二姐继续服侍眼睛彻底看不见的婆婆，为婆婆端屎端尿十多年，没有一点怨言。二姐的婆婆八十三岁去世时，身上干干净净，面目安详。人们都说，周家老婆婆修得好。

村主任把二姐树立成了村里的标杆，评选二姐为"好媳妇""孝德之星"。谁家找媳妇，都说要能娶到二姐这样的女娃，就是莫大的福分。二姐被村民推选为镇上的人大代表，二姐感到沉重的压力，恨自己书念得太少，不配做一个人大代表。于是，她每天坚持写日记，用女儿的作业本，弯弯扭扭地写了几本子心得体会。遇到不会的字，就一遍又一遍地查字典，二姐一点一滴地积累，竟然条理清晰地写出了代表村民意见的提案，镇上的干部吃惊地睁大了眼睛。

在二姐的潜移默化中，她的一双儿女也聪明懂事、好学上进，先后考上了外地的大学。

光阴悄悄地流逝，如今已步入中年的二姐，依然一刻不停地忙碌着，品味着生活的苦涩，和苦涩的生活带给她的甜蜜。

归 巢

罗大爷凌晨五点钟就醒了，在床上烙大饼般翻来覆去，总也睡不着。他习惯性地伸手摸了摸身边的被子，空荡荡、冷冰冰的被窝，差点让他流下泪来。

老伴去世已经五年了，形单影只的罗大爷，就一个人吃饭，一个人睡觉，一个人散步，一个人看着电视，直到昏昏入睡，没人过问他的冷暖和悲喜，日子过得没着没落。

十天半月都难得见到他的一双儿女和孙子孙女，倒不是子女不孝顺，他们都很忙。家里越来越安静了，有时候三室两厅的房子里，静得连一根针掉到地上，听起来都像是轰响。

罗大爷总觉得老伴没有走，仍在屋子里陪伴着他。罗大爷吃饭时总会摆上老伴的碗筷，一声声喊着，老婆子吃饭了，我给你做了糖醋鲤鱼……睡觉时铺上老伴的被子，和老伴说一会话心里就安稳了。

今天是罗大爷的生日，以往都是老伴张罗着给他过生日，一双儿女吃着老伴做的长寿面，屋里充满了欢声笑语。可老伴不在了，他已经五年没有过生日了。有时候儿子想起了会给他一些钱，让他买些好吃的。可儿子哪里知道，罗大爷最缺的根本就不是钱，他只是想和儿女孙子孙女一起吃顿热乎乎的饭。

老伴不在的这些年，罗大爷学会了做饭炒菜，还照着电视学会了几样能叫上名的"大菜"。他要在生日这天露一手，做一桌子菜让子女尝尝他的手艺。还要买一个大大的蛋糕，点上蜡烛，儿子儿媳、女儿女婿，还有孙子外孙，一大家子围在一起唱着生日歌，一起吃蛋糕。

罗大爷拿着自己写好的购物清单，踩着枯败的树叶，蹒跚地闷头走在大街上。他想顺路通知一下儿子大罗、女儿姗姗，让他们早点回家给他过生日。

儿子和女儿工作的地方，离罗大爷住的地方不远。也就十来分钟的脚程。

来到儿子大罗上班的高档写字楼下，罗大爷没敢进办公室。他怕大罗的同事笑话，给儿子丢脸。大罗是一家公司的老板，他一个糟老头的出现，肯定会使大罗尴尬的。罗大爷给儿子打了个电话，让大罗到楼下，说有事要说。

大罗正在和客户谈话，接到父亲的电话，不耐烦地嘟囔了几句，匆匆跑下楼。

"爸，有什么事啊？你赶紧说，我这还忙着呢。"大罗着急地看着罗大爷。罗大爷张了张嘴，话还没说出口，大罗的电话响了。

"喂，什么事啊，我忙着呢。"

"张总等不及了，要走了。"

"你告诉他，我马上上去，可不能丢了这次的大单啊，这可好几百万呢！"

"爸，我这忙着呢，你老回家歇着去啊，跑这干吗呀？是不是没钱花了，我这有。"说着话，大罗掏出一叠百元纸币塞给了罗大爷。罗大爷正想说，今天能不能回家吃顿饭。话还没出口，大罗已转身离开了。

　　大罗小时候身体虚弱，整天哭闹不止，惹得邻居极不耐烦。罗大爷和老伴三天两头背着儿子往医院跑，日子过得紧巴巴的。但不管有多困难，罗大爷还是省吃俭用供大罗上学。大罗学习刻苦，顺利考上了大学，毕业后在一家大公司上班。在城里买了房子，把罗大爷和老伴也从乡下接到了城里。大罗的做法让罗大爷风光了好长时间，村里人都夸大罗是个孝顺孩子。

　　后来，大罗有了自己的公司，整天总是说忙。老伴在的时候，儿子大罗隔三差五地领着媳妇带着孙子大包小包地来看罗大爷。这让罗大爷很是欣慰。可老伴走了，儿子女儿来看罗大爷的次数越来越少。

　　忙，忙，忙。罗大爷知道子女忙，也不敢打扰他们。罗大爷一个人住着一百多平方米的房子，城里也没有什么朋友，出门进门就他一个人。有一段时间罗大爷好想和儿子说说话，每次电话打给儿子都说忙。罗大爷只好装扮成买菜的师傅，守在儿子下班的路上想看着儿子，可是儿子一出门就钻进车里，眨眼就没了踪影。

　　姗姗今天应该有时间吧？罗大爷自言自语着走向女儿的单位。

　　女儿姗姗在医院工作，是一名外科大夫。进了医院大门，罗大爷看见女儿姗姗和一帮人火急火燎地往外走，门外停了许多小轿车，像要坐车去什么地方。

　　"姗姗，姗姗！"已经来不及了，罗大爷一副不管不顾的样子，放声喊道，

　　"爸，你怎么到我单位了？我这忙着呢，你没看到啊？回头再跟你聊。"罗珊珊听到有人喊。回头一看，是自己的父亲。急急跑到了罗大爷面前。

　　"你今天能回家陪爸爸说会话吗？今天是……"罗大爷刚

想说话，珊珊已经掉转头坐进了小轿车里，绝尘而去。

罗大爷迈着步子往家里走去，他想打电话叫孙子到家来吃饭，主要是想看看孙子。孙子上高中了，长得白白净净的，很帅气的一个小伙子。罗大爷快一年没见到孙子了。

"喂，你谁啊？哦！爷爷啊，我忙着呢。我马上要和同学去看电影了。不跟你聊了，同学催呢。"罗大爷拿起儿子大罗给他买的手机，拨通了孙子的号码。

嘟嘟，嘟嘟……孙子已经挂断了电话。罗大爷举着电话，半晌说不出话来。他本来想对孙子说，爷爷想你了……

已是深秋了，树叶由绿变黄，风一吹，散落得满大街都是。罗大爷抬头看看天色。黄昏的霞光把云彩涂抹得红彤彤的，一群大雁排成两行鸣叫着向南飞去。

"他们要归巢了，我也该归巢了。"罗大爷喃喃自语。

行走的欢喜

渐渐习惯享受行走带来的愉悦，那种依附脚趾携着身体梳洗灵魂的感觉，仿佛抖落满身的浮尘，穿过薄雾缥缈的晨露，轻巧灵动地走过尘世的喧闹，让一切如若初见，心灵纯净无瑕。

行走的路上，走着走着会情不自禁地扭动着身躯，或是迈开舞步，或是轻声低吟，让行走的欢快荡漾在空气中，流淌在心田里，这样的场面让人的心里暖暖的。也会碰上如我一样行走的认识或不认识的人，迎着面笑容便布满了脸庞，心间如花朵儿般开放，仿佛劳顿后的酣畅淋漓的沐浴，通体舒爽后，萌生的浅浅欢喜。

随心随性地迈步，行走在漂浮着荷叶和苇草的人工湖边，不光为能呼吸那份天然纯粹的空气，还为那份闲适和悠然。我爱夏天里在荷叶上嬉戏的青蛙，体验它们没有忧伤、没有烦恼，把湖水当做它们的乐园，兴致盎然地表演着一场接一场大合唱；也喜欢那些在荷花上翩翩起舞的蝴蝶，惹得一湖的花蕾竞相开放，开心得像一张张童真的笑脸；还有沿湖林荫小道上的不知名的鸟儿，一会儿跃上枝头独唱，一会儿聚在树梢和鸣。这些世间的小生灵，总能让人抛却凡尘俗事，静静地享受天地间的无限情趣。

也会路过一处每天热闹未曾停歇的早市，是它拉开了一天生活的序曲。有卖狗皮膏药的，有卖时令新鲜蔬菜的，也有流动作业卖早点的。空气中弥漫着小贩的叫卖声，和着各种食物的味道，渲染着鲜活的人间图画。晨练的主妇或是早起的老人，挺着汗津津的身子，站在早点摊位前，或是蹲在瓜果蔬菜间，仔细询问着物品的价格，耐心地挑挑拣拣，固执地一分一毛地砍着价格，小贩也不恼，他们耐心地一遍一遍地高声叫着价格。

于是，一根绿茵茵的葱、两个鲜红的西红柿、一小袋土豆、几把韭菜……卖菜的小贩憨憨地笑着，不厌烦也不笑话，任他们挑；然后把秤杆抬得高高的，差个块儿八角也不计较，嘴里还絮叨着："自家产的，好吃常来啊！"像是见着了久别的友人，语调亲切柔和、朴素自然。路过早市行走着的人们相互打着招呼，遇上许久未见的老邻居或是老同事，会拉着手，久久不肯松开，拉着家常，谝着闲话，熙熙攘攘的路上，洒下此起彼伏朗朗的笑声。

也会走过一座古庙门前的小公园。庙里的暮鼓晨钟，伴着尘世的烟火响彻云天，透着古朴苍凉、肃穆幽然，公园里的樱桃树可不管这令人黯然的气氛，悄悄开着小小的花朵，结满红艳艳的果子，透过太阳的照射，色彩斑斓的影子投射在树木间，煞是惹人喜爱，心里也便盛满了开心的果实。那散落在公园里的叫不上名字的古树，虽然经过了几十年或是上百年霜刀雨剑的洗礼，但依然抖擞着精神。月光透过树叶的缝隙，撒下一个个小月亮，就像熟透的大鸭梨，斑驳一地，愈发显得天地澄澈，不管是喧闹，还是寂静，都让人心里感到温暖。

也就是这座园子，更让我流连其间的，不是公园里的假山、树木，而是那些不知从何时起，在这里伸胳膊伸腿，把它当成了乐园的老人们。

　　老人们早也聚在这里，晚也聚在这里。或者用质地良好的音箱，播放颇为现代的音乐，动作娴熟而优美地跳"国标"、跳拉丁舞，一曲接一曲地跳，不觉得累。在音乐里享受着生活的乐趣，在舞步里追忆着青春的过往。行走的我，总会被激越的鼓点吸引，被老人们的激情感染，也会步入老人们中间步法凌乱地舞上一阵。

　　或者吹拉弹唱、吼秦腔、唱京剧，唱腔铿锵有力，胡琴拉得有板有眼。微风拂过老人们的脸膛，触摸到的是一片矍铄和满足。我喜欢老人们恣意挥洒生活的心态，我想等我老了，我不唱秦腔，也不学京剧，我就给老人们写戏文，自己演自己的生活，笑看前尘往事。

　　继续行走着，品味那些重复着的平淡，不必逗留，也不必往返，每一天都会有新的发现，每一天都会欢喜着、快乐着。

　　行走，总会给人带来一些意外的收获和欢喜。

老屋窗口

我家的老屋，距离县城不远。是西北地区典型的土木结构，南北走向，一排十几间土坯房。虽然陈旧，可我喜欢那里的一砖一瓦、一草一木，喜欢从那座房子里飘出的袅袅炊烟，以及那座房子里传出的朗朗笑声。

老屋是父亲一手打造的，已走过了半个多世纪的岁月，沉沉暮年。但我仍然喜欢她那如剪刀剪出的一格一格拼接的木窗棂，糊着白白的纸张，远远看去像一张勾勒清晰的水墨画。靠近窗台的地方留着一个用玻璃镶嵌的如瞭望口的方框，像是为窗户安上了眼睛一般，连通着屋里和屋外的世界。

老屋也是我咿呀学语的摇篮、张望世界的窗口，那里有母亲灿烂的笑容和声声的呼唤，也是母亲盼望儿女平安归来的温暖巢穴。

小时候，家里没完没了的农活，像牵着老牛的缰绳，使得父母不敢有一丝懈怠。总是早起晚归地下地干活。早晨广播播放《新闻和报纸摘要》节目的序曲一响，哥哥姐姐便窸窸窣窣地穿衣，匆匆忙忙地洗脸，背着书包上学去了。他们临走时不忘记在门上挂上一把铁锁，把我锁在空洞的老屋里。

年幼的我尚在梦乡里贪睡着，直到坐在火炉上的茶水壶嗞嗞地叫唤，才迫使我张开惺忪的眼睛。这时屋子里早已空空荡荡，一个人影也看不见了。我惊恐地放声哭喊着找妈妈，要和哥哥姐姐一起玩捉迷藏。可是，任凭泪水一个劲地流着，鼻涕一阵接一阵地吸溜，嗓子也哭得嘶哑难受，屋子里依然一片静悄悄。

没办法，我通常会从被窝里钻出来，胡乱套上衣服裤子，光着小脚丫，一步一个趔趄地爬到窗沿下，扒着窗台，隔着那块玻璃窗向院子里张望，院子里一样空空荡荡的，只有几只鸡、一条看门狗和圈里的猪，无聊地踱来踱去。

那张望无奈而焦躁，长得像是没有尽头。

冬天时，玻璃上浮着一层厚厚的冰花，每次趴在窗台上，我都用手使劲地抠，直到模糊的窗玻璃渐渐透出亮光，而我的小手也就冰凉冰凉的，但我依然贴着窗玻璃，使劲地向外望啊望，总希望爸爸妈妈、哥哥姐姐能突然出现，或者忽然来了几个小伙伴，给这寂静的院落制造点声音。

稍大一些就在想，我什么时候才能长大呢？长大了我就会像哥哥姐姐一样，背上书包去上学，或者干脆学着爸爸妈妈到地里干农活，也好过天天被锁在屋里。可是窗外，依然只有灰扑扑的麻雀在草堆上啄食，长着大冠子的公鸡咯咯地迈着八字步巡逻。几只胆大的小鸟飞到窗前，歪一歪头，张一张嘴，仿佛在说："小朋友，你好啊，我们都是你的伙伴。"这时候，我便格格地笑了。

到了上学的年纪，我和邻居家的小翠成了形影不离的好伙伴。每天我和小翠相约好了时间，夜色尚未落尽，天空黑咕隆咚的时候，我早早穿好了衣服，趴在窗台上向着外面看，盼望天空快一点亮起来，想象着小翠穿上她那件红色的小棉袄出现在我面前。待到小翠到了我家院子里时，我便迅速地离开窗口，飞也似的跑出门外，拉着小翠的手，蹦蹦跳跳地去上学。大人们说："这两个小孩子真是天生的一对啊！"我心里甜滋滋的，真希望小翠做我的媳妇，这样我们每天都可以在一起了。同学们嘲笑我，"每天带着媳妇上学，好不害臊！"我才不管那么多呢，高兴就行，爱咋说咋说。

但随着年龄的增长，小翠来约我上学的次数却越来越少。我经常趴在窗台上等待，迎来的都是一次次的失望，以至于整天都无精打采，那样的日子苦涩而又甜美。有一年，我贪玩摔伤了小腿，一条腿上用夹板固定着，不能下地，也不能去上学，最可恨的是不能和小翠一起玩了。每天我都两手趴在窗台上，眼睛一刻不停地向外看，多么希望一愣神，小翠就出现了。可是，总不见小翠的影子。我央求哥哥姐姐给小翠捎个信，让她到我家里来玩。实在是等得不耐烦了，我便趁着家里没人，一手撑地，一手抱着伤腿，偷偷地去看小翠。

小翠读了两年书，便辍学在家，下地劳动了。我与小翠见面的机会越来越少，那个窗户也就成了我对小翠的等待和期望了。有一次我到老屋看望父母，遇到了小时候的玩伴洪明。洪明俨然已和我生疏了，脸上的表情木讷、呆板，成年人的黝黑骨骼和健壮身板，让我感觉到了时光的悠远。当我问起小翠时，洪明悠悠地笑笑说："难得你有这份心，小翠嫁到了南山里，多年前丈夫出车祸死了，一个人拉扯着两个孩子过活，日子很是凄苦。"我想象不出，那个经常扎着辫子，穿着小红棉袄的小翠如今会是什么模样。

长大后，哥哥娶了嫂子搬到外面另起炉灶，姐姐嫁到了外村，而我到很远的地方求学，再后来又在城里安了家，我们就像出窝的小鸟，一个个飞向远方后，只有老父老母与老屋长相厮守了。孤独的父母亲守着日渐破败的老屋，在空空落落的大院落里，落寞孤单地守着那一方小小的玻璃窗口，如儿时的我一样，每天趴在窗台上，透过那方窗玻璃向外寻觅着，冷不丁院门开时，她的儿子或是女儿出现她的眼前，母亲的脸上便笑开了花。

我几次要接父母和我一起到楼房里住，都被母亲讪讪地微笑着拒绝了。我知道，母亲不是不愿意住到楼房里享清福，只是老屋是父母的巢穴，那里有我们一大家子的欢笑，有父母以及他们养育儿女的生活的温度。我常常想，老屋的窗口该是凝固了母亲多少的思念和盼望，想必母亲也是留下了无数的眼泪和长长的忧伤。

老屋离城太近，很快就变成了一块诱人的肥肉，惹得那些嗅着味的开发商觊觎不断。先是年轻人一次次地传递着消息，说是政府拆迁了要建菜市场，而后又说是要建居民小区。每一个消息，总会引起一阵骚动。

年轻人盼望着扒了旧房子，住进敞亮的高楼里，享受城里人休闲又精致的生活；老年人舍不得住了几十年的老屋，对那些似乎已是板上钉钉的传言置若罔闻，好像与自己没有丝毫关系。而我，则担心有一天老屋没了，童年的记忆会成四处飘荡的浮萍，折断了我回忆的翅膀。

最终，老屋没有逃脱被拆迁的厄运。老屋的院墙、房舍在挖掘机的嘶吼声中轰然倒塌，没人能挽留得住。我站在一堆瓦砾前，像面对一座灵气十足的古刹，唯有默默祈祷，轻轻祝福。

虽然兄弟姊妹众多，但也许唯有我对老屋情意绵绵。倒不是老屋有多么金贵，而是老屋里有太多让人难以割舍的情愫。如今，老屋不在了，回望那个在我心灵深处歌唱的窗户，已然冒着飞扬的黄土躺倒在纷扬的尘埃里，我多么希望老屋也如同宗教里的神佛一样，能经历无数个轮回，还会重现人间。

两棵树的光阴

有那么两棵树，两棵普通的国槐树，却在我的脑际萦绕，在我的心灵深处张望，在我的生活里散发着光芒。仿佛历经了岁月的沧桑，阅尽了人世的繁华与喧嚣，然后静静地仰望着、俯视着天地的伟岸，冷眼咀嚼着生活的甘苦。

我和友人房子，多次去看望、祭拜那两棵树。每一次，我们都兴奋不已，虔诚无比，像孝敬老人一般，围着那两棵树静静地看了又看，摸了又摸。那两棵树是孤单的，宽大的河流阻断了它们的绵绵情意，它们隔水相望，彼此祝福，倔强地独自品尝着晨露与夕阳。

可它们并不寂寞，总有一些敬仰者慕名而来，谦谦而拜。对于来访者，那两棵树无论是寒意袭人的隆冬，还是烈日炎炎的盛夏，它们都抖动着不屈的枝丫，仿佛是见到久未见面的儿女的老人，热烈、渴望、喜悦。它们总是伸展开宽大的臂膀，庇护许许多多的生命，呵护着一个个小精灵，每天都有无数只雀跃着身姿的小鸟，叽叽喳喳地围着它们欢歌。

河北岸的一所小学校的操场上，一棵国槐已经度过了两百年的岁月，树干庞大，枝叶繁茂，树枝伸展到了相邻的农户家里。想必这棵国槐树的邻居是珍爱它的，要不然它怎么能这样安然无恙地度过那么多凄风冷雨的春秋呢？这棵国槐树下，不知传递了多少报效家国的情怀，也不知孕育了多少知识的种子，培植了多少耕耘的希望。

听，琅琅的读书声透过教室的窗棂，传送给细细静听的枝叶，随着风的摆动，飘向天空，飘进乡野；看，那些稚气的小脸蛋，在美丽的年轻女教师的带领下，手拉着手，围绕着国槐树转着圈，分明在唱着"长亭外，古道边，芳草碧连天……"

小孩子们唱着歌，一天天地长大，慈母般的国槐树听着这些歌谣一定是满心的欢喜和愉悦。要不然，它怎么会有着那么健硕的身板和爽朗的笑声呢？国槐树的枝叶一定也是欢畅的，像青春的小花朵，绽放着生命的绿色，风一吹便啪啪吱吱地奏响了动人的乐章。

隔河望过去，一户农家的院落前另一棵苍老的国槐，恬然地睡着午觉。时而睁眼看看从它眼前路过的匆匆行人，时而进入它那无尽的回忆。是的，这棵国槐树比它对岸的那一棵整整年长三百岁。也许它们是相携而行的祖孙，彼此守望，相扶相携。也许它们是相互倾听衷肠的忘年知己，你奏琵琶我抚琴，琴瑟和鸣听水声。它们骨骼刚劲，棱角伶俐，透着铁骨铮铮的疆场勇士的气魄。它们用绵长的生命记录着历史的车轮，它们用伟岸的身躯追述着曾经的繁华。

在这荒寂的乡村，不知何年降落下一颗种子，在人们的精心培育下，娇嫩的幼芽长成了蓬蓬勃勃的国槐树。它像一盏明灯照耀着单调的村落，是那些远离家乡的游子的希望；这棵树是疲惫的游子避风的港湾，是那些远行的飞鸟歇脚的客栈，是那些肆意入侵村落的漫天黄沙的宿敌。人们感恩它、膜拜它，把满心的虔诚，化为一次次的叩拜，期盼着它庇佑着村人，向着光明的大道前行。

国槐树的树枝上，缠绕着无数条新旧不一的布条，那一定是敬畏它的人们，为它敬献的礼物；它的面前摆放着各式各样的供品，香烟缭绕，似在吟诵盛世的骊歌；它的树干上挂满了红绸绿被，那一定是热爱它的村人为它裁剪的衣裳。它像一座圣灵让人们朝拜，它如一尊佛陀使人们敬仰。

国槐树的主人已经搬离了，也许住进了富丽堂皇的高楼，也许他们远在他乡，树荫下的院落显得寂寥落寞，曾经的人事繁荣、烟火缭绕的痕迹荡然无存。可依然阻挡不了国槐树顽强的生命。树丫上喜鹊的巢穴里，年幼的生灵叽叽地呼唤着生命的张力，遒劲的枝条，蓬勃着葳蕤的树叶，传唱着一个个动人的故事。

两棵飘落在河流两岸的国槐树是幸运的，也是超然的。虽然平凡得很容易让人忽视了它们的存在，可它们仍旧向往着苍松翠柏的执着与毅力，任凭风刮过，雪压过，铅华洗尽，依旧傲然挺立，品味着各自的光阴，独步漫漫生命的旅途。

骡子的眼泪

　　收过秋庄稼的田野，泛着黄色的衰草在瑟瑟秋风中摇曳，仿佛繁华过后的谢幕曲，沉冷地拉开了迈向着冬天的大幕，多少叫人有些落寞。

　　记忆中，那些在杂草丛中自由啃食的牛羊、马匹，以及毛驴和骡子的身影，不是被主人套上缰绳，牢牢地羁绊在大大小小的圈笼之中，就是悄然消失在盛满美味佳肴的餐桌上，成为人们滋阴补阳的美味；或者干脆被赶进了大漠，成为旅游观光的宠物。在春种夏收的光阴中，早已淡出了与人共居的自然法则。

　　连我家那头曾被视为家庭成员的枣红骡子，也难逃厄运。但它却在我的心坎上烙下了深深的印记，至今仍在大脑里翻腾。

　　农村实行联产承包责任制以后，大集体的田地和牲畜都承包到了农户家中，农民们甩开了膀子，狠下工夫抓挖自己的日子。于是，有一头体壮力大，能犁地耙田的耕牛，或是能拖物拉车的骡子，就成了农人们梦寐以求的事情。

　　枣红骡子就是在那个时候，被人从外地贩运过来。它剽悍强壮，性子暴烈。动不动就嘶声咆哮，乱踢不止，村里的年轻后生想骑上遛遛，却根本近不了身，更别说拉犁耙地，成为庄稼汉的好帮手。但农人们都知道，这样的牲口如果驯好了，不仅犁地快，而且耐力长。所以村人还是争抢不已，没有办法，

064

只能抓阄决定它的归属。

很幸运，父亲牵着那头两眼炯炯有神，身材圆滚实落，毛发光洁滑顺的枣红色骡子，昂首阔步地从几百人的面前经过，闹嚷嚷的人群顿时安静下来，各种充满羡慕、嘲笑和幸灾乐祸的目光几乎穿透父亲的身体。

那头骡子拴到我家的畜棚，父亲立即细心地给它添上草料，兴奋地喊母亲和我们兄妹几个来观看。我攥着母亲的衣角，伸出手想近距离抚摸一下骡子，却被它的一个响鼻吓得差点儿摔倒；哥姐立刻躲得远远的，只敢探着身子看。不甘寂寞的大哥，刚学完《盲人摸象》的课文，便让我们从各个方向解说骡子的相貌。父亲和母亲一边静静地听着我们兄妹的议论，一边相互诉说着骡子的来之不易，脸上洋溢着幸福、满足的笑容。

那天晚上，全家人比过年守岁还兴奋。父母亲彻夜未眠，一遍又一遍地规划着骡子的使用，思谋着日子的方向。哥姐畅想着骡子给咱家带来的种种好处，我幻想着有一天能骑上骡子，像《三国演义》中刘备骑着他的"的卢"跨涧战枭雄。

但不管怎么说，驯服骡子才是最当紧的事儿。枣红骡子就像个调皮捣蛋的孩童，套车时左右躲闪，拉车不听驾驭，犁地时惊悚猛跑。父亲几番训练也未能让它服帖，一度几欲卖了它，重新换头温顺的驴子或者耕牛，可又舍不得。最后父亲决定，让大哥和二哥带着骡子，到离家几十里外的山里拉沙搞副业，骡子被父亲拽着离开家时，似乎明白了什么，不踢不闹，像是找到了自己大显身手的职场似的，跟在父亲身后颠颠地小跑。

也许是受不了整日拉车倒料的苦，也许是太想家了。骡子在某一天干完活卸了架子车后，挣脱缰绳跑了。任凭大哥和二哥满山遍野地找，几天几夜也见不到骡子的踪影。父亲得知消息，立马背了干粮到深山里找寻。父亲在骡子可能经过的地方细细地找，挨家挨户地寻，依然是没有一点音信。正打算放弃时，一双黑炯炯的眼睛在黑夜里和父亲对视在了一起。

父亲牵住了骡子的缰绳，一把抱住骡子的脖子。骡子乖乖地低下头，像个做了错事的孩子。难道它在寻找父亲？还是在寻找回家的路呢？答案无从知晓，也无人去追究。父亲当时又恨又喜，竟然抱着骡子哭了。哭完了就一遍遍地大声责骂这头不懂人言的畜生。骡子静静地一动不动，低头噗噗地打着响鼻。父亲说，那一刻骡子流着眼泪，一副做错了事，任由主人责罚的乖巧模样。父亲试着骑上这头从未有人近过身的骡子，它竟然乖顺地一路狂奔，把父亲安全地送回了家。

从此，父亲再也舍不得让骡子离开家了，他像对待自己的子女一样，精心呵护着骡子。亲自带着它翻地、浪稻田，为家里的柴米油盐整日奔波，偶尔租给别人家犁地挣点外快，也要心痛好几天；我想骑上骡子撒欢的想法，当然也未能实现。父亲的阻挠是一个原因，最主要的是那头桀骜不驯的骡子，只认父亲一个人，连大哥和二哥，也只能在父亲把它套上车子后，才能降服住。但骡子却渐渐成为我们家里的好劳力，甚至是摇钱树。它改善了我家窘迫的生活，让我家的日子有了奔头。

枣红骡子的吃苦能干，让村上很多人眼红不已，而这险些让它丢了性命。那年秋收结束，父亲用长长的缰绳，将骡子拴在收完庄稼的地里啃食青草。谁想到竟跟别人家的马匹纠缠在一起，几经撕闹，骡子挣脱缰绳跑冲进别人家白菜地里，啃了几嘴菜叶子。菜地主人捞起铁锹，狠狠地砍向骡子的臀部。骡子鲜血淋漓地跑回了圈棚。父亲发现了骡子的伤情，赶紧到兽医站买来了药水。小心翼翼用干净水清洗了骡子的伤口，而后轻轻地擦上药水。药水渗进骡子毛皮翻起的肉里，我看着既心疼又害怕。骡子不停地眨巴着眼睛，四蹄不停地踢动。父亲一边给骡子擦着药水，一边不停地说着抱愧的话。

那一刻，我看到父亲的眼泪流了下来。他说，骡子是咱家的功臣，咱可不能亏待了它。骡子仿佛听懂了父亲的话，它感激地回头看了看父亲，眼中竟滚落下两颗大大的泪滴。

斗转星移，一晃过了很多年，老了的枣红骡子失去了昔日的彪悍，显得耕地吃力，拉车缓慢，彻底不能在庄稼地干活出力了。母亲和父亲就商量着把骡子卖了，换一头耕牛。农民离了牲畜就如同士兵丢了枪支一样，庄稼没法收，农活赶不及。卖掉骡子另置牲畜，确实也是不得已的事情。可是父亲舍不得，这头骡子就像自家的孩子，他害怕卖到贩子手里，被杀了卖肉太残忍。父亲四处打听，想把骡子卖到田地不太多的庄稼汉手里，哪怕价钱低一点都无所谓。终于打听到了满意的一户人家，对方答应不怠慢骡子，不杀不卖，让它终老。

骡子离开前一天，父亲给它梳洗了毛发，把日常舍不得的玉米、青豆磨成了粉倒在食槽里，让骡子饱饱地吃了一顿。父亲把在家的儿女叫到了骡子的身旁，和母亲诉说着骡子的种种好。母亲像为自己的儿女送行一般，摸摸骡子的嘴巴，理理骡子的鬃毛，转过头偷偷地抹着眼泪。骡子像是在生气，又像是默默地哀伤。时而起跳，时而摇头咀嚼，父亲拉过二哥，万般叮咛，再三吩咐，让二哥把和买家说好的话再多说几遍。才一咬牙，闭着眼睛狠心地打发二哥牵着骡子走了。骡子一步三回头，蹬着腿不肯离开，我看见父亲紧闭的双眼里，泪水奔涌而出，身子一软，就蹲在畜棚边不出声了。

二哥一手攥着几张红闪闪的票子，一手提着孤零零的骡子笼头回来了。父亲像丢了魂一样站起来，木然地从二哥手中接过有些发硬的的笼头、缰绳，蹲在地上放声大哭。嘴里不断喃喃着，"为咱家辛苦到老的骡子，再也见不着了，再也见不着了！"母亲劝慰父亲，咱家的骡子终是有了个好下家，你就放心吧！说罢，自己却哽咽着跑向屋里去了。

从此，我们家再也没养过骡子。慢慢地，大型的耕地机、收割机，轰隆隆地开进了庄稼地，荒寂的原野上，只剩下参差的衰草，再也看不到骡子健硕的身影了。

绿军装

闲来翻看有些老旧的相册，一张泛黄的照片勾住了我的眼睛。我久久地凝视着照片，一串串往事，便从记忆深处泉水般汩汩冒了上来。

这张照片是我初中毕业时，和最要好的四位同学的合影。照片上五张青春洋溢的笑脸，稚气未脱，充满着幻想，眼睛里满含着对未来的美好憧憬。单薄的身体，穿着一身半旧的草绿色军装，宽大得不得体；头上戴着用报纸撑起的军帽，样子很是滑稽可笑，青涩的眼神里透着一股英姿飒爽、睥睨一切的豪然之气。

二十世纪七八十年代，社会上流行不爱红装爱武装。人们刚从黑灰蓝的樊笼里挣脱，绿军装便领导了一种时尚潮流，成了整个社会的流行色，能有一身绿军装是许多青少年男子梦寐以求的梦想。年轻人四处搜寻，争相模仿，而大多数农村孩子都穿着补丁摞补丁的蓝色，或是灰色的粗布衣服，家里条件稍好些的，衣服穿着脱色了，到过春节时才能拿到染坊重新染色，染过后的衣服焕然一新，接着再穿，也没人嫌弃，哪里还有闲钱追赶时髦呢？

初中毕业时，除了要照全班合影外，关系好的同学总要留个影。我便提议几个"铁子"，一起穿着绿军装照一张相。可是我们几个的家庭，日子都很窘迫，哪里还有余钱给我们买一身绿军装呢？只能无数次在梦里穿着绿军装，和同学走在柳梢伴舞的校园里，尽情地追逐、打闹，摆着各种样子听着咔咔的声音不停地照相。于是，我们便萌生了借军装照一张彩色照片的念头。相约到照相馆合影的日子一天天临近，别的同学都找好了绿军装，而我还是没有着落。正当我惆怅难当时，在外地搞副业的二哥回到了家，从别人手里买了一身八成新的绿军装。我便央求二哥把他的军装借我去照张相。二哥起初有点不太乐意，但禁不住我的软磨硬泡，还是脱下他那身平整的绿军装，郑重其事地交到我的手里，再三嘱咐要小心，别给他弄破了。

待我把期待已久的合影照拿回家时，一家人甭提有多高兴，左看看，右瞧瞧，脸上洋溢着开心的笑容。我却在心里默念着我们青春的友谊，悄悄地把照片放进了相册里。

照片里的雷子是最早穿军装的，即便是颜色退得有点发白，还是引来了无数羡慕的目光。我一直以为雷子家里经济条件一定宽裕，经常骂他装穷。雷子总是默默地听我们数落，一声也不吭。春天插秧，夏天收麦子，我们关系好的同学一家挨一家地帮忙，唯独雷子，只是给别人家帮忙，总不见他约我们到他家里去。

有一回，我们几家的麦子都收完了，眼看着就要毕业，心里怅然得很，不知分别后还能不能再见到面，便相约着到各家都走一走，记下了住处，以后好来往。话说给雷子，雷子嗫嚅着，不肯接话。我们都猜想，是不是雷子家里不喜欢我们这些穷学生到他家去。以为雷子不把我们当好朋友，想把他赶出我们的圈子，心里很是愤愤然。

大詹说："雷子不是那样的人，我们还是想办法搞清楚情况再说。"于是某一天，大詹领着我们悄悄尾随着雷子，要到雷子家里看个究竟。待我们到了雷子家时，被眼前的一切惊呆了。雷子住的房子墙皮脆裂，墙角坍塌，四处漏风，家里连一件像样的家具都没有，显得凄凉无比。原来雷子的父亲早已去世，唯一的哥哥参军入伍，成了一名军人，曾经是雷子家的骄傲。可雷子的哥哥退伍后给别人开车出了车祸，双腿被截肢，不但干不了农活，还躺在炕上让人伺候。雷子家拿不出像样的食物招待我们，可雷子的母亲还是东家一根葱西家一颗菜地借了，给我们做了一顿可口的饭菜。

考上高中的雷子辍学了。正值青春的雷子难道就这样放弃了学业，放弃了他走进军营当一名军官的梦想吗？我们都为他惋惜，可是雷子说："家里的生活担子总得扛起来吧，不能老是依靠别人。"雷子小小的肩膀能扛得动那沉沉的日子吗？谁也不知道，但是扛得动扛不动都得扛不是吗？那一刻，我们觉得自己一下子长大了，心头沉甸甸的。

后来，雷子学会了耕田种地、操持家务，捎带着干起了贩运蔬菜的生意，家里的日子慢慢有了起色。但是毕竟年纪太小，缺了点沉稳老练，雷子在一次外出贩菜时遭遇不测，早早地离开了人世，家里的日子雪上加霜，让人扼腕不已。

照片里的其他同学，如今都摸爬在各自的光阴里，索然地耕耘着自己的日子。虽在一城之内谋生，却再也未曾谋面，偶尔遥遥听得一星半点的信息。

时光久远，岁月不羁。那些充满了温暖的往事，即使已经远去，却依然在眼前飘荡。

母亲的狗狗

小时候生长在农村，几乎家家都养狗，独独我家没有。

每每看到邻家伙伴带着自家的狗在田野里撒欢玩耍时，心里痒痒得像猫抓，逮着机会总会凑上去摸摸狗的脊背，顶顶狗的脑袋，抓抓狗的尾巴，大着胆子抱抱狗、亲亲狗。狗不停地摇着尾巴，不恼、不叫，也不咬人，一副惹人欢喜的样子，煞是可爱。

想拥有一只小狗，成了我那个时候最大的心愿，可母亲偏偏不让我养狗。我哭闹着，不停地追问缘由，母亲总是不肯言说。时间久了，也只好作罢。

结婚后有一年，丈母娘家的母狗下了一窝狗崽，儿子央求着要养一只。起初我是不大愿意的，我讨厌那只个头矮矮的母狗，样子土不拉叽，见人老是乱叫，根本就不是我小时候想要的那种狗。

过了些时日，狗崽要出窝了。儿子说什么也要留下一只，我问儿子："现在住楼房，家里三口人，各忙各的事情，谁来照管狗呢？"儿子可不管这些，愣是挑了一只小狗抱回了家。

"养就养吧，就当家里多了一口人。"妻说。而且小狗崽憨态可掬，样子滑稽，让人甚是喜欢，我也就默许了。可儿子猴性子，不到一个星期就不待见小狗了。

"要不把小狗送人吧，儿子既然不喜欢，家里又没有人照管，总不能让小狗遭罪吧。"妻子不忍心。

可是送给谁呢？城里人都养的是像猫一样大小的宠物狗，模样乖巧，毛发滑润，嗲声嗲气，一些少妇像儿子一样地伺候。农村人都养的大狗，要么看家护院，要么陪小孩玩，不养吃闲饭的。也曾想到一些合适的人家，并几次三番跟人家联系，却总是遭到拒绝。至于家里，知道母亲不喜欢狗，也就不敢在母亲面前提及。小狗送不出去，只好随意养着。

回乡下看望母亲，顺便带了小狗。母亲见着了，左躲右闪，爱答不理。小狗可不管这些，一个劲地撒着欢，小尾巴像拨浪鼓一样有节奏地不停摇晃，一会儿围着母亲的脚嗅来嗅去，一会儿张着小嘴扯着母亲的裤脚。

"妈，这狗和你有缘呢，要不留下来给你做伴吧。"我借机笑着说。母亲不言语，只是摆着手，说什么也不要。

"还是留下来吧，孩子的一片心意。"父亲一直笑眯眯地看着小狗，观察着母亲的脸色，嗫嚅着说。

也许是父母的年龄大了，儿女又都不在身边，两个人的日子孤单、寂寞，父亲也想调节一下生活。母亲白了一眼父亲，算是默认了。

避开母亲，父亲偷偷告诉我，当年我们家不养狗，是因为家里断了粮，连着数日都是菜汤稀糊，饿得我们姐弟几人都水肿了，不得已母亲去别人家借粮，被一条狗咬烂了双腿，休息了两个多月才好，心理上落下了阴影。

听了父亲的诉说，我心里像插进去了一把刀，疼痛欲裂。我只在意自己的喜好，哪曾想母亲为了养大儿女受过如此的煎熬。这一刻，我只想带走小狗，不让母亲再受到伤害。母亲似乎看出了我的心思，突然抱起了小狗，亲昵的样子像怀抱着自己的孩子，脸上舒展开了笑容。

"自家的狗该不会咬人的吧，就留给我做伴吧！"母亲说。其实我知道，母亲是在帮我解围，儿子早就把小狗的情况告诉了奶奶，母亲就是再怕狗，也不希望他最疼爱的小儿子为难。

小狗在母亲的精心喂养下，长得越来越壮实，像个小跟屁虫，每天陪着母亲出出进进，形影不离。

给小狗取个名字吧，比如叫个好听的外国名，或是学着城里人叫个文雅的时尚名。我说干就干，想了一长串名字，写在纸上交给母亲选择。

母亲摇着头，都说不好不好。母亲唤狗，就叫狗狗。我们也跟着叫，狗狗就成了小狗的名字，小狗也记住了自己的名字，每当有人"狗狗，狗狗"地呼唤时，小狗便眨巴着晶莹的小眼睛，循着声音左看看右瞧瞧，甚是机灵可爱。小狗渐渐长大，母亲训导它排泄，教它认识家里的亲戚。狗狗机灵，能听懂母亲的话，母亲教给它的都能记了下来。

狗狗温驯、乖巧，不但不随地大小便，还能快速地辨认家里的亲戚。很显然，狗狗不像城里人养的那些狗，家里的亲戚刚进院时，它就张牙舞爪地示威，主人呵斥后方肯罢休。狗狗老远看见亲戚，就会围上去，轻轻摇着尾巴，一副热情的样子。亲戚离开时，狗狗会随着母亲把亲戚送到很远的地方，待母亲转身回家，狗狗会兴奋地摇头摆尾地走在母亲的前面，忠实的保镖一样。

狗狗重感情讲义气，每次我去看望母亲，狗狗像事先得知了消息似的，早早守候在路边，看到我向着母亲的房居走来时，狗狗一边张望一边踱着碎步前行，确认是它的好朋友后便飞奔着向我扑来，我蹲下身子，伸开双臂，紧紧地抱住了狗狗。倘

若与狗狗长时间没有见面了，狗狗会伸出前爪环住我的脖子，嘴巴凑到我脸上蹭了又蹭，让人心中升起无限的喜悦，一股暖流便涌漫开来。

狗狗渐渐长大，父母亲却日益衰老。家里的老屋拆迁后，父母亲租了离城较远的一处院落，母亲对狗狗的去向担忧，带上狗狗，怕它到了一个陌生地方会走丢，更害怕受到生狗的攻击吃亏；不带狗狗，又去哪里呢？

母亲想给狗狗找个可靠的人家，姐姐家是首选，狗狗认识姐姐，在那里不会受到虐待，还能保障吃喝。狗狗看懂了母亲的愁容，整日围着母亲转圈圈，不吃也不喝。母亲无奈，搬家时卖了驴以及用了一辈子的农具，只带了狗狗。

狗狗懂事，不出门惹是生非，也不恼母亲，乖顺得像个听话的孩子。父母的安置房建好后，母亲又担心狗狗不能适应楼房里的生活，怕它惊扰邻居。母亲打算把家里的东西搬到楼上后再考虑狗狗的安置，没承想，搬家的小型卡车一启动，狗狗一个健步，飞速地跳进车厢里，狗狗俨然成了家里的一分子，家里的一口"人"。

父亲病了，屋里弥漫着浓浓的药味，一种不祥的气氛时时涌来。狗狗陪伴母亲已经十五个年头了，论年龄也是狗中老人了。有段时间，狗狗忽然病恹恹的，最后甚至不吃不喝，时不时地呜咽几声，就像人在哭。有一天趁人不注意，狗狗跑出去好多天不回家。母亲说："狗狗不安心在家待了。"父亲多心地说："人有病了，狗狗也嫌弃了，还是想办法找回来吧！"

我便四处找寻，终是没有见到狗狗的影子。

心中不由得伤感起来。记得一本书上说过，狗到年老体衰，知道自己的死期不远时，会离开主人家，找一个安静的地方，慢慢结束自己的生命，目的就是不让主人看到它的死相，有尊严地死去。狗是幸福的，知道自己的死期，而人却不能。我想狗狗大概是出于这样的原因离家出走了。

半个月后，父亲病情加重，临终时，狗狗被大哥发现后带回了母亲家，已是骨瘦如柴，目光呆滞，毛发脱落。母亲一阵责骂后，怜惜地给狗狗灌奶喂食。母亲说，狗狗是回来送别父亲来了。

狗狗在母亲的细心照料下，又能蹦蹦跳跳了，只是毛发大把地脱落。父亲去世后，狗狗趴在父亲的床脚下低低哀鸣，眼泪如线般流淌。父亲出殡时，平日里一个响炮就吓得四处逃窜的狗狗，任凭那鞭炮炸得惊天动地，也不管那汽车喇叭的刺耳鸣响，依旧不声不响地缓缓走在送行的队伍里。

如今，狗狗和母亲彼此牵挂着，仿佛一丢手就会天各一方。狗狗守候着母亲不离寸步，一会儿舔舔母亲的手，一会儿蹭蹭母亲的脸。母亲怜爱地抚摸着狗狗的脑袋，梳理着狗狗的毛发。任时光静若蝉翼，岁月绵远悠长。

母亲的手擀面

又是好些日子没去看母亲了。

母亲打电话，我总以工作忙，应酬多来搪塞。一回头，却把大把的时间用在了吆五喝六、呼朋唤友的觥筹交错中，美其名曰为了事业在奔波，以致忘记了母亲的寂寞，忘记了儿子对母亲该尽的孝道。

冬日阳光明媚，屋里却冷得让人发颤。忽然想起母亲，这个时候，母亲应该早早捅红了炉火，烧热了火炕，焐暖了褥子，等待着儿孙的身影突然闪现在她的眼前。浑浊的双眼，早已把母子团聚的日子，描画成了一幅美丽的图画，幻想着儿孙绕膝的天伦之乐幸福无比。可我，不知道给母亲带来多少次失望。

心中蓦然一痛，我立即偕妻带儿，猛不丁地立在母亲单薄的身后，倒把她吓了一跳。好容易回过魂来，母亲有点不知所措地招呼儿媳、孙子上炕，生怕冻感冒。我木讷地坐在父亲身边，一边看着电视，一边拉着家常，不好意思地向父亲诉说长时间没来看望他们的理由。父亲没有埋怨我的意思，母亲没有责怪的神情。当我的目光从电视机前移到母亲身上时，她已经和好面，吃力地开始擀面了，她要给我们做手擀面。

母亲已经七十岁了，头发灰白得没有一点光泽，脸上的皮肤皱巴巴的，没有一丝血色，干瘦的手指硬挺挺的，似耙地的杈子。脑梗死留下的后遗症折磨着母亲，间歇性的手脚麻木、浑身乏力，头疼起来抓拉得满地都是头发，有时候站立都很是吃劲。但即使这样，母亲从来不让我们看到她痛苦的表情，硬是锻炼着自己生火、做饭、洗衣，照顾父亲的起居。她常说，儿孙们工作忙，生活都不容易，不能老是麻烦他们。可她总是惦记着儿孙吃的是否可口，叮嘱着儿子们冬天穿暖和，不能冻着了。

都说老人身体健康是儿女最大的财富，谁又能说不是呢？

我实在不忍心让母亲再为我们劳累了，使眼色让妻子赶紧要过母亲手中的擀面杖。没想到刚刚还满面笑容的母亲顿时变了脸色，厉声朝我说："怎么着？擀个面都不中用了，嫌弃我这个死老婆子了？你们就等着吃现成的吧，我还想给你们多做几次手擀面呢！"

我已经好久没有吃到母亲的手擀面了，母亲的手擀面我百吃不厌，走南闯北总惦记着。我不敢吱声了，拉妻子坐了下来。我怕刺疼了母亲的自尊，更怕伤了母亲要强的心。儿女就是母亲最大的财富，是她生命的全部，是她哺育了我们这些幼小的生灵，呵护着我们经风雨、见世面，行走天下茁壮成长。我何尝不想美美地吃一顿母亲做的手擀面啊！

小时候家里人口多，吃了上顿没下顿是常有的事，野菜糊糊、黑面疙瘩就算很丰盛的饭食了。分田到户后，家里有了余粮，日子好过了，母亲总是变着法子给我们做好吃的，手擀面就是我的最爱。每年打下新麦后，母亲总是把头锅面留下用来祭祀敬祖宗，剩下的面才是我们的口粮。

母亲可是擀面的好手，一次能擀五六张呢，而且她擀的面张大、均匀、无破洞，下到锅里不烂，吃到嘴里筋道、滑爽。

我常向人炫耀说，凭我母亲的手艺，到城里开个手擀面馆子，准能挣大钱。每次要吃手擀面时，我们兄妹几个总是像过年一样欢蹦乱跳、雀跃无比。这不光能吃到母亲做的香喷喷的手擀面，还能听到母亲用中卫方言唱的"口歌子"。

"火火子捅得旺旺的，水水子烧得开开的，手手子洗得净净的，面面子擀得薄薄的，芋头子炸得漂漂的，臊臊子沏得香香的，脸脸子吃得红扑扑的。"母亲一边擀着面，一边有腔有调地哼唱着，声音悠扬悦耳、朴实亲切。在外地上学时，忆起母亲哼唱的"口歌子"，思家、想念母亲的情绪便似泄闸的河水无限制地散漫开来。

母亲对饥饿是恐惧的，对粮食极端敬畏。她出生的年代，能吃上一顿饱饭就是最大的幸福。尽管一家人百般辛苦、勤劳耕作，也还是吃不饱肚子，村里经常有人饿死。无奈的外公只好把母亲送给了别人，算是把命救下来了。在我的记忆里，母亲总是最后一个吃饭，而且吃的是头一天剩下的饭菜，她对浪费粮食的人有着极大的仇恨。每次吃饭时母亲总告诫我们，糟蹋五谷就是孽障，是要被天打五雷轰的，不允许我们掉下一颗米粒。

现如今农民对土地没了感情，任意撂荒，种成的粮食随意糟蹋，城市里办个宴席攀比成风、满桌的鸡鸭鱼肉没吃几口就倒进了泔水桶。母亲三十岁上便吃素，没有享受过什么美味，可她一点都不感到遗憾。母亲说，人生在天地间，享受着阳光雨露就是最大的福气，能吃着真米白面就是最香的美味。

母亲没有文化，可她说的话常常蜇着我的灵魂。是啊，人若对供养她的万物没了感激之情，失去爱护之心，该是多么可怕啊！

让我不能割舍的母亲的手擀面啊！她蕴含着母亲对大地的敬仰，对生命的热爱，对未来的希冀，对后辈的教诲。我要有滋有味地吃着这饱含亲情的热腾腾的手擀面，仰望母亲幸福的笑脸，尽情享受人世间的温暖。

那片白杨林

    已是初冬了，放眼街道上片片散落的树叶和簌簌摆动的枯枝，那片白杨林的身影又闪现在我的脑际。

    不妨去看看那片白杨林吧，我在心里一遍又一遍地提醒自己。

    也许它正高傲地挺直了脊梁，笑吟吟地与风谈天，与云朵嬉闹，向着蓝色的天空放歌；也许它已然扯下了绿衣，穿上了御寒的冬装，横刀立马般矗立在天地之间。当然，在那片白杨林里也许依然有我轻轻的歌谣，依然有我爽朗的笑声。我在无数个梦里描画着那片白杨林的模样，我在离乡的思绪里遥望那片白杨林。那片白杨林里有我年少时的青春，有我青春时的梦想。

    那片白杨林啊，我与你不相见已二十多个春秋。每当我走近你时，我都会呼吸急促，像恋人般紧紧与你拥抱；我愉悦的心情如飞出牢笼的小鸟，扑闪着翅膀，急切地想要与天空亲吻。因为你经霜沐雪，却仍然勃然洒脱，茁壮着自己的日子，丰富自己的生活。

    每次，我都是轻轻地走进那片白杨林的，唯恐我的莽撞唐突了她。那一棵棵高大笔直、傲然挺立的白杨树，总是表情肃穆，神态端庄。林中的落叶已经铺了厚厚的一层，踩上去细碎柔软，发出窸窸窣窣的响声，像奏着激越的古典音乐。

    我抚摸着每一棵白杨树，絮语般诉说出自己一路走来的风雨历程；我抬头看苍劲的树枝，树枝也在默默地凝视我，有如父亲慈祥的目光。我想起父亲说过的话，白杨树就像一个人，小的时候要精心培育，细心呵护，为它浇水除草，为它修枝打叉，它才能安心地长，心无杂念地向往蓝天，一棵白杨树才能长大成材，盖房子时做大梁、当椽子。若是没有修杈的白杨树，树身上满是疙瘩，看着像爬了一树的蟾蜍，让人恶心，人们便不再稀罕，只能砍倒用来烧柴。一棵树就是一个人，一个人又何尝不是一棵树呢？

那片白杨林是我上小学时栽下的，它那拔节生长的声音，就是生命跳动的音符。伴着我步入中年的脚步，白杨树也长成了参天大树。

上小学时，有一天老师告诉我们要带上铁锹、提上水桶到学校参加劳动。我以为老师要带着我们到农田里干活，便不以为然地没做任何准备。没想到，第二天上自习课时，老师突然宣布要带着我们在学校的四周栽植白杨树。老师说，白杨树是坚强、勇敢的树，我们要像白杨树那样做一个顶天立地的男子汉。还说，我们要一人栽植一棵树，谁栽的树由谁来负责管护，那些白杨树就是我们自己，看谁种的树长得又高又壮。

我一下子懵了，两手空空地杵在书桌旁不知所以，着急得一下子哇地哭出了声。老师走到我的身边，摸着我的头说："我们不能逃避劳动，就像那棵杨树苗，栽到土里就要独立面对风寒了。"当时不明白老师的话，只是觉得我将要失去与小树握手的机会了。可是老师却把自己的水桶给了我，自己提着铁锹和同学们一起植起树来。老师一边教我们挖坑、垫底、栽植、培土，一边给我们讲做人的道理。

树植好了，我们一边给小树苗浇水，一边叽叽喳喳地喊着：

"小树，小树，快快长，长大了跟我一起做栋梁。"仿佛那一棵棵树苗顷刻间就会窜向天空，拥抱阳光。我们围着树唱啊跳啊，同学们都在自己栽植的树上轻轻地刻下了自己的名字。而我用钢笔深深地写上了"我是一棵树"五个字。是的，我就是一棵树，我要和小树苗一起成长，一起放飞梦想。

待我小学毕业时，一株株小小的白杨树便长成了一棵棵大树，链接成了一片树林，勾勒成了一道靓丽的风景，我们也像一只只出窝的乳燕，欢快地奔赴自己的疆场。

白杨树，吟啸着炊烟的气息，敞亮着博大的胸怀，冷峻地迎着风寒、经着雨雪，向往着高远的天空，从未垂下它那高傲的头颅，一直向上，一直向上。

这片白杨林啊，多少年了，你就这样一直在我的梦里飘荡，让我想拥吻你，一起沐浴阳光，一起笑傲蓝天。因为你那勃发着生命的张力，是我前行的风帆，我要把我的航船驶向远方。

捧一把阳光温暖你

多年来，可恶的脑梗塞把母亲牢牢羁绊在三尺门槛之内。挣扎在死亡阴影里的母亲，总是渴望在冬天能晒晒太阳。但是由于住房条件所限，这点心愿竟成了一种奢望。这时时撕裂着我的心房，我恨不得揪住太阳，捧一把阳光洒在母亲身上，温暖母亲羸弱的身躯和那颗孤寂的心。

终于住进新房，大大的落地玻璃窗，热情地迎接着满地阳光，让人心生温暖。我在心里默默念叨着，赶紧搬进去吧，让母亲来场酣畅淋漓的阳光浴！

可是，天公不作美。大寒刚过，塞北的天就变了，不是布满阴云，就是雪花飞舞。气象台还不知疲倦地预报，北方天气将进入极寒，南方普降大雪。这让我心情压抑，母亲不就想晒晒太阳，难道这也成了一种奢望了吗？

父母出生的年代，人的欲望极其简单，平日里能吃饱肚子，过年时能有几块肉吃，孩子们能有件新衣服穿，便是最美最阔的日子了了。至于住房更是不敢奢望的，能有一处遮风避雨的窝巢，那也得几代人苦巴巴地挣，省吃俭用地攒。可几亩薄地的收成往往到了年末也只能落得"年年盼着年年富，年年穿着个没裆裤"的结局。

父亲结婚时，家里只有一间阴冷的土屋，在屋子一角，扎一道玉米秆串成的草帘子，打一面土炕，就算是父亲的新房了。外面的大炕上住着爷爷、奶奶、大姑和小姑，那种尴尬和无奈是没法想象的，可这阻挡不了一家人苦涩而甜美的生活。

面对困境，念过几年书的父亲总是不甘心。他试图用他单薄的身躯营造一处暖阳普照的小屋。父亲的想法源于多病的奶奶，他想让奶奶不被风吹着、不被雨淋着，还能晒上太阳。在父亲的努力下，爷爷和奶奶拥有了属于自己的院落，还盖了亮堂堂的四间堂屋。

父亲给了爷爷奶奶全部的孝心，拉扯着自己年幼的儿女，用勤劳安妥了自己的灵魂，在人生的帆船上沐风沥雨，在贫穷的时光里，拥有了莫大的精神财富。

随着时光流逝，儿女们先后婚嫁，另立门户，父亲引以为豪的院落，一如自己的生命一样渐渐褪去了光鲜，显得衰老、落寞。那几间土坯房，父亲虽几番精心修缮，但挡不住岁月的侵蚀，老房子墙皮脱落，地基下陷，像一位历尽沧桑的老者，暮色中等待着生命的终结。我曾经试着劝父亲把房子翻盖一下，父亲却总是摇头，我劝他别怕花钱，也别担心自己的力量不够，我可以出钱找人。父亲摇摇头，平静地告诉我，尽管这座院落现在已经破烂不堪，却承载了他和母亲一生的酸甜苦辣，自有它的可爱和美好，我顿时释然。

但我却分明感觉到，父亲的院落已是风雨飘摇。每次下暴雨，我总担心雨会冲倒父亲的房屋，一遍一遍地打电话安顿母亲注意安全，实在不行可以到哥哥家去避避。可父母亲却认为我的担心是多余的，有时候甚至会责备我不了解天气的脾气。

于是，在这个破败坍塌的小院内，父母亲坐在廊檐下，听燕子在春天里呢喃，看梨花在清风中飞落；夏天在梨树下乘凉，冬天躺在热炕上享受阳光的抚慰。后来母亲生病，见不得风，更不能冻着。父亲便把冬日里的土炕烧得暖融融的，母亲躺在靠窗的一边，让阳光暖暖地照着自己。母亲说，万物生长靠太阳，晒晒太阳身体会很舒坦的，比吃那些山珍海味更有营养。能有阳光照耀的日子是丰盈的，是快活开心的。

父母的房子被政府征用了，父母跟着二哥，租住到了离城区较远的一个村子。原本想住一间向阳的屋子，可主家却只租给他们一间背阴的耳房。父亲沉默了许多天，担心母亲住进去晒不上了太阳，会感到憋屈。

但是，世间的有些事情，是由不得自己的，人总得试着适应环境。母亲安慰父亲，只要冬天生上炉子，填上热炕，照样暖融融的。不成想，房子紧靠大马路，又是单砖砌的墙，吵闹又阴暗潮湿。即使火炕热得烫人，屋子里依然冷飕飕的，更可气的是母亲从此没了晒太阳的地方。每次去看望父母，在屋子里待上一会便觉得窒息，真不知道父母是怎样度过每一天的。

我深深地感到愧疚，为自己的不孝深感罪责，父母需要的不多，只是希望有一间能晒上阳光的屋子，而我们做儿女的住在宽敞的楼房却不知道为父母做点事情，我的内心总在谴责着自己，想到父母的处境总会泪流满面，能给父母一片阳光成了我挥之不去的念想。

也曾想把父母接到自己的楼房住，可每次提起，都被父母挡了回去。我知道，不是父母不愿到城里，而是父母体谅我的难处，住处本就局促，我们夫妻工作又忙，他们怕打扰我们，所以想尽快住进自己的楼房里。

回迁房终于盖好了，父母心仪着一套能晒上太阳的楼房，向往着住进楼房的温馨生活。可到了要选房的日子，父亲却没了主意，靠马路近了怕吵，选楼群集中的地方又怕楼距过窄，晒太阳成了问题。几经纠结，好在父亲的回迁合同签得早，排号在前，选择的余地较大。我在心里默念着，一定要为母亲选一处能晒着阳光的楼房。于是我几次三番地对整个小区的楼房做了察看，终于选定了一处楼前有小广场，楼后有绿化带的楼房。带着父母楼前楼后几经观看，父母还算满意。

接下来的日子，我请了装修工为父母的楼房进行装修。两个月后，房子装修好了。父亲开始忙碌起来，每天骑着自行车往返于新楼房与租住房之间，清扫垃圾，擦灰拖地，忙得不亦乐乎。希望早日满足母亲不管住在哪里，只要有阳光晒着就满意的微小心愿。定了搬家的日期后，父母亲每夜都在半睡半醒之间，一遍又一遍地细数着一辈子的过往，咂摸着生活的磕绊，想着住进新楼房的种种不便。可谓一半喜悦，一半忧愁。

搬进新楼房，恰是暖意初来的午后，阳光金子般洒落在玻璃窗上。母亲站在阳台上向外张望，窗外哈气成雾，母亲的脸上绽放着花一样的笑容。

青葱有痕

时常想起中学校园，那是个典型的乡村学校，虽然俭朴、单调，却承载了我的青春，记录了我少年的愁苦和欢笑。

那十几排灰砖土墙的教室里，仿佛还回响着琅琅的读书声；足以容纳上万人的操场上，虽然尘土飞扬，却总闪现着稚气的笑脸，以及榆树和喇叭花相映成趣的梦想和欢笑。

十七八岁的年纪，正是多梦的季节。梦想挣脱"牢笼"的农村学生，整天把头埋在书堆里，像苦行僧一样努力啃着书本，目的简单而实际，就是脱离繁重的体力劳动，摆脱泥腿子的枷锁，吃上商品粮，过上城里人电灯电话、楼上楼下的生活。但是各种各样的心事，仍然像墙角的花藤，缠缠绕绕地疯长，却又难与他人诉说。那些自认为考学无望的学生，他们恣意挥洒着美好的青春年华，学着城里的学生写情书、压马路、谈恋爱，时不时地给沉闷的教室里制造一些花边新闻。我的学习属中等，但是喜欢读小说，满脑子奇侠怪异和言情语录，时不时在课堂上发出一些怪论和异声，引得哄堂大笑，气得老师哇哇大叫，却又无计可施。

年轻的心理，内心的烦闷和忧郁需要发泄，过剩的精力也需要排放。追逐理想的我，骑一辆破旧的自行车，上学路上看到鸟窝，噌噌几下便爬上树掏了蛋，美美地享用一番。秋天庄稼熟了，和一帮同学烧豆角、烤玉米，都是十足的美味。放学时，对某个女同学有好感，会假装自行车坏了，等在路上一起聊着天回家。十几里的石子夹着黄土的乡村道路，坑坑洼洼，颠簸不平，可总是希望路途长点、再长点，晚上睡梦中回味着短暂而幸福的场景，不觉笑开了花。

高三时，班级里转来一位身材高挑，面容姣好的女生，学习好，长相端庄，典型的淑女形象。时常穿一双白球鞋在操场上和男孩子打羽毛球，身体一俯一仰间发育起来的胸脯上下颤动，刺激得男生面红耳赤；那匀称的身体，在阳光中散发着成熟的气息，羡煞我们这些农村来的土老帽。

正是高考备战时期，我们正在聚精会神地听老师讲解课文《百万英镑》，有同学居然幻想着有天他中了大奖，会如何如何。突然教室门外传来了妇女哭泣的声音，原来是那位女同学的母亲哭哭啼啼来到学校找老师，诉说着女儿的种种匪夷所思的事件。

她说，丈夫是我们那个乡镇的干部，女儿随着爸爸来到了这所学校，就是为了照顾方便。如今不缺吃不缺穿的，要啥给啥，她还有什么不满足的呢？居然在高考的关键时刻，不知羞丑地谈上了"恋爱"！

这位母亲振振有词地说，知道了女儿的"恋情"后，她先是破口大骂，后是拳脚相加，可还是没有制止住她的疯狂。

这位老师眼中的骄傲，家长的乖乖女，竟然在某一天悄无声息地离家出走。好在因为没有出过远门，母亲又监管得紧，才很快被父母发现了蛛丝马迹，在小城的汽车站就被家人拽了回来。现在，这位母亲要求老师配合，好好地教育自己的女儿。

校园里一片哗然，同学们简直不敢相信，班里的女神居然会干出这种事来，很长一个时期，学习累了，大家总会叽叽喳喳地议论着，分析这个事件的来龙去脉。

一些天后，那个女孩回到了学校，对出走一事只字不提。矫健的身影依然飘荡在操场上，依然扭动着飘逸的身姿，张扬着青春的活力，挥动着球拍，在阳光中甩动着长长的黑发。一切仿佛还是从前，却又有了不一样，她跳跃的身影里，有了一种叫沧桑的东西。

有一天，大雨滂沱，我发现她在一个角落里，头埋在膝盖上哭泣。见我靠近，便放声大哭了起来。湿淋淋的雨幕中，她像一尊石雕，冷艳、孤独。青春的忧伤和疼痛，是隐蔽的，是花落时的一声叹息，根本无人诉说。

如今，儿子也与我当时一般大了，我无意间发现，在他的QQ空间，十四五岁的孩子，居然天天都有"说说"，而且不外乎无尽的迷茫、莫名的烦躁等词汇，诉说着青春里的一些小烦恼、小忧伤。

我不知道该说些什么，但我知道，青春的一切，哪怕是疼痛，都是美好的，这些深深浅浅的痕迹，在多年后回忆起来的时候，再仔细咂摸、回味，都是那么美丽。

也许在成人世界里，已然忘记了曾经走过的道路，和青葱岁月里洒满的泪水。所以当你路过青春时，请不要漠视地走过，而是要俯下身子，倾听和抚慰。他们需要的不多，仅仅是，你的理解。

沙海飞燕

趁难得的闲暇，邀一帮朋友走进了浩瀚的腾格里大沙漠里的一处绿茵场。

行走在不算茂盛的草地上，心情骤然放飞到了空灵而自由的天空，在这广漠的大地与湛蓝的天空交汇处，如鸟儿飞翔一般的舒畅。

朋友说，这里是通湖草原，不远处有一家曾拍过电影而留下来的客栈，那里有许多的燕子，甚是让人有别样的感觉，不妨先睹为快。这么大的沙漠里会有燕子？我疑惑又夸张地张大了嘴巴。

极目远望，不远处的确有个大地色的木质建筑物。在我再三的催促和撺掇下，朋友们放弃了骑马撒欢的想法，一起涌进了新奇的空间。

跨过高高的木质门槛，如坐上时空飞船进入到了悠然苍凉的古代。朋友们在服务生的招呼下落座纳凉、喝茶品茗，信马由缰地闲聊，好不惬意。客栈里的桌子、椅子，甚至喝水的杯子，不知仿自哪个朝代的式样，个个尽显着古朴。未加修饰的窗棂和飘荡在屋梁间的灰色布条，让人恍若隔世，不禁唏嘘生命的桀骜与沧桑。

我不喜欢嘈杂的场面，独自一个人找了个临窗的位子坐了下来。午后的阳光透过没有玻璃的窗子照射进来，并不显得毒辣，我尽情享受着这悠然的空间。品着茶，想象着这间客栈里曾经发生过的那些刀光剑影的侠义和凄美绝世的爱情。

叽叽叽叽，头顶上传来了如孩童般稚嫩可爱的叫声。循声寻踪，发现客栈的上方一只只黑色的如精灵般的燕子自由自在地飞舞着，好像涉世未深的孩子，无拘无束地一边欢快地跳舞，一边放声唱歌。哦，这就是我想要看到的燕子！

小时候，每到春天，燕子便成群结队地从南方飞来，好像预约好似的分散到各家各户。一对对燕子，每天不舍昼夜用自己小小的嘴巴四处寻柴衔泥，筑巢安家，觅食哺儿，纵然辛苦，可它们早晚都像聚会似的围拢在一起分享着快乐。

清晨，尚在熟睡中的我们便被燕子的呢喃声叫醒，那叽里喳啦的鸣叫仿佛在说："孩子们该起床了，该上学了，要迟到了。"年少的我常常在想，这些讨厌的燕子为什么这么早就醒了，睡懒觉就根本不可能，真想找机会捅了它的巢穴。可一想到比闹钟还要准时的燕鸣，让我从来没有上学迟到过，便打消了念头。

黄昏时，劳累了一天的父母坐在院子里，吃着简单的饭食，燕子们便聚集在屋檐下，一会儿叽叽叽地悄悄私语，一会儿叽喳叽喳地大声喧哗。母亲说："这些燕子多可爱啊，真像顽皮的孩子，不是吵吵闹闹就是嘻嘻哈哈。""可是他们终究会离开父母，跋山涉水，历经磨难，然后另立门户繁衍后代，多像我们人类啊！"父亲在一旁感叹着。现如今，想起父母的这段话，我便哀伤无比。

母亲常说："若是谁家春天里来的燕子多，筑得燕巢多，那这家就一定多子多孙，少灾无难，平安顺利。"的确，有一年我家里居然筑了十个燕子窝，母亲说那是头年在我家生育的燕子全部安然从南方回来了。这里是它们的家，自然要在这里筑巢安家了。我总觉得，燕子是有灵性的，你若善待它，它便亲近你，你若伤害它，它便远离你。即使是在别人家屋檐下生存，燕子也保持着自己的尊严。

抚摸着骨感而结实的木梯，我爬上客栈的露台，躺在木椅上与朋友惬意地聊天畅谈。远处的沙子在太阳的照耀下，显得金灿灿的，蓝天下牛羊悠闲地在草原上啃食着青草。成千只燕子在这空旷的大漠里如大海里的鱼儿，一会儿伸展开翅膀分散开飞过屋顶互相打闹，飞向天空自由呼吸；一会儿聚拢在一起，黑压压的一片，落在沙地上争先啄食。这里俨然成了燕子翱翔沙海的世界，直击云端的天地。

我们已被这程式化的生活麻木了神经，被噪音和浮躁吞噬得只剩下空虚而臃肿的肢体，格式化的灵魂像幽灵一样飘荡在夜空中。

人与大自然和谐相处的景象渐行渐远，我们把与我们朝夕相处的动物惊扰得无处躲藏，能听到鸡叫、狗吠、鸟鸣已是奢侈的享受。我敬佩这家客栈的老板的慈爱和奉献，能为这些无家可归的燕子提供这样一处可以栖息的场所，使它们幼小的身躯有一个安身的家。

"小燕子穿花衣，年年春天来这里，这里的……"远处传来亲切的儿歌，仿佛在告诉我，让我们前行的脚步慢些，再慢些。

让我们少一些杀戮，多一些怜爱。让那些可爱的精灵陪伴着我们走过春夏秋冬，蹚过千山万水。让艰辛的生活多一些色彩，让枯燥的日子多一点光亮。

身边的风景

　　多年未见，已在大都市里安家立业的大学同学，突然有一天，嚷嚷着要到我安身的小城游玩，竟让我有点不知所措。

　　曾经去过同学居住的城市，那里高楼鳞次栉比，咖啡馆、西餐厅一家连着一家，让人尽享着浪漫与奢华；居民小区里，推窗即景，休闲游乐的人文景观比比皆是，赏心悦目的自然美景更是让人艳羡不已。

　　而我所居住的北方小城，除了广袤辽远的天空、一望无际的大沙漠，似乎只剩下了一片狭小平凡，引不起游客多大的兴趣。对同学的来访，我有种刘姥姥进大观园的局促和尴尬。

　　为了不让同学失望，我和妻子商定，要倾尽所有，把家乡最美好的一面展现出来。妻子拆洗了家里的被子、床单，特意放到阳光下晒了又晒，直到散发出幽幽的太阳味道。我在每个房间里摆放上了绿莹莹的绿萝，喷上了淡淡的香水，精心精意地让它透着暖暖的情意。妻子的厨艺虽说比不上餐厅的大厨，但饭菜还是称得上可口。

　　在家里的床铺清洁，碗筷消毒，红酒备足，自以为足够配得上大城市的优雅和档次时，我于薄暮冥冥中，怀着忐忑的心情等到了大学同学的光临，一番寒暄后，妻子便张罗着吃饭。

　　可同学却说什么都不在家里吃饭，着急忙慌地催促我带着他们去逛小吃街。我始终觉得小城的小吃没有什么特色，卫生差、食客杂，怎么着都是上不了场面的。我便百般推脱，说那街实在是没有什么逛头，与大城市相比不及千分之一。无非是些小商贩，摆个小摊，卖些包子、馄饨、面条、啤酒以及牛羊杂碎、烧烤等等。都是些家常的吃食，没有什么稀奇的东西。同学说，就是要尝尝家常的味道。在同学的怂恿下，我只得顺他的意前往。

走在小吃街上，商贩亮开嗓子招徕顾客的吆喝声此起彼伏。"来，坐下么，想吃啥了坐下么。""拉条子、卤豆腐、羊蹄子，想吃啥了就坐下么。"

同学被家乡方言逗乐了，仿佛捡了宝贝似的哈哈大笑着，那副开心的模样，被街灯映衬得灿烂无比。胸前挂的数码相机，咔咔不停地拍着照片。一路下来，同学吸溜着小摊上的馄饨，大口品尝着小吃街上的炒肚丝、拉条子，盘盘精光。同学一边大饱口福，一边赞不绝口："大鱼大肉吃腻了，还是小城的小吃地道啊。"

几天的工夫，同学走遍了小城的角角落落。一路上兴致勃勃地看了又看、拍了又拍、赏了再赏，好像这里的每一处图景都是勾人心魄、惹人怜爱的。

回家，打开同学拍下的照片时，我立马被眼前一个个美丽、闲适的画面深深吸引。呵，原来是这般啊，我不由自主地感叹着。若不是事先知道，我会以为这是南方某个大城市里的场景，还会向往着要去走走呢。那些我熟知的、司空见惯的景物，到了有心人的眼里，竟然那样的生动、活泼、情趣盎然。

镜头穿透了这座城市，一幅美丽的画卷铺陈开来。小吃街上自在、悠然的吃货，让人不禁赞叹，哦，原来这就是幸福啊；广场上尽情跳舞的大妈，合着节拍，摆动舞步，仿佛青春就在这里；小河边静默垂钓的老者，似乎在等待突然的惊喜；啤酒街上灯火辉煌，歌舞迷离，活力四射；豪情万丈的年轻人杯盏交错；晨光中跑步健身的背影，张弛着生命的节拍；暮色中晚归的耕者，渲染着大地的芬芳。

没想到我生活了多年的城市，于我竟是陌生的。与同学QQ聊天，他问我，怎么会对这画舫般的地方冷漠木然呢？

我一五一十地交代了自己的感受，以及接待他时的忐忑和自卑，对，是自卑，仿佛丑小鸭见到了白天鹅的感觉……

同学爽朗地笑了，说："这就叫最熟悉的地方没有风景啊。其实不是没有风景，而是我们的眼睛麻木了。"

"你站在桥上看风景，看风景的人在楼上看你。明月装饰了你的窗子，你装饰了别人的梦。"我忽然想起卞之琳的这几句诗来。的确，很多时候，我们像做一次听风的买卖，一趟辛苦，未得一帛，唏嘘后悔。就如同幸福，我们舍命般追求，可回头却发现，幸福其实就在自己的身边。

也许，最好的风景，就在我们的身边。或许，我们自己也是一道明丽的风景呢！

诗意的画卷

我随着作协采风团远离了喧闹而燥热的城市，来到了沙漠绿洲——通湖草原。完全没想到，在这一眼望不到边、茫茫无际的大沙漠里，竟然还隐藏着这样一个绿意盎然、诗情画意的地方。

通湖草原地处内蒙古阿拉善左旗和宁夏中卫市交界处，金黄的沙子和翠绿的青草，形成鲜明的对比，形成通湖草原独具的魅力，它如一颗璀璨的明珠镶嵌在大漠深处，素有"沙漠灯塔"和"生命守望者"的美名。

多年前，这里便被开发成了旅游景区，吸引了天南海北的游客来此休憩、游玩。一些影视剧组发现了这里纯净的天空，以及一样纯净的沙水山结合在一起的独特风景，纷纷来此取景拍摄电影、电视剧，据说电影《刺陵》里金戈铁骑、黄沙飞度的大部分场景就取自于此。

没想到我这个本地人，竟然没有发现这处被遮蔽的世外桃源，若不是文友的再三相邀，怕是要与这纯净的景致擦肩而过了。

一下车，满面笑容的蒙古族姑娘、小伙便热情地涌上来，又是献哈达又是捧上香醇的迎宾酒，让我们这些整天坐在办公室，吹着空调的文人墨客木讷得不知所措。还是大气阳光的蒙古歌手，打破了沉闷的气氛。他们放开喉咙，唱起了高亢、豪迈的蒙古族歌曲，人群顿时回过神来，一个个躁动起来了，欢呼着、跳跃着，仿佛把一切的困窘都释放了，情不自禁地跟着穿着艳丽的蒙古族姑娘跳起了舞蹈，纵情地一碗接一碗地喝着饱含激情的美酒。

抬眼望去，大漠腹地几片水洼，点缀在一片草地上，像小孩子晶晶闪亮的眼睛，像天上忽隐忽现的星星。就是这么不起眼的，几股不知从何处而来的泉水，静静地哺育着这片被炙热的大沙漠紧紧包围着的大草原。

虽然没有呼伦贝尔大草原的宽广和壮阔，更不及科尔沁大草原的肥美和热闹，但却不敢小看了这片绿地，她可是沙漠旅行者休憩的港湾。她总是敞开宽阔的胸怀，热情地拥抱远道而来的客人，从来不会嫌贫爱富，更不会以貌取人。

脱了鞋，走在松软的沙子上，一粒粒纯净的沙粒摩擦着脚底，暖暖的，让人感到无比的舒坦和幸福。说话间，有游客骑着几匹马飞快地从身边疾驰而过。寂静的草原热闹了，人群分散开来，寻找属于自己的快乐。有人放马奔腾，尽情享受御马前行的快感，全然没有了往日的矜持。我这个天生胆小的人，禁不住也想骑上马在这碧绿的草原上撒上几个欢。几处水潭边，不知名的小鸟一会儿飞翔，一会儿在草丛间觅食。几位游客走上前想要给小鸟喂食，那些黑灰白相间，有彩色羽毛的小鸟也不怕生人，摆着步子，摇着脑袋，像是迎接自己的主人一样亲昵地张望着，居然有一些小鸟接受了游客的馈赠，美滋滋地享受着美味。我突然感觉这不是在沙漠，这分明是在水草丰美的江南啊！这人与动物和谐相处的情景与那些雄伟壮观的名胜古迹相比更有一种温情的美。

坐上沙漠冲浪车，先不说一忽儿如坠深渊，一会儿如登临绝顶的心跳感觉。仅就坐在车上瞭望滚滚黄沙中的那一抹绿色已是万千感慨，激越满怀。看远处，马群在草原上或是悠闲地啃着青草，或是豪迈地载着游客奔跑；造型别致的蒙古包散落在沙漠与草原中间，像是一对对难舍难分的恋人相偎相依，一些总也长不大的树木伸着焦渴的枝叶，祈求上苍的恩赐降落些许甘露，可无论雨露多么吝啬，都未曾放弃抵挡沙魔的侵袭，庇护着脆弱的青草一点点地茁壮成长，编织成了厚实的绿草地毯；彩条布飘荡在空中，给这单调的空间增加了许多生命的色彩。

要看篝火晚会了，我以为放上几堆火，唱上几首蒙古歌也就罢了。不成想，一个十人方可围拢过来的木柴炉子用铁架子支得高高的，放了足有几百斤木柴。在雄浑的歌声中，篝火点燃了，六位穿着盔甲的勇士跨上备好马鞍的骏马围着火炉呼喊着，像奔向战场的骑士，骄傲地前进、冲刺。男女演员穿着蒙古族盛装，跳起了《蒙古盛宴》《天边》和《鸿雁》等舞蹈。置身其中，仿佛走进了逐水草而居、骑在马背上的、不断迁徙的、古老的蒙古人生活。

看热闹的人群被舞者感染了，纷纷起身融进舞池忘情地跳着唱着。仿佛时间停滞，世界完全与现代文明隔绝，对于我们积蓄已久的浮躁世俗的心灵，这样的时刻是多么奢侈。我们整日生活在密不透风的城市，被各种平庸的声音包围搅扰，疲惫不堪。此刻趁着这夜色，迎着这柔柔的风，抛却繁杂的总也干不完的工作，离开钢筋混凝土总也透不过气的屋厦，在这里你就是激战疆场的勇士，你就是草原上傲然飞奔的骏马。

通湖草原纵然没有三山五岳的伟岸，更没有江河湖泊的秀美，可她有着浸润心灵的让人奋进的傲骨和恬静闲适的柔美。当我们厌倦了城市的虚伪，不妨背起行囊来这大漠深处，欣赏诗意般的沙海与绿洲相映成趣的画卷，喝大碗奶茶、吃大块羊肉、跳蒙古族舞蹈，忘却忧伤，荡涤风尘，让这脱俗的美永远存留在我们心中。

手心里的温暖

  在母亲的眼里，我越发像个小孩子了。每次去看她，她都像等待了许久似的，早早地伸出她那双瘦巴巴的手，急切慌乱地把我的手攥在她的手心里，摸了又摸，看了又看。让我清楚地感受到幼年时，等待母亲从地里归来时的那份期盼，心里便有一股暖暖的气流鼓荡着。

  细细地端详着母亲干枯的双手，好像看到了每一道纹路里所隐藏的过往。

  小时候，家里人口稠，收入稀，吃饭的多，干活的少。父母亲在几亩薄田里苦苦刨食，不仅要抓捞着多打粮食，还要想些法子增加收入，供养我们兄妹读书。母亲的双手便成了扒拉日子的工具，整日地操持着家里家外。

  每年夏秋两季，母亲收割完自家地里的庄稼，还要不分昼夜地在田埂边、沟渠里，甚至别人家已经捡拾过的田地里捡拾麦穗、稻子。母亲的手像一把齿密口紧的钉耙子，在麦茬、稻根中间划来划去，生怕遗漏一粒麦穗，丢掉了到手的稻谷。几天工夫，我家小院里便堆满了一捆一捆的麦子或是水稻。可母亲的双手已如蜂窝样千疮百孔，伤痕累累，不忍目睹。

  母亲那双劳碌的手从未停下，白天侍弄庄稼，晚上就着煤油灯为一家老少补衣服、做鞋子。有时候，半夜醒来，发现母亲一针一针地纳鞋底，稍不留神，钢针便扎在手上，血旋即流了出来，母亲只是轻轻地把手指头放在嘴里砸了一下，接着又干活了。穿上母亲缝制的衣服，仿佛母亲的那双大手爱抚着我的肌肤一般，再冷的天气，也觉得暖阳绕身。

我十岁时，突然得了荨麻疹，高烧不退，浑身发痒，甚至昏迷不醒。村里人遇上这种病，往往都是听天由命。可母亲不相信她的儿子就这样去了，四处求医问药，几次哭着给乡村医生跪下磕头，央求给我治病。听姐姐说，母亲为了给我治病，信了偏方，到几十里外的山上给我采摘草药，手被蝎子蜇了，手背肿得似蒸馍。可母亲还是忍着疼痛，冒着中毒的危险，不管不顾地为我熬药，期待着奇迹的出现。每次吃药，母亲都费尽了心思。

自从我得病，母亲每天除了给我喂药，就是双手攥住我的手不停地抚摸，怕我一下睡了过去，再也醒不来了，一边唤着我的乳名，一边用手指不停地轻轻划拉我的手心，也用我的手指划拉她的手心。由于昏迷，我的嘴巴紧闭着，用筷子都撬不开，母亲就含了药汤，嘴对着嘴地给我喂药，一口一口，如哺雏燕。五天五夜后，我醒了过来，母亲却病倒了。我无法想象当时母亲的心理，但我能感知到母亲手心里传递出的暖流和生命的力量。

如今，母亲已是病痛缠身的老人了，眼不能穿线，手不可纳鞋，可依然沐浴着生命的春光。每次把手放进母亲的手心里，我总能感觉到那种透彻心扉的慈爱和奋进的能量。

谁言寸草心，报得三春晖？我想，母亲无边无涯的爱，永远也是报不完的。那就让我一辈子做母亲的小儿吧，枕在母亲的手心里睡觉，坐在母亲的手心里玩闹。

素心凡音

午后的阳光幽幽地照进房间，窗台上兀自泻下一片光芒。初冬的寒意被这短暂的暖阳驱散开去，烦躁的心绪骤然静穆而悠然。

沏一壶茶，轻轻地打开一本书，独自品味这柔柔的情趣。这个时候，各种声音，在小区里陆续飘扬，漫过空气，穿过玻璃窗，如香味十足的美餐一道一道地飘荡过来。高高低低，或远或近，渲染着一种朴素的味道，是家常的亲切。

先是一只麻雀落在窗外，一边用嘴梳理着羽毛，一边东张西望地啾啾叫唤，那声音哀婉而幽怨，让人心生怜惜。看那毛色，灰塌塌的，没有一点光泽，还有几根就要掉下的羽毛耷拉着。"怎么会孤零零地飞到城市的天空，来到高楼的一角歇脚呢？"我疑惑不解，自问自答。

也许，它日渐暮年，无力给自己搭建窝巢，四处寻找安身之所，无意间落在了这里。也许，它饥寒交迫，想寻点吃食、晒晒太阳。不想却惊扰了我的宁静。这只可怜的麻雀，到这钢筋混凝土筑成的楼群里还能飞出去吗？还能找到它的群落吗？我打开窗户，想让它进到屋子里暖和暖和。可它惊恐地瞅了我一眼，便乏乏地飞走了。

"收废旧电视、废书报纸了。""可有旧报纸、旧电器卖？""可有塑料瓶、饮料瓶子卖？"收废品的吆喝声，透过窗户，一声声直往耳朵里钻。向外望去，一个精瘦的男人骑着三轮车，车把上挂着电喇叭，女人翘着腿坐在车帮上。男人先是仰着头，对着楼群的高处扯开嗓子喊着，而后怯怯地低下头，站在院子里静静地等待。男人不紧不慢，并不急着买卖马上来。见没有反应，男人打开电喇叭。"可有废报纸、废电器、废饮料瓶子卖？"

一个粗粗的女人声音一阵高一阵低。想必是男人老婆的声音，也是经过数次的练习才录下的声音。这可还真是"你在高声唱，我在低声和"，这一男一女的声音好像一点都不刺耳，反倒使空气中弥漫着一种家庭的温暖。

"好嘞，十七斤六两，您看好了。"买卖终于上门，男人把着秤，声音熟练而简洁，没有半点虚伪和夸张；女人忙着把废旧报纸书刊、纸箱子、包装盒和塑料瓶、啤酒瓶分类装袋，动作熟练而有序。

不一会工夫，男人的三轮车装得满满的。男人在前面使劲地蹬着车子，女人手按车帮用力地推几把，屁股一撅坐了上去。他们一前一后，相携而去，车轮声声，一路上不寂寞，也不劳累。

"802，有邮包。网购邮包来嘞。"一个青年人直着嗓子，抬头使劲向上喊着，嘴里呼出的热气几乎遮住了眼睛。"麻烦你给我送上来。"是我对门邻居，一对小年轻，喜欢网购。"呲呲"脱手套的声音。"你看好了，是你的吗？""是，是我的。""你拿好啊，在这张表上签个字。"声音急切而谦卑，是一种求生存讨生活的谦卑。

午后的阳光，悄无声息地移过去，在我的窗台上留下斑驳的花点。眼看着一朵花，渐渐地，一瓣一瓣地撕碎、枯萎，直至飘散在风中；几片树叶，优美地打着旋儿，一头扎进大地……

太阳已经西去，窗台上好像不曾落过阳光。然而，路边的槐树知道，阳光曾在它身上开过花，每一片都是活泼的、搏动的，都是生命行走的声音。像午后的阳光和阳光里翻滚的尘世的梵音，让心灵朴素而洁净。

桃花时光

冬的冷还在身边未曾退去，春风已像个顽皮的孩子，吹着彩色的泡泡，挤眉弄眼地撒着欢，一路欣欣然地坏笑着，撩拨着低眉害羞的桃花。

桃花一朵朵、一树一树柔媚地开放，惹得其他枯寂的植物，羡慕着桃树的粉嫩耀白、柔情多姿，纷纷探出头来，却怎么也压不过桃枝灼灼。于是，城市里、农庄里，艳丽的桃花装点了春天，靓丽了苍茫大地。

多年没有到南山看桃花了，无数个梦中，我都摘过那里粉嘟嘟的桃花。那是公园里那低矮萎靡的移植嫁接的油桃花，院子里零星分布的小桃树无法企及的娇媚动人，让人恍若置身仙境，眨眨眼，便会出现一个神秘的世外桃源。但我不敢去南山，我怕惊醒沉睡在桃园的那个誓言，掀起那一串串扑不灭的牵挂。

南山的桃花，憨厚、朴实、壮硕、展脱，如那片果园里侍弄果子的果农，没有丝毫的娇揉造作。不像公园的桃花，纤弱、孤傲、娇羞，总让人感觉笑里藏着刀，有些假的成分在里头。南山的桃花，都是大朵大朵地盛开，就像庄田里的小媳妇，白里透着红，红里渗着白，粉中含着紫，健康、营养。一朵挨着一朵，挤挤攘攘，站在远处望，云朵和花朵连接在一起，像上了色的釉坯。置身其间，时间仿佛凝固，空间仿佛置换，你分不清是踩在黄土上，还是置身彩云中。不由得，思绪飘飘，唱一曲桃花春曲，舞一段青春华尔兹。

那时节，每每经不住春风的诱惑，同学互相邀约着，骑着自行车到离县城十多里的南山看桃花。一群少男少女，春天般热情奔放，用力踩着脚踏板，一路飞奔，扑进满树粉白的桃园，人瞬间被掩埋在花的海洋。

我们在桃园里跳着、笑着，每个人的脸上都被渲染得光彩动人、娇艳无比。那年，正在播放电视连续剧《红楼梦》，大家摘了桃花，拿腔捏调地品味着，有人说粉色的桃花像薛宝钗，高贵、典雅，透着贵族的气质；有人说白色的桃花像林黛玉，幽怨、哀婉，显露着诗意的才情；有人说红色的桃花像王熙凤，妖艳、霸气，总让人离得远远的。吕子学着戏文里的声腔说："哪那么多的酸词啊，只不过是几朵桃花罢了。"同学都骂他、嘲笑他，枉费他家那台大彩电了。

"桃花是真美啊，可是再美也要凋谢，你们瞧，这些花瓣原来是连在一起的，落了就分开了，就枯了，就化作泥土了，就像葬花的黛玉。"一直手里捏着几片花瓣，静静地赏着桃花的春花，猛然间幽幽怨怨地出声，让大家即惊奇又感伤，情绪一下低落下来了。

我们这帮同窗六年的同学，再要好也马上要分别的。春花作为我那时最要好的女同学，我知道她的话不仅仅是说给大家听的，更重要的是说给我的。

"不如我们约定，待到同学学有所成时，我们再在此桃花源中相聚。"我情不自禁地说，算是对春花的承诺，也是对同学们能够再次相聚的期待。大家互相看着，欢呼着拥在一起，信誓旦旦地表示，不管将来到哪里，我们都要记住今天的桃花，记住今天这个特殊的日子。

　　然而少年的誓言太单薄，经不住风吹雨打，往往难逃辜负的命运。多年后，我们早已天各一方，走上各自的人生道路，当年相约的同学，为着柴米油盐奔波；为了各自的生活，一个个苦苦地在职场奋斗着、迷茫着，接连不断地上演着生活的悲喜剧。多少人随时间褪色，又有几人记得曾经的誓言？

　　春花生在春天，有了春天般的名字，可她的生活却不是春花烂漫的。我和春花应了她那句"花虽相伴惹蜜醉，几瓣相随几瓣离"的宿命，终未落了花朵结仙桃。春花先是嫁了个让人羡慕的铁路工人，孩子刚一岁，便吵吵闹闹离了婚。而后抛下儿子，一个人独闯上海滩，一身风尘，一路飘摇，几多变幻，几度伤怀。而我为了生计四处奔波，二十年了，未曾实现自己曾经桃花般的梦想，也未过上想要的生活。

　　这又能怎么样呢？再到那桃园，已物是人非，桃花依旧朵朵开，那年青涩的记忆却再找不回来了。但我还是会被那纷纷扰扰的思绪牵扯着，被勃勃的春风撩拨着、推搡着，想问一问朵朵桃花向谁开，为什么雪落总在伤情后。

　　浓情的云朵，氤氲飘舞的雪花般的诗情画意都到哪儿去了呢？我和朋友行走在桃园中，拍下了一张张与桃花相映的照片，这些快乐，是否又会成为明天的记忆？

　　人生如桃花短暂亦芬芳，我们不可错过。我会为那缤纷的甜美回味，记住那桃园，记住那桃花，让那纯净的灵魂不再游荡！

铁轨上的记忆

我在很小的年纪，就对火车有了深刻的记忆。一眼望不到尽头的铁轨上，一个接一个的铁皮房子奔跑如风，似烈马般长啸嘶鸣。

我家住在城郊，小时候就能听到火车呜呜的叫声，时常想象着火车的高大威猛、气势磅礴，真想用手抚摸火车的躯体，用心聆听火车发出的奇妙悦耳的声音。但这样的愿望却很难实现，因着经常发生火车撞死人畜的事情，大人们都惧怕火车，不敢靠近，更担心小孩子到铁轨上玩耍，便告诉孩子们，火车是一个怪物，会吃人。吓得频频想往铁轨上跑的孩子们，再也不敢造次了。

姑妈家就住在火车站附近，每次姑妈带着几个表哥到我家里走亲戚，比我大几岁的二表哥，总会忘情地对我吹嘘他在铁轨上玩耍的种种逸闻趣事。二表哥贪玩成性，整天诱哄着小伙伴在铁轨边上玩闹，四处捡拾火车上掉落下来的东西，只要捡到了铁片或是铁棍子，就和小伙伴比赛在铁轨上打刀具。他们在火车开动之前，把铁片或是铁棍子放在铁轨上，待火车轮子从铁轨上碾压而过后，铁片变得光滑平展，铁棍子变得细薄坚韧，可以做成削铅笔的小刀，也可以做成挖萝卜的小铲子。二表哥还带着小伙伴学着电影《铁道游击队》的武工队队员爬火车，偷火车上的物资。

二表哥讲起这些时，绘声绘色，吐沫四溅，神采飞扬，骄傲自信，显示出一副铁道神侠的架势。这个时候，我就在想，这么好玩的事情自己什么时候才能遇上呢？想要目睹火车容貌的念头，像小鹿一样时时撞击着我幼小的心扉，心里边盼啊盼，期待着那一天的到来。

有一年春节，母亲终于答应要带我去姑妈家。临走之前，母亲一遍又一遍地说，到了姑妈家不能乱跑，不要到铁轨上玩耍。我像小鸡啄食一样不停地点头，生怕母亲变卦。去姑妈家那天，天空中飘着雪花，冷得人瑟瑟发抖。我早早起床穿好了衣服，急切地等待着母亲。一会儿跑到门外看看天，一会儿端详着母亲的举动，只等母亲一声令下。母亲一手拎着竹筐，一手牵着我的小手，雪地上留下了我们母子的一串串脚印。

到了姑妈家门口，只见一长串绿色的铁皮房子一座紧挨着一座，发出哐哐哐的声音向我们驶来，一会儿吞云吐雾，一会儿屏息长叹。我惊吓得一个趔趄差点摔倒在路上。母亲告诉我，这就是火车，是拉运人的客车，是要到很远的地方。我心里暗想，我都做了好多遍梦了，这回可见着真家伙了。

姑妈家紧靠着铁道，房屋地基几乎和铁轨连接在了一起。那时候铁道旁没有围栏，铁路边上的住户随意在铁道边行走，小孩子无拘无束地在铁轨上来回穿梭、打闹，家户里的鸡狗肆无忌惮地在铁轨间觅食、嬉戏。逮着母亲和姑妈唠嗑的空当，我拽了二表哥就往外跑。我想要真真切切地看看火车，二表哥不耐烦地说："火车有什么可看的啊，我们都烦得要命。"我索性甩脱二表哥，一个人爬到了离铁轨不远的一堵土墙上。向远处望去，铁轨上排着一节一节的车厢，上面用篷布盖着，最前面的一节车厢像锅炉房一样，跑着跑着就会扑哧扑哧地喷出像云朵一样的雾气，偶尔会鸣的一声长鸣，似电视里的老虎下山，有着排山倒海之势。

晚上睡在姑妈家，火车出出进进，我躺在炕上久久不能入睡。火车发出的声音时而高亢激越，时而低缓柔和，似高山流水，如渔歌唱晚。这样的夜晚的确是美妙而享受的。我做了一个梦。和一群人你推我搡，坐上了去往很远的地方的一列火车。火车轻飘飘地像在飞，我坐在车厢里张望着窗外，想象着远方的模样。远方会是个什么样子，有一天我会不会坐上火车去往远方呢？

从拿到录取通知书的那天起，我便急切地想知道我要上学的那个地方的长长短短。终于离开家到外地上学，我已经是个满脸青春痘的青年了。坐上火车到远方，好像是梦与现实的一个短暂分岔。

生在农村，上学又在农村，关于外面的一切都是陌生的。父亲跑了几趟车站，想问清楚火车发出的时间和到站的时间，以及路程的长短，都被冷漠的售票员支吾得不明所以。父亲和母亲一商量，干脆去车站等吧。

在一个月色轻柔的晚上，父亲推着自行车，母亲扶着车子上的行李，我背着一个破布包，一行三人踽踽前行。月亮高高挂在天空，把我和父母亲的身影拉得长长的。一路上，父亲无语，母亲无语，我踢着路上的石子，心里描绘着远方的画面。到了车站，售票大厅里冷冷清清的，几条木制长椅上躺着几个候车的人。父亲到售票窗口打问，售票员趴在桌子上呼呼大睡。父亲试了几试，壮着胆子喊醒了售票员。售票员胖嘟嘟的，眼睛肿得似玻璃球，不耐烦地甩出了一句话，告知我们还没有到卖票的时间，让我们到外面等着。

父母亲悻悻地走出车站，我却激动地东张西望，兴奋地想：

"我要离开家乡了，我要坐着火车去远方了，我要与父母离别了，我要去远方住高楼大厦，去寻找我的诗和梦想……"

终于拿到车票，走上月台时，月色已经黯淡了下去，父母亲一点倦意也没有。父亲脸上的愁云散去，笑眯眯地叮嘱我到了学校一定要好好学习。母亲唠唠叨叨的话语戛然而止，恋恋不舍的目光刺疼了我的心。

读书那几年，我坐着火车来来去去，行走在求学的路上。火车的哐哐声伴随着我的青春和梦想一路奔跑。

结婚时想带着妻子坐着火车到南方旅行，可捉襟见肘的日子容不得有丝毫的额外开支。这个念头搅得我寝食难安，日日都想逃离。山的那边是海，梦想总是在路上。要到南方某个城市参加培训，我按捺不住激动的心情，提前就订好了车票，一遍遍地嘱咐妻子替我打理好行李。妻子笑我像个小孩，我偷着一个劲地乐。妻子哪里知道我的心思呢？

坐上火车，正是傍晚，车厢里鼾声阵阵。我靠着窗户静静地看着窗外，窗外万籁俱寂，夜空中闪着几颗星星，一列又一列火车呼啸着相向而行。几千公里的路程，我丝毫没有倦意，眼睛始终不离窗玻璃，火车逶迤，窗外景色变换。从北方的茫茫戈壁，到南方的青山绿水；从棵棵小白杨，到朵朵油菜花；从泥点染污了的小窗，到伸手可触摸的绵绵细雨；从低矮的土坯房，到鳞次栉比的高楼大厦。我坐在火车上看风景，感受异样的风情。远方迥然，远方瑰丽。火车载着我的身体和灵魂一起飘飞。

时代和列车的脚步都在加快，谁能让我停下飘荡不羁的心魄，抚慰落寞的心灵，追上我随波逐流的身体。

庭院花开

小区一楼的住户，每家都有一小块属于自己的田地，大多种些时令菜蔬，不为别的，摘起来方便，吃起来放心；也有随心种几棵果树，撒上几粒花籽，总是有一些收获的，春天里赏花，秋天吃果子；有的干脆撂荒了，杂草丛生，看着叫人心灰灰的。

只有邻居老王，就像养育自己的子女一样，把不足一分地的小园子，拾掇得井井有条，葳蕤蓬勃。我和妻子喜欢在小区里散步，每日早晚都要从老王家门前经过，总会有许多惊喜，让我停下脚步，忘情玩味。

晨露莹莹，太阳未出时，老王就在园子里不紧不慢地剪剪树杈，除除杂草，把园子打扮得雅致、精巧。路边的围栏是藏不住这些花儿的芬芳的，白蓝相间的栅栏上爬满了蓝色的牵牛花。昨天晚上散步时，这些花朵都收起喇叭嘴儿，今天早晨，我看到他们朝天的喇叭又都张开了，在微风中一晃一晃的，欣喜地生长着。

靠路边的一角，一排向日葵像迎接贵宾的仪仗队，挤挤挨挨地挺立着。最外面的几棵向日葵垂着硕大的花盘，花渐凋落，籽粒饱满，几只蜜蜂嗡嗡地盘旋在花盘间采蜜。靠里边略小一点的向日葵高高低低，毫不示弱地竞相开放着耀眼的黄灿灿的葵花，似频频顾盼的少女，静静地回味美好的时光。当太阳升起来时，阳光唤醒了向日葵的梦，无论花盘大小，葵花们欢喜地抬起了头，向着太阳向往蔚蓝的天空。向日葵下，茎叶齐整的喇叭花，茎嫩叶肥，花朵在早间或是夜晚开放，有白里透着黄的，有红里泛着紫的，朵朵艳艳地花枝招展着。

园子正中间几簇长相酷似牡丹的月季，根茎实落，绿叶繁茂，枝头上缀满了大朵的花。有的如婴孩的小脸，粉嫩嫩的；有的似火红的太阳，红彤彤的，开得甚是欢实。几株从外地移植来的海棠花，在主人精心的侍弄下，竟然也扎下了根，开出白色的花。三五团憨实的剑兰，舒展开了枝叶，丰润地滋长着，也居然吐出花蕊。两只白色的蝴蝶飞舞在花丛中，一忽儿如顽皮的孩童互相追逐，打打闹闹，一会儿似下凡的仙子，扭扭捏捏，摇步轻身，蹁跹起舞。

向阳的窗户下，几根葫芦秧伸出触须爬上了窗台，丝丝绕绕的藤条，把窗栏盘得严严实实。高处的丝蔓义无反顾地向上攀爬着，那里垂着几棵硕大的葫芦，已经泛着橘黄色，该是熟透了吧。若是摘了它，做成葫芦菜，或是调了面条，那是极好的美味。人伸手就可摸着的地方，有些小葫芦羞怯地藏在叶底；而黄黄的葫芦花，灿烂地开在阳光里。

这小巧的园子，花香弥漫，招蜂引蝶，惹得小区里的大人小孩时时光顾。淘气的小孩折了花骨朵玩耍，老王只是调教几句，不急也不恼；葫芦藤蔓上的葫芦熟透了，老王会送给左邻右舍，品尝他的劳动果实。与老王聊天，七十多岁的老人，沧桑的脸上总是带着微笑。老王说："儿女们都在外地，三番五次地要接我和老伴去和他们一起住，可我舍不得这里。这些花花草草都是有生命的，看着他们就如同见着了我的孩子。"

每天黄昏，老王和老伴坐在窗台下，相互依偎着，说着花的长势，回忆着甜美的往事。一条小狗围着老王跑来跑去，总也不离开，还不时地抬头望望主人。夕阳洒落下来，洒满了小园子的角角落落。

我忽然觉得，老王是幸福的，至少他与庭院里的花一起沐浴着阳光，酣畅、舒心地活着！

童年琐忆

　　年少时那些琐碎的往事，时不时地涌上心头，挥也挥不去。那些简单而又丰满的快乐，总让人忘也忘不掉。

　　在那个物质匮乏的年代，缺衣少食，也没什么可供玩耍的场所和器具，可小孩子们玩耍的花样却一点不单调。田野里撒欢的串串脚印，渠畔回荡的声声嬉笑，打麦场上"藏蒙蒙"的情景，小树林里追逐打闹的身影……

　　冬春之交是农家最为难熬的一段时光，上一年储存的粮食日渐见底，蔬菜又贵又少，农家的饭碗里自然是清汤寡水，日子过得恓惶无奈。小孩子便担起了挖野菜的任务，每日三五成群地提着竹篮，小蜜蜂似的在旷野里奔走，给贫困的家庭增加了一点色彩。结伴挖野菜倒成了小孩子们劳累但有趣的事情。

　　每天天不亮，我和邻居家的"狗蛋"就拿着小铲子，到村子的田埂上、干沟里，仔仔细细地找，认认真真地挖，一根根地拾，忙得不亦乐乎。可直到天黑，小小的竹篮还是没装满。摸着咕咕叫的肚皮，我常常很泄气："地里的野菜怎么就那么少呢！"

　　有一天，我和几个小孩子相约去一个离家很远的地方挖野菜。一群小伙伴走了约莫大半天，到了一个世外桃源般的地方，那里好像从来就没有人去过，沟壑上铺满了一簇簇野甜菜，沟坡下猪草根呈藤萝状密布，瀑布似的甚为壮观。小伙伴们一阵欢呼后，七手八脚一通疯铲。不一会儿，野菜就把篮子塞得满满的，大家又脱下上衣，扎了袖口，拔猪草根，拾黑果子，直到把两个袖筒塞得鼓鼓囊囊，方才心满意足地躺倒在土坡上歇息。

回家时天色已晚。我们像得胜归朝的战士一样，手提竹篮，肩扛衣服做成的麻袋，排着队，神气十足地唱着歌高高兴兴地回家了。母亲接过我的胜利果实，赶忙下厨给我煮黑果子，做猪草根糊糊，我却累得一沾枕头就进入了梦乡，梦中吃了一顿香喷喷的美味，醒来嘴角还流着幸福的口水。

放牧牲畜是农村孩子最为乐意干的事情，那种乐趣只有身在其中方能体会得来。每天一放学，小伙伴便邀约着，骑着各自家的牲口，威风凛凛地"穿街走巷"，找一处水草肥美的草地，放开牲畜自由地啃食，一伙一伙地便聚拢在一起，拉开了疯玩的阵势。

要玩耍时，放牧的小伙伴也会自发分成两派。年龄小点的孩子从树上砍下树枝做成了"梭子"，排开场子玩起了"打梭"的游戏。谁的"梭子"打得远，谁就是赢家，打得差的要被罚打手掌，经常为了输赢吵吵闹闹，但总会在一片嬉笑声中瞬间化解了矛盾。年龄大一点的孩子喊着要玩"跳楼"，就是一个人弓腰站立，其他人从身上跳跃而过，层级的难度是通过弓腰的高度体现。可谁也不愿意当这个倒霉的"驴"，争执不下时就用"石头、剪子、布"来决定。于是当"驴"的人弯下身子，任由其他人跳上去嗷嗷地做驴拉磨状转圈圈，谁掉下来了或是没有跳上去，便当"驴"。如此轮换往复，好不热闹。

玩得时间长了，便有些索然无味。两伙人便合到一起玩起了"抓判官"。大点的孩子主动找来树枝在地上画图线，图框里要标明"判官""小偷"等游戏人物。而小点的孩子便自觉地四处搜选砖头、石头、瓦片，用来做投注物，确定自己扮演的角色。游戏一遍遍地玩，我们忘记了时间，忘记了饥饿。

直到天快黑时，才发现牲口不见了，一番惊慌失措的寻找后，骑上各自的"坐骑"，悠然地踏着月光回家。有时会遇上乌云密布的日子，瓢泼大雨把小伙伴们的衣衫淋湿了，小脸上直淌水，却仍稳稳地牵着自己的"坐骑"，像一支鏖战疆场的骑士队伍，一边响亮地甩鞭前行，一边对着天空喊着"雨，雨，大大地下，放驴的娃娃不害怕……"

收完秋庄稼。中秋的月饼还未来得及吃，村里的小伙伴便渔网般洒向田野。一伙伙扑在庄稼地，搜寻未掰净的玉米、捡拾洒落下的黄豆、用铁锹一遍遍地在挖过的地里找土豆。小伙伴捡了豆子、玉米以及土豆，大人们并不强求上交。我便从家里偷偷找来了火柴，点燃黄豆秧，待火苗蹿起落下，小伙伴们便一起抬脚踩灭火莹，只留下火星子便可烤熟豆子。我们模仿大人用土块围成洞做成了"炉子"，上面放上玉米，下面点燃柴火烧，待玉米烧熟时，再把土豆放进洞里，火热的土坷垃便可焖熟土豆。

黄昏时，农家的炊烟飘洒在空气中，显得格外清新而迷人。大人们做好了饭菜，一声声喊着"老三吃饭了""狗蛋快回家了"……小伙伴们围坐在一起，像原始部落的族人一样，你谦我让，分享着自己亲手制作的美味。待到回家时，一个个捧着肚皮，抹着黑萱萱的嘴脸，朗朗的笑声，给秋日的夜空增添了许多色彩。

直到现在，还经常怀念小时候的那份简单的快乐。

麦收往事

　　正是暑热天气，吹着空调都嫌热，父亲却打来电话说，让我陪他到麦地里走走。我纳闷地想，父亲的几亩地被征用了，不务农事已经好几年了，怎么会想着到农田里去呢？

　　我相跟着父亲来到城郊的一片麦地，几台从外地来的高大威武的联合收割机抖擞着从我们眼前驶过，麦粒被操机手轻松地装进标准化的塑料袋子里，麦草被自动化机器捆扎成四四方方的草捆，丢在了麦田里。

　　这个季节，正是麦收的时节，是农人们喜庆的日子，是庄田里洒满欢笑的日子。难怪父亲会坐卧不安，天天到农田里转悠呢。和父亲说着话，那繁忙却也快乐的麦收往事，历历浮现在眼前。

　　小麦是西北地区主要的粮食作物，是生活在这片土地上的农人的衣食，是生命的根。一粒麦种种到地里，农民们的心里便盛满了希望，如孕妇孕育婴孩一样，日日夜夜忍受煎熬，渴盼着丰收。

　　麦收前的半个多月，父亲便开始准备麦收的一切家当了。架子车是拉运麦子的唯一工具，一点也不敢马虎，父亲一顿敲敲打打，又是铆扣、锁钉，又是圆车圈、补车胎，总怕半道上抛了锚，把架子车打造得结结实实才放心。装车的大绳，防止牲畜偷嘴的驴兜嘴，割麦的镰刀、磨刀石，装粮食的袋子、扎口袋的细绳，遮雨的薄膜，扬场的木锨、大扫帚，抓柴的耙子、麦权。这些农具一样也不能含糊，父亲一遍又一遍地检查、盘点，有破损的马上修理，不能用的要到集市上采买。这些农具一样也不能少，否则误了麦收不说，还会影响一年的收成。母亲白天不停歇地赶搓捆麦子的草绳，晚上起面烙馍，准备麦收吃的干粮。我们这些平日里玩得没踪没影的小孩子，这个时候也忙碌了起来，除了牵着牲畜到很远的地方啃吃青草外，还要惦记着给牲畜磨料加餐，把它们伺候得服服帖帖，以便收麦时不踢踢踏踏乱撂挑子。

麦收用的工具准备妥当时，麦田里的麦粒也一天天地饱满了起来，麦地的颜色由浅黄到金黄，一日一个样子，继而金灿灿的一片。麦穗一颗颗次第低下高傲的穗头时，宛若等待出嫁的熟女，急切、娇羞。夜间的月色里、中午的日头下，父亲急切地蹲在田埂上，看着麦粒由饱满到坚硬，有时轻轻地用手抓来一把麦秧，搓出已经硬朗起来的麦粒，放到嘴里咬一咬，满嘴的麦香便铺排开来。父亲的脸上布满了笑容，对着麦子地说，熟了，该收了。麦地里如父亲一样的农人，围着自家的田头，打量、琢磨，像端详自己的孩子一样，总是看着舍不得走开，生怕一不留神，丢了到手的收成。看麦子的庄户人遇到一起，打着哈哈，说着麦子的长势，估算着产量的多寡，焦急地抬头看看天空，会不约而同地说，该是麦收的时候了。

六月的天气，阴晴不定，说下雨就下雨。已经成熟的庄稼往往会因为收获不及时而遭受损失。麦收，早不得，更不能晚。若是赶早了麦子尚未熟透，麦粒秕秕的，磨不出面粉，庄稼就会歉收；若是收割得迟了，麦穗就会断了秧子，倒在田里，拾也拾不起来，雨水一过，就生了芽子，一个夏天，农民们都会唉声叹气的。麦收是农民极其看重的农事，到手的粮食若是缺了数，就等于打碎了他们一年的希望，折扣了生活的滋味。

庄户人眼巴巴地瞅着天色，总担心错过了麦收的好天气。不管是老人还是小孩，都知道要趁着天气晴好的时机，抢收麦子，打碾入仓。那个时候，侍弄庄稼全靠人力，从春天播下种子到夏天收获果实，全凭农民们的一双手，黄土地上不知洒下了多少汗水。麦收是农村人的大事，家里的大人小孩必定是一起上阵，能干多少算多少，上学的孩子也免不了要参与到繁重的麦收之中，品尝着农村人的艰辛。

遇着晴天，没有事先约定，一个庄子的人一下子就忙乎了起来。马路上架子车你来我往，一番热闹景象，人们"吁——吁——"地吆喝着牲畜，空气中飘荡着丰收的喜悦。麦地里一时间攒动着戴着草帽，或是秃着脑袋的人头，像极了匍匐前进的勇士。

父亲磨快了镰刀，带上收麦子的家当，引领着我们兄妹五个，来到自家的麦田。父亲默默俯下身子，左手揽过麦秆，右手挥动镰刀，随着刷刷的声音，一根根麦秆齐聚到父亲的大手里，沉甸甸的麦子倒在了父亲的脚下。父亲一起一伏，遨游在麦海里，一步步向前移动着，待到抬起头来稍事休息时，人已到了田埂边。哥哥姐姐随着父亲，你追我赶，不甘示弱。

年少的我，身材弱小，胳膊瘦弱，看着眼前无边无际的麦田，心里怯怯的，揽麦秆的小手总被划出许多血口子，握镰刀的手心由于拿捏得不紧，总是留下许多血泡。父亲一边割着麦，一边向着我们喊话："都使点劲啊，咱们农民家的孩子，可不能怂了包，还怕个割麦了。"看到我落在了后面，总会说："三儿，这一趟麦子交给你，割不完不准吃饭啊。"或是吼着嗓子说："快，动起来，到那个长着葵花的地方再休息。"我一点点地割着麦子，麦芒刺进了衣服里，麦灰灌进了鼻子里、耳朵里、嘴巴里，眼镜片上也积满了厚厚的灰尘。很多时候，父亲最先割到田头，会转过身悄没声息地从我的对面割了过来，不多工夫，我们便"会师"了。

等到我们割麦又饿又累的时候，母亲会用竹篮子提着馒头、饼子、西瓜、菜瓜、茶水来到田头。这个时候，父亲会给我们讲一两段古书，或是评比我们兄妹几个的割麦成绩。我们被父亲的古书中的英雄人物激励着，也会为小小的成绩而得意，酸困的身体就会活泛了起来，打打闹闹、嘻嘻哈哈，湿热的麦田里荡漾着温馨的笑声。

割倒的麦子经过几次翻晒，就要在中午最热的时候打捆、装车，拉运到打麦场等待脱粒。装车是个技术活，娴熟农事的人，会把个小小的架子车装得四四方方，既拉得多，又不会在坑坑洼洼的土路上翻了车。那个时候，我特别佩服二哥，他装麦捆车比父亲强，因为父亲装的车子总是走到半道上就会掉下麦捆，有时还会翻了架子车。二哥装的车子方方正正，接好大绳，稳稳当当地就把麦子运到了打碾的场地。父亲常夸二哥有眼道。

自从我外出上学，割麦的农活干得越来越少了，以至于现在连父亲都没了可割的麦地。可我始终忘不了那些下到麦地里便浑身流汗的日子，忘不了坚硬的麦芒穿透衣服刺进身体的灼痛与刺痒，以及尖细的麦茬扎破脚踝的疼痛。忘不了父亲在麦地里的喊声、母亲给我擦汗的情形，以及兄妹在一起争着抢着割麦的岁月。那是一段既充满了劳累辛劳，又幸福愉悦的时光。

说着话，一辆三轮车满载着麦子从我和父亲的面前疾驰而过。父亲说："农业机械化就是快啊，这才两三天的工夫，麦子就收仓了。"我附和着父亲说："是啊，农民的日子越来越舒坦了，但是分明又少了点什么。"

父亲没接话，含笑望着即将收割一空的麦地。

为父亲种棵树

父亲喜欢树。他说，一棵树就是一个鲜活的生命。树枝是她的子女，树叶是她的未来。有了绿色便有了梦想。

他常常静静地凝视着一棵树，父亲眼神里充满了温暖，仿佛在向那棵树倾诉着心中的渴望和希冀，粗糙的双手，像抚摸自己的孩子一样，温柔而舒缓地划过树干，让我发现时春天已经来了。

土地刚刚承包到户的时候，每当天气转暖，父亲便开始丈量需要栽树的位置，筹划树的品种和数量。然后到集市一棵一棵地挑选树苗，那些粗粝、弯弯曲曲、疙疙瘩瘩的树苗，父亲是看不上眼的。父亲在自家宅基地的周围、承包地的田埂上，一锹一锹地挖出深深的树坑，在坑的底部均匀地撒上农家肥，小心翼翼地把树苗放到坑里，培上土，围着树重重地踩上几圈。然后，浇水、施肥、修剪、护理。父亲像培育孩子一样精心守护着它们。

几年的工夫，我家小院周围便齐刷刷地长满了杨树、槐树、柳树。我嚷着要和小树一起成长，每天放学回家都要和小树比个头高低，可我怎么也比不过小树。细小的树苗在父亲的精心呵护下，一棵棵赛着长。似乎一眨眼的工夫，小院的上空便缀满了绿色。杨树笔直挺拔地插向云霄，槐树芳香扑鼻地撩动心扉，柳树婀娜多姿地跳起舞蹈。春天的清晨，我和哥哥姐姐们呼吸着清新的空气迎接朝阳，蹦蹦跳跳去上学，夜晚我们听着树叶奏响的美妙音乐酣然入睡。

每到春天，我家小院里便开满了五颜六色的花。枣树清瘦，是父亲给我种的，我嘴馋；桃树细腻，是给母亲种的，母亲身体不好，桃树辟邪；榆树俊俏，是给姐姐种的，两个姐姐都喜欢吃榆钱，还能做出各种各样的榆花面点；苹果树和梨树坚强，是给哥哥种的，父亲指望着哥哥勇敢地拥抱生活；杏树酥软，是给爷爷种的，爷爷爱吃软和的杏子……

哪一棵是父亲种给自己的呢？我仔细辨认，这些让他痛惜不已的树，竟没有一棵是他给自己种的。

光阴似箭，我和哥哥姐姐都结婚生子，过着自己的小日子。如同那些树，我们终要长到分杈的年纪，然后分道扬镳，旧房子也要拆迁了。一家人坐在一起，憧憬着住上楼房的幸福日子。父亲沉默了好久好久，他静静地望着像哨兵一样站岗的参天白杨，抚摸一棵棵春天开出鲜艳的花朵，秋天硕果缀满枝头的果树，竟然泪眼婆娑。那些树是父亲种的，那些树陪着父亲和母亲走过春夏秋冬，迎酷暑送严冬，像个忠实的老友。就像我和哥哥姐姐，有着各自葳蕤的光阴。现在父亲要彻底离开那些树，还要扼杀那些绿色生命。我想，父亲的心是疼痛的。偏偏这痛又无药可医！

父亲不忍心亲手卸载这片给过我们阴凉、果实、喜悦和欢乐的大片绿荫，他找来了锯工，无奈地手刃了那段时光。一棵棵已经长成椽子、檩条、大梁的大树被锯倒，无奈地躺在地上呻吟。卖掉了树，拿到硬杠杠的钞票，哥哥顺利住进新房，父亲却丢了心房，走到哪儿都不自在。

树是齐根锯断的，硕大的伤口，像一个个惊叹号，在冲着天空呐喊："为什么？为什么？"我跟在父亲身后捡拾着撒在地上的凌乱的树枝，什么也听不见。那些树枝绿嫩嫩的，像眨着眼的小孩，从密密麻麻的年轮里，父亲仿佛找到了那些似水流年，虔诚地把它们捡起、码齐、放好，就像收集那些弥足珍贵的往事。

知道父亲心里难受，我带父亲来到上班的地方散心。看到一排排树整齐地散落在沙漠里，一个个昂扬着，像是时刻准备战斗的士兵。父亲舒展开了紧绷的脸庞，微微地笑了。他突然问我："家里的树发芽了吗？"我支支吾吾。或许他忘了，家里的树都卖了，连同春天。父亲自语着："应该发了，这里的树都已经伸胳膊伸腿了，今年秋天，家里的果树应该会比去年结的果子多。"我沉默着，不知道怎样回答父亲。

父亲说："守着这些树的人，该是多么的幸福啊。"有树能抵挡漫天的风沙，能染绿我们的希望，能净化我们的灵魂……

可父亲的树又在哪里？搬家后，父亲租住在别人家的房子里，房前屋后光秃秃的没有一点绿色。父亲手痒痒地想种几棵树，终未如愿。最近，父亲一出门就找不到回家的路。他说，没有了树，便没了家的方向。

住在没有树的钢筋混凝土楼房里，就像没有父亲的家，空荡荡的。我有了这种感觉的时候，父亲真的老了。

我决定为父亲种棵树，帮他收留那些渐渐老去的时光，让他轻易就能找到回家的路。

房子左右的生活

　　拥有一间属于自己的房子，是我刚参加工作后最期盼的一件事。那样我就可以在自己的空间里纵情挥洒，邀上三五个朋友，一起就着土豆酸菜，肆无忌惮地划拳喝酒、胡喧冒撂，小资情调地朗诵诗文，枕着满是墨香的书籍进入梦乡。

　　可这样的向往迟迟未能到来。我所在的国有工厂，处在远离县城的一座小镇上，厂子的效益忽高忽低，给职工分福利房的计划一再拖后。几十排棚户宿舍住满了老职工，我们这些刚参加工作的大学生，根本没有住职工宿舍的机会，家远的只能租工厂附近农民家里的房子住，经济条件好点儿的都在县城里租了平房住。

　　对我而言，租一间能够安身的房子也只能是一个遥远的梦想。于是，简陋的办公室成了我的家，破败的办公桌成了我恣意挥洒雄心壮志的舞台，笨拙沉重的长条木凳上，承载了我想要拥有一间房子的梦想。那时，歌星潘美辰的《我想有个家》风靡大江南北："我想有个家，一个不需要华丽的地方，在我疲倦的时候，我会想到它……"每每此时，我就想，何时才能拥有一处叫作"家"的房子呢？

　　我真庆幸，那时候找对象谈恋爱只说感情不谈房子。没有房子没有存款，一样爱得死去活来，一样结婚生子，一样幸福地生活。

没房子的我要结婚了，父亲无论如何不让我在城里租房子，理由是农村的家里有现成的房子，何苦寄人篱下呢。那时候没有公租房、廉租房，农村人也没能耐买到城市里的房子。父亲说，家里的房子宽敞明亮，守着庄稼地想吃什么地里都产着呢，又方便又不花钱。况且两个哥哥都已成家立业，有着自己的一院子房子，我陪着父母亲也是理所当然的。

想租房子住在城市里和同事们一起享受城市的浪漫想法，终究没能抵挡住父亲的再三阻拦。给我做婚房的房子，墙皮脱落，门窗漆皮起皱。父亲请来工匠，又是抹水泥又是刷白灰，于是亮堂堂的两间房子便如羊群里的头羊，显眼、跋扈。我怎么能和父母亲住在一个院子而有着不同装饰的房子呢？在我的央求下，父亲把一院子的房子统统刷得白白的。属于我的两间房子，一间打了火炕，一间添置了木板床。就这样，我也成了拥有两间卧室的有房一族了。

我和妻子分别在小城东西两头的工厂里上班，而我的小家却在我们上班路途的正中间，每天上下班骑车大约五十分钟才能到达。即使这样，我总觉得，那是我有生以来最快乐的时光。那时候工厂里还没有通勤车，也没有随时可乘的公交车，我骑着一辆父亲骑过的，除了铃铛不响什么都响的自行车，乐颠颠地穿行在乡间的小道上。上班的心情总是愉悦的、欢快的。黄昏，我吹着口哨闻着乡间的炊烟，如远行的儿子焦急地扑进母亲的怀抱，工作一天的劳累荡然无存。

有时候，妻子要倒班，我便早早地等候在妻子上班的工厂门口，即使数九寒天也未曾让妻子一个人，骑一个多小时的车回家。我和妻子骑着自行车悠悠地说着笑话，也总有着说不完的话题，漫长的路途便显得短促了。

　　我常常在想，那个时候怎么会有那么多的话要说呢，路上说不够，回到小屋依然聊个没完。想必那是我们没有房子的忧愁，没有生活的压力吧！休息时，我和妻子总是走出家门，学着城里人的样子手牵着手漫步在田间地头，一边散着步，一边看庄稼的长势、露珠的清纯，俨然像个等待收获的庄稼人。或是在沟渠边听秋蝉的鸣唱，嗅野花的芳香，兴致来时也吟诵几句唐诗宋词。庄户人整天忙着侍弄庄稼，哪里有闲情散步，对于我的行为总是嗤之以鼻，指着我和妻子的背影絮絮叨叨地说着闲话。我才不管这些呢，这才是我该有的生活啊！

　　闲适的日子总是短暂的，随着工作的变动，我愈加忙碌了，回到农家小屋的时间越来越少。无奈之下，我在小城的棚户区租了一间平房住了下来，算是半个城里人了。可城里的土房子逼仄不说，房东小气，厕所都要上锁，我们这些年轻的房客只能跑十多分钟路程上公共厕所。最尴尬的是有时候吃坏了肚子，上厕所根本来不及，只能在有限条件下快速解决……

　　一间屋子，既要做饭又要睡觉，还时不时充当厕所。屋子里的气味总是怪怪的，一股一股地强行扑进鼻子。即使这样，屋子里总是欢声笑语。同在城里租房子的同学或是同事隔三差五地总会提上一瓶酒或是买上一捆菜，妻子拿刀拍个黄瓜、捞点酸菜就是我们的下酒菜，吆五喝六的声音此起彼伏，一阵阵欢闹的气氛弥漫在狭小的空间里。

　　那个时间没有攀比，没有戒心，人的心灵是纯净的。家里正做饭油没了葱没了，吆喝一嗓子，住在一起的房客便赶紧送了过来，也不计较还与不还，你家缺了他家有，他家有了你家用。朋友聚会总是放在家里头，房客们互相凑几个菜便是一桌丰盛的美味佳肴。同一个院子的房客也会凑在一起喝着塑料桶装的白酒，跳时兴的霹雳舞，院落里荡漾着欢乐的气息。

周末时，房客们坐在院子里唠嗑拉呱，谁家从农村带来了蔬菜和瓜果总会分给大家品尝。纵然是住着别人家的房子，同在别人的屋檐下生活，可那份浓浓的情谊总也化不开。曾经在一起租房子的房友，我至今还记着他们的名字。哪里像现在，住在单元楼房里，门对门好几年也不知道姓谁名谁。楼房把人们的生活变得单调而麻木。

工厂终于可以分给我一间单身宿舍了，还是能够住家的单间。我和妻子告别了在城里租房的日子，虽然有点恋恋不舍，但还是满心欢喜地住在了不用早早起床赶着上班的公家房里。宿舍前有一个灯光球场，那是我经常光顾的地方，看着球场上英姿飒爽的青工，我的青春岁月愈加充实而萌动。待我成为工厂的中层领导后，我便带着一拨又一拨的青工在球场上进行篮球比赛，兴趣来时我也会上场操练几把，大汗淋漓后，全身骨节轻松而舒畅。

一间宿舍既是我的卧室又是我的书房，一张双人床摆下，再添上做饭的家当，屋子已然再无立脚的地方了。那时真想拥有一张属于自己的书桌。但住在那样一间转个身都显得局促的房子里，每天晚上待妻子入睡了，我才可捧书夜读。我并没有因为窘迫的生活失去奋进的信心，而是逮住机会便沉浸在知识的海洋里，废寝忘食地读书。有时候读书或是写作累了，我会披上衣服走在厂区里，听着隆隆的机器声，感受着产业工人默默的奉献，也会趁他们休息的闲暇，和他们聊人生、聊理想。

那时，住在我宿舍对面的一个职工，在大学里学了法律，他的理想就是做一名律师，可是工厂的管理层没有要用他的机会，他便经常和我畅谈他的宏图大业，抱怨命运对他的不公。他说他一定会有一间属于自己的宽大明亮的工作室的。我说哪有一帆风顺的事，我尚且在为一间属于自己的房子而奋斗呢。他便听了我的话，做了一名操作工，上班时在机台上精心钻研，从不耽误正常工作，下了班进入职工宿舍便一头扎进书堆，啃读法律书籍，一年后考取了渴盼已久的律师资格证。

几年后，我再见到他时，他已是当地颇有影响的一名律师了，不仅有着可观的收入，更有了自己宽敞的写字间。

城市的面貌一天天发生着变化，夹杂在城市中间的土坯房渐渐被拔地而起的高楼代替。如今，不管在什么场合，谈论的不是车子就是房子，哪里还有什么理想抱负？而我，也时时刻刻地渴望着有一套真真正正属于自己的楼房。

儿子出生了，要上幼儿园、小学、中学，没个家哪成呢？住在楼房里干净整洁，没有尘土的烦扰，没有苍蝇蚊虫的袭击。在教育方面，城市教育资源丰富，师资力量强，能让孩子受到良好的教育。年轻人到城里打工能揽上活的机会多，生活丰富而精彩。小镇和农村的年轻人千方百计地往城市里挤，好像在城里低下头就能捡着金子似的。

我在偏僻的小镇上的工厂里工作，挣的工资除了日常开支，兜里所剩无几，几万块钱的楼房不要说是奢望，简直就是痴想。看着同事们一个个通过各种各样的手段，陆续从职工宿舍和出租房搬进了城里的楼房里，一向高傲淡然的我，心情第一次出现了烦躁，精神世界如刀割般接受着现实的挑战。难道住在这个快活的斗室里不好吗？毛泽东不也是住在窑洞里指挥着千军万马，挥斥方遒嘛，身外之物不要也无妨。我揶揄自己，也嘲弄我那已异味飘扬的单间宿舍。

但是，现实容不得我清高自傲的，生活的味道已经变得污浊了，堂堂七尺男儿，难道不能给自己的家人一个可以自由呼吸的空间吗？买吧，话说起来轻松，可真要买一套楼房，那可真难啊。那时候还没有住房按揭贷款，要买房子，只能靠和亲戚朋友借。我到哪里去借啊！父母靠着几亩庄稼苦熬日子，给我也帮不上忙。观望加失望，是我当初很长一段时间的心境。还是借了工厂的光，工厂在城里买了一块地皮，开发了楼盘，对内部职工有优惠。我赶紧七拼八凑地攒足了一万元预付款交到了售楼部。楼房盖好，简单装修后，我搬进了只有六十多平方米的两室一厅的楼房里，纵然屋子里没有一件像样的家具，尚且欠着数万元的债务，但总算是圆了我拥有一套属于自己的楼房的梦。

　　搬进楼房的当晚，我和妻子激动得不亚于中了百万元的彩票，一整夜都没睡着觉，憧憬着未来的美好生活，勾画着幸福的日子，那个兴奋啊，根本是没法用语言来形容的。年轻的心啊，澎湃着、激越着。我和妻子躺在床上规划着房子的布置，两个卧室一个客厅加餐厅，一间我和妻子住，再买一张小床给儿子睡，妻子还强调说就放在我们的床边，可以时时看着儿子。一间给我当书房，再添置一张床，把在农村的父母接来住一段时间。

　　可是直到现在，父母也没有在我的楼房里住过一天。父亲老说他不习惯楼房里闷闷的空气，其实父亲是不想扰累我。我坐在属于我的书房里读着歌德的诗集，品着席慕蓉的散文，俨然一个逍遥自在的神仙侠客。心情烦闷时，我会透过窗户抬头仰望城市的夜空，星星一闪一闪的，像城市的街灯，有着别样的情调。

　　城市里的人越来越多，城市的道路越来越拥堵，可人的心也变得无比的膨胀。有小房子的要换大房子，小城里有房了省城里也要有房，省城有房还想在首都有房。每个人好像都被房子给捆绑了一样，变得惶恐不安，神神叨叨，似乎房子就是生活的全部，不惜拿出终身积蓄，甚至愿意做牛做马一辈子还银行的贷款也要买上几套房子。

于是，房价蹭蹭往上飙，几年时间翻了几番，房子已然左右了人们的全部。我因为工厂停产，不得不丢下小城安逸的生活前往省城打拼。在省城买一套大房子成了我弥补内心不认输的强大动力。于是，我和妻子开始筹划着要在省城买一套三居室的大房子。可凭我在工厂拿高工资的几年积蓄也凑不够心仪地段楼盘的房款。省城的楼盘像商场里的百货一样，让人眼花缭乱，加之喧得如天堂般的广告，让人如坠云里雾里，不知所从。

但无论如何在省城拥有一套属于自己的房子终归是一件好事，向亲戚朋友借，向银行按揭贷款也要下决心买房。终于选中了一套交通方便，儿子上学便利的小高层楼房，紧接着便是花心思选装修公司，一遍遍地向装修师傅讲述自己向往的装修风格，一趟趟跑建材市场，选购美观大方环保的装饰材料，想让自己在省城的房子高端大气上档次，满足渐趋虚荣的心。几个月下来，我的身体明显地消瘦了下来。而妻子奔波往返于火车、公交车之间，身体也大不如以前。

可我还是想把忧伤的心抛却在小城，装点好优雅的新居所，把追求新生活的希冀盛得满当当的，迎接晨曦的灿烂阳光。房子装修得简洁大气，再加上高档的家具家电，尽显豪华与气派。一家人住进了省城的新房子，原先畅想的美好情景却黯然失色。陌生、压抑，房子里没有家乡的气息，没有生活的味道。

我时常在梦里回到乡间的花香里，徜徉在小城的林荫小道上，大口大口吸着新鲜空气。省城的楼群像一根根生硬地刺进地球的钢针，扎疼了每一个脆弱的灵魂。城市里的风打着旋儿总也出不去，风也没了方向，像个失魂落魄的落难人。城市的人情冷得让人窒息，几乎要结成冰。我忧郁地望着没有星星的夜空，听着使人焦躁不安的汽车声音，像丢了魂一样整夜整夜地睡不着觉。

房子，房子，如同一座大山压在了我和妻子的身上。生活的颜色由绚烂丰润变得灰塌塌的，让人生厌、烦闷。

回到小城，衣服不小心被挂了个小洞，本不想穿了，一想起在省城买的房子还不完全属于自己时，心里便酸酸的。还是到街边的小裁缝店补补，凑合着穿吧。走进小裁缝店，女老板惊奇地一下子叫出了我的名字。原来女老板是我多年前，在小城土房子里一起租房的房客。那时候，她和老公为了两个孩子的学业，毅然从农村来到城里，一家四口住在我隔壁的一间阴暗的土坯房里。男人蹬三轮车拉客，女人给城里人洗衣服，一家人过着俭朴而幸福的日子。我搬离了平房后，再也没有见到过这位房友，没想到如今她开了自己的店面，两个孩子先后考上了名牌大学。

女人说，她的大儿子在南方某大学毕业后靠自己的奋斗拼搏娶了媳妇买了房子，小儿子还在上大学，两个孩子是她的天地，孩子出息了，她的愿望实现了。即便是现在她和老公在城里没有属于自己的楼房，仍然住在租来的店面房子里，可他们夫妻俩也是满足的、幸福的。女人和我聊起这些时，脸上洋溢着灿烂的微笑。提起我的近况，听说我在小城和省城都有楼房时，女店主收住了笑，羡慕地看着我，仿佛我是衣锦还乡、荣归故里似的，而只有我自己明白内心的失落与空虚。

房子承载着家的一切元素，房子若没了家的芳香、暖人的生活气息，也不过就是一方冷冰冰的钢筋混凝土。所以，房子并不是我们生活的全部，只有心安放在了停靠的地方，灵魂才不会四处漂泊。

舞步里的青春

我常常惊异于舞者的忘我神情，用灵动的肢体诉说着复杂的情感，描绘出一幅幅精彩的人生画卷。

我喜欢舞蹈，喜欢舞者的从容和豪迈，可我并不是个舞者，却喜欢他们充沛的活力、阳光般的笑容和舞步里跃动的青春。

我常常窝在沙发里，津津有味地欣赏电视里跳舞的画面。小到五六岁的孩童，大到六七十岁的老人。他们总能给人激越和快乐。

去年，电视上播放《舞林大会》，我差不多挨个看了个遍，妻子揶揄我是个舞痴。痴谈不上，可我总被舞者跳动的韵律感染。

上大学时，刚入校班里就组织了舞会。虽然从没进过舞厅，却觉得跳舞不就是跟着感觉走嘛，有什么难的。但是真正进了舞池，任凭我百般努力，就是跟不上节拍。不是踩了舞伴的脚，就是撞得其他同学满场子跑，搞得再没有女同学愿意给我当舞伴了，很是扫兴。

后来学校又办"交谊舞扫盲班"，我陆陆续续地学了些基本舞步，懂得跟上节奏，至少不再踩舞伴的脚了。便觉得舞动着身体，仿佛驾着云彩般灵动，浑身充满了青春的活力；放飞的身心，遨游于舞动的世界，尽情挥洒着青春年少的激情。

几年后，我终于可以出现在一个比较专业的舞场，却意外地见到了老实本分的大舅。他正迈着轻盈的步子，在舞池里飞舞跳跃。一忽儿如灵巧敏捷的燕子，一会儿如刚劲有力的武士。"快三"、"国标"、拉丁，就像恋爱中的青年，尽情地舒展着筋骨，享受着舞步带来的快乐，快六十岁的人竟然一点没有疲惫的表情。

当年表弟突遇车祸，没能从死神手里拉回时的撕心裂肺不见了；一夜之间变白的黑发，也被染得乌黑发亮。大舅是把失去爱子的痛苦交给音乐，交给"蹦擦擦"的节拍，在舞动中找到了疗伤的药，在旋转中回到了青春岁月吗？

公园里，放着清脆悦耳、婉转动听的舞曲，一帮踩着鼓点，在拉丁舞劲健的旋律中酣舞的人。最显眼的是那位身材高瘦的舞者，他带着一位娇小的少妇，一曲接着一曲地舞着。好像这个公园是他们的地盘，只有舞者才配停留下来。别人告诉我，男舞者已经72岁了。啧啧，我真的不敢相信。他的手脚会那么灵活自如，他的腰挺拔得像一棵松树。

后来我想让妻子跟着他学舞，便和老者聊了起来，他告诉我，他并不是专业搞舞蹈的，也没有正经八百地接受过训练，可他喜欢舞动的感觉，只有跳舞才能让他感觉到生命在延续。

是啊，我们常常感叹青春的短暂、年华的易逝。我们却不曾留意过我们近在身边的韶华！

那些舞者，就是阳刚和柔美完美和谐的化身。他们用婀娜多姿和欢快沉醉，舞出酸甜苦辣的日子；他们是天使，伴着生活的乐章，飞翔着欢乐和喜悦；他们是勇士，迎着风霜雪剑，挑战着磨难和困苦。

你瞧，清晨的广场上、夏日的公园里，那些踏着音乐节拍舞动的人群，不仅仅在锻炼身体，更是不想让青春的脚步停下来。

霞光里的微笑

当我们还沉浸在甜美的梦乡时，他们已准备好了工作的行头，悄悄地走向了自己的工作岗位。

当夜归的人摇摆着疲惫的身子走在回家的路上时，他们已挥动着手中的工具开始了一天的劳作。

当烈日当空，逛街的人熙熙攘攘，穿梭于城市中间，阅尽一片繁华时，他们的身影却散落在城市的路灯下、街道旁、垃圾站，默默守候着一片洁净。

不管夜色褪尽，还是晨曦微露，他们都用自己辛劳的双手，维护着城市的整洁有序；他们用谦卑的心灵，把城市打扮得美丽怡人……

他们姓甚名谁，没有人去深究。但他们都有一个响亮的名字：新时代的清洁工，文明城市的美容师！

曾经的中卫小城，几条铺着炉渣的狭窄街道，弯弯扭扭地穿行在街巷间。逢着雨天，下水道总是阻塞不通，道路上泥水四溢。人们出行都要踮着脚尖，小心翼翼，生怕一不小心滑倒在乌黑的浊水中。这样的天气，人们总是骂骂咧咧，诅咒着糟糕的天气，埋怨着生活的无奈。

那时候，楼房稀少，大片的泥土房棚户区是小县城的显著特点。虽然县城几个居民集聚区都设立了公共厕所和垃圾站，但是厕所内外大粪、尿液遍地，上厕所下脚如探地雷，捂着鼻子迅速地进去，急急地完事，逃也似的离开。有时候，风一吹，卫生纸连着絮絮攘攘的垃圾，像风筝一样漫天乱舞，恶臭、苍蝇，像赶也赶不走的阴影，笼罩在人们的心里。

淘粪工是县城最初的清洁工，他们没有正式的工人身份，顶多是农村定时来拉运城里厕所大粪和尿水的农民。大粪对耕作土地的农民而言是绝好的财富，他们不嫌弃，也不挑剔。尽管污浊的粪池熏得人晕头转向，可他们依然会用特制的大勺，一勺一勺地淘，用沉沉的木桶，一桶一桶地提。待到灌满一车，用毛驴拉运出城时，路遇的行人总是躲得远远的，避之唯恐不及。

在城里人的眼里，这些淘粪工是低贱的，满身的臭气是见不得人的。在政府招募清洁工，组建市政组织时，那些城市里的年轻人宁肯待业在家，也不愿干这"脏了我一人，幸福千万家"的事业。待那些淘粪工成了拿工资的工人时，他们起早贪黑，雨天垫路，雪天扫雪。他们借着月色打扫街道的垃圾、清理尘土，踩着晨光淘完了厕所，把粪便拉运到乡村。小县城的面貌开始点点滴滴地发生了变化。

伴着中卫"创建全国卫生城市"的号角，城市悄然发生了一些变化。四通八达的城市主干道拉开了城市勃勃成长的骨架，拔地而起的楼群展示着光鲜亮丽的青春，街旁的国槐顺风飘香，干净的街道迎接着南来北往的客人。中卫，如雨后春笋般茁壮成长；如亭亭玉立的少女，青春可人，越来越美，越来越让人亲近。

清洁工们因县城由小变大，由丑变美，欣喜、宽慰，他们的身姿不再矮小，他们的笑声荡漾在了清新的城市上空。清洁工们穿着印有特殊标志的工作服，或是三五个人在自己的卫生责任区细心地打扫着马路，或是骑着统一配发的垃圾清运车，穿行在城市的各个角落，收集着居民楼里清理出来的垃圾。

干了十几年的老清洁工田师傅笑呵呵地说："过去县城里除了炉渣路，就是黄土路，怎么扫也扫不干净，一天忙忙叨叨，城里也还是灰突突的，可现如今，到处是柏油路，清扫车一扫，我们这些清洁工就只剩下拾掇拾掇纸片子、垃圾袋了。"

午后，清洁工们带着白色的帽子，穿着灰色的工作服，拿着簸箕、笤帚走在行人中间捡拾路人丢下的烟头，清理撒落在地面上的垃圾。清洁工的身影活跃在了城市的每一个街区，他们如一道流动的风景，美化着城市，也美化着城市的居民。

每天组织跳广场舞的刘大妈总是对舞友们说，中卫是旅游城市，而且还要创建全国的卫生城市，每到假期都有好多外地的游客来咱这里观光，咱可不能制造垃圾，丢咱中卫人的脸，也要尊重清洁工们的劳动果实啊，他们可是咱城市的美容师啊！的确，清洁工们的工作不仅得到了城市居民的支持、理解，也得到了认可和尊重。

清洁工已不再是满身汗臭，人人躲避的"瘟神"，他们承担着洁净城市的重担，为创建文明城市发挥着自己的光和热。他们用期待的眼神审视着城市的发展，他们用笨拙的双手清洗着城市的污点，他们用火一样的热情呵护着城市的文明。清洁工们受到了整个社会的尊重，他们是城市美的化身，他们为城市洗面，他们为城市整容，他们是名副其实的城市美容师。

霞光里，我看到那些挥洒着活力的"城市美容师"，脸上露出了舒心的微笑，这笑里满含感激，这笑里流露着幸福，这笑里播散着文明。

下辈子还做你的儿

父亲老了，病痛一茬接一茬地光顾父亲，本就羸弱的身体，越发经不起折腾了，撵跑一只乱叫的狗，都要使出浑身的力气。

刚搬进楼房，父亲便病倒在床上，身子骨软塌塌得似一堆破棉絮，眼睛呆呆地望着天花板，好半天都不见转动一下。

"爹，好些了吗？"我凑近父亲说，父亲仿佛没有听到我的声音，连一点儿声气都没有。

大概父亲陷入了深深的回忆当中，想必是与那些飘飞的往事重逢了。我想，还是让父亲静静地躺着吧。

正欲走开时，父亲吃力地挪动着身子，僵硬的手臂在空中挥来挥去，示意我坐下来。父亲的手伸向了我，我惶恐地握住了父亲的手，那一刻我的额头沁出了冷汗，我以为父亲的病已经很重了，是不是要给我交代后事。握着父亲的手，一股暖流涌遍全身。父亲的手枯枝般粗糙，眼角泪花浑浊，牙齿脱落得剩不了几颗，皮肤仿佛贴在了骨头上。

"儿子，爹这辈子没本事，没能给你们留下什么财富，可是爹已经尽力了。"父亲有气无力地说。

凝视着父亲，我的眼泪悄悄地滚落下来，不由紧紧地握着父亲的手——这双喂大了五个孩子的手，这双曾经挥毫泼墨的手，这双犁田耙地的手，这双宠我爱我的手。

　　我是家里的老小，上面有哥哥姐姐，小时候父母对我的关注很少，年少时心里经常埋怨父母对我不够关心，甚至心生怨恨，渐渐地与父亲说话的机会就极其有限了，以至于我与父亲之间有了隔膜。

　　那个时候，面朝黄土背朝天的父母，一面要应对没完没了的繁重的农活，一面要支撑一大家子的生活。那种情形，现在想起来就觉得沉重、惭愧，可我哪里能够理解父母的苦处呢？在我的眼中，父亲根本不是一个合格的农民，更不具备经济头脑。他迂腐、懦弱、胆小，甚至……算了，还是给我的父亲留一点面子吧。

　　父亲念过几年书，大概是初小毕业吧。在那个年代算是有文化的人了，可在凭工分吃饭的生产队里，靠的是力气，干活要的是眼力，挣不上工分，到了年末就分不到粮食，一家子就得挨饿。在这方面，父亲显得相当笨拙，力不从心。父亲上工时由于力量单薄，重活干得吃力，有点技术含量的活又缺乏窍道，不会偷奸耍滑，更不会巴结奉承，常常受到队长的训斥、村人的讥笑。

　　有时候，村人为了看父亲的笑话，串通起来不与父亲一伙干活，糊弄队长单独给父亲分派任务。父亲不觉得是别人给下的套，父亲想认真地学着种地，把别人的计谋当成学习的好机会。于是，父亲会逮着机会琢磨着犁地、磨耙、割麦、装车、堆垛、扬场。尽管如此，父亲出的力往往与结果不对等。

　　村人便耻笑父亲连个地都不会种，常常拿父亲的事说教自家孩子，孩子们之间又互相攻击。每每受到玩伴的嘲笑时，我总是哭着跑回家，默默地一个人流泪，心里想我要是能有个庄稼把式的父亲该多好啊！

农村土地包干到户后，各家种各家的地，村民在自己的责任田里下着狠力，恨不得在自己的一亩三分地里挖出金疙瘩。父亲和母亲没日没夜地干，我们这些小娃娃们也不得闲，插秧、拾穗、捆柴、拔草、拉土、上肥，什么活都干。

我调皮捣蛋，不愿意干农活，逮着空隙就搜腾着看小人书，被父亲发现后，就是一顿暴打。我恨父亲，更恨那么多的农活。夏天稻苗插到地里后，为了不让幼苗白天晒死，夜间冻死，必须及时地往地里灌水。

农灌时间，家家都很急躁，你争我抢，互不相让，谁力气大谁就能抢到水，及时灌溉庄稼，保证收成。父亲不会和人争抢，只是无奈地等待。轮到父亲时，常常已是凌晨时分，父亲又饿又困，打开渠口，便在田埂上睡着了。到天亮时，熟睡中的父亲被人推醒，睁眼一看，父亲傻了眼，眼前白晃晃的一片，俨然成了一片泽国。不仅自家的稻田灌得水漫过了田埂，还把别人家的稻田也灌得看不见了稻秧。

父亲埋下头，搓着双手，叹息着不知该怎么办。几户人家较为通情达理，喊上自己的子女拿着盆子从地里往外泼水。可是父亲的一位表弟发现自家的地是被父亲给淹了，好像终于抓住了父亲的小辫子似的，不依不饶，揪着父亲的衣领，非要让父亲把他家地里的水泼掉。父亲没有反抗，也没有言语，挽起裤管，疲惫地挥动着铁锹，一下又一下，直到地里的秧苗露出了小脸。

这件事被父亲的表弟添油加醋在村子里传播开来，经过村口的消息站加工，甚至有了好几个版本。当玩伴鄙夷地给我讲述时，我像一头被激怒的雄狮，顺手拿起一块砖头砸了上去。然后飞奔回家要与父亲理论，可是父亲到地里忙活去了，我扑在母亲的怀里号啕大哭。父亲为什么这样忍气吞声？为什么任人欺凌？要知道，父亲并没有得罪过他这位表弟，相反还多次帮助他。我在心里斥责着父亲，骂父亲是胆小鬼、没骨气。

父亲算公家账分毫必争，算盘珠子啪啪一响，账目清晰可辨。可是自家小账却是糊里糊涂的，往往不是让小贩糊弄了，就是被买家哄骗了。小时候，经常跟着父亲赶集，卖一些自产的土豆、辣椒、粮食、猪仔。父亲把东西带到集市上，找个地方随便一放，不言传，也不张罗买主，更不打听市面上的价格，蹲着抽烟等待。若是有买主问价，父亲便说随行就市。多数时候，父亲卖的价格都比别人少个一两成，这便少不了母亲的责怪，我们期待的好吃头也就泡了汤。

得空时，父亲也揽活，夏天插秧，秋天割稻。父亲和主家谈好了价格，便带领着他的儿女、乡邻挣外出息（外快）。可是父亲从来没有从中得到什么好处，和大家一起受苦、一样拿钱。两个姐姐时常埋怨父亲不像别的揽工头从中抽取头子，白受苦，不讨好。父亲只是摇摇头，似乎那些钱不该是他挣的。可父亲明明过着捉襟见肘的日子，甚至因为儿女的婚事缺钱而愁肠得彻夜叹息。

时光是那样的匆匆，那样的无情。仿佛一瞬间，父亲便进入了暮年。当我仔细琢磨父亲时，父亲的眼神已是黯然无光，面对父亲，我的心颤动着不能自已。父亲有他的内心世界，有他的做人准绳。

"爹，你就好好看病，这辈子做您的儿子，我很幸福！"看着这个最熟悉的人，我好像忽然明白了很多做人的道理，怪不得老实木讷的父亲，在村子里那么受人尊敬。

父亲用自己的勤劳隐忍，成就了一场艰涩、苦难的修行，为儿女们留下了弥足珍贵的精神财富。我心里激动得不可遏制，好想大声对父亲说，这辈子做您的儿子还没做够，下辈子，我还做您的儿。

乡间过客

我是躲在钢筋混凝土中的农家儿女，有着割也割不断的乡间情愫。虽然熟悉的乡村离我越来越远，那温馨的烟火味儿，却始终缭绕在我的心头。

我觉得自己就像一个乡间过客，总想停下匆匆行走的脚步，感慨一下父老乡亲纯净得如一粒沙般的心灵，回味一下那抹深入骨髓的干净柔绵的乡野气息，体味一下那份淳朴与善良的风土人情中透出的淡淡的醇香，感恩它们给了我一颗朴素的心，让我毫无芥蒂地对待每一个人，心无旁骛地应对每一件事。

记忆中，乡村的生活清苦、贫乏，可弥漫在街坊邻居间的那份深情厚谊，却让总是捉襟见肘的日子变得温情脉脉。

大家的日子都一样清苦，却过得没有攀比、没有戒心。家里正做饭油没了葱没了，招呼一声，邻居便赶紧送了过来，从不计较还与不还。一家来客大家招待，东家做几个菜，西家熬个汤，很快凑出一桌丰盛的饭菜，甚至拎一瓶散装白酒，吆五喝六地喝起来，喝高兴了，就胡吹冒撂地神侃一通，才各自光了膀了，歪歪倒倒地回家睡觉去。

在乡间，不怕迷路，就连乞讨的人，不管到了谁家，都能捧上一碗热腾腾的饭菜，都能睡上热乎乎的暖炕。那时候，最难熬的是冬天。那些遭了旱灾的山里人，一茬接一茬地到村里乞讨，父母亲总是不厌其烦地接待他们。

有一年三九天，又遇上大雪，冷得人瑟瑟发抖。晚上刚上炕的父亲，听到门外传来咚咚的敲门声，赶紧起了床，不想门外却站着两位乞讨的老人。

"大哥行行好，能不能在你家借宿一晚上？"冻得脸色发青、浑身颤抖的老人嗫嚅着。"行，行，怎么会不行呢？快进屋，快进屋啊！"父亲不假思索地、连拉带拽地把两位老人带进了屋里。

"我们一家七口人挤着一通大炕，多一个人都逼仄得要命，这要加两个老人，简直就没法睡了。"哥哥姐姐不情愿地悄声嘀咕着，两位老人显然听见了，他们弓着腰，面容憔悴而困顿，卑微地用眼神乞求着父母亲。

"赶紧上炕暖暖身子，还没吃饭吧，锅里还有些剩饭，我给你们热去。"母亲瞪了哥哥姐姐一眼，毫不含糊地拉住老人的手，摇了又摇，摸了又摸，忙着招呼老人。

端上饭碗，老人使劲地往嘴里扒着饭，稀里呼噜地吞咽，两行热泪扑簌簌地流了下来。母亲看着眼前的老人，微笑着说："都是客人，都是客人。"

大雪封门，两位老人在我家住了两天两夜方才离开。临走时，母亲还给装了些米面。老人千恩万谢。

"你就不怕遇上坏人吗？"对每一个乞讨者，父母亲都是这样，即使自己的日子过得紧巴，也要热心对待他们，我不由有些好奇。

"谁有三分奈何，会选择大冬天出门乞讨？一路上人撵狗追的日子不好过。谁没个七灾八难的，我们就当他们是客人好了，哪儿来那么多坏人！"母亲轻描淡写地说。

待人捧出一颗真心，就连耕田种地的牲畜，也被父老们视为赖以生存的最大财富，每一家都把它当做宝贝，像家里的一分子一样精心喂养，小心呵护。一旦走失了，也不怕没有踪迹可寻。因为大家都知道牲畜一定在某家过夜了，也一定会完好无损地回来。村里人没有戒心，没有防备，不问往来，不图回报，捧出一副热心肠，都是乡里乡亲，何必彼此为难呢！

我家先后养过骡子、毛驴。骡子最不听话，给父亲惹了许多麻烦。大概骡子是最孤单的了，没人与它聊天，也没有同类和它玩耍，只能在田间地头发泄不满，要么撂挑子，要么没来由地挣脱缰绳跑了。这可苦坏了父亲，紧跟着就追，可无论人跑多快，都赶不上骡子，一会工夫就不见了骡子的踪影。父亲便带着我四处寻找，乡邻们总是很热情，见着跑得上气不接下气的父亲，老远就喊道："又找你家骡子啊？向东边跑了。"父亲便急匆匆地往东边赶。又遇见一个骑着自行车的过路人，看到我们慌慌张张的样子，赶紧跳下车子说："你们是不是在找一头骡子啊？"父亲说："对啊。"过路人便手指着南方说："向南边跑了。"我真怀疑这些路人在说谎。可父亲总是很信任。

找急了，父亲也会打卦问卜。那些乡间的神汉、巫婆总会热情地接待，烧上三炷香，东南西北掐指一算，便指个方向让你去找，也不问你收钱。我和父亲西家出，东家进，一家一家地找。有时候很快就能找到，有时候找到半夜才发现骡子的踪迹。很多时候找到骡子时，骡子已被主人家收留了。

骡子一边张着嘴惊恐地望着我们，一边和别人家的牲畜吃着草料，很惬意地享受着。找到骡子后，父亲总要拿出皱巴巴的毛票感谢收留了骡子的人家。可主家无论如何都不收，只是一个劲地说："牲畜和人一理呢，它只是个过客，来串个门而已。"

是的，乡间的一切生灵在那个时候都不会丢失，走失了总会被人收留，只要牲畜的主人找上门，顶多给个草料钱，便牵着牲畜回家了。

乡间那些可爱的面孔，总让人怀想；乡间那种浓浓的情义，总让人难以忘怀。

相见不如怀念

火车缓缓停靠在了 L 城车站，我很熟悉的车站。我曾无数次从这里经过，有几次还走下火车，想要在这里逗留一段时间。不为别的，就是想看望一下真玉。

十多年来，我一直坚持给真玉写信，可她从未给我回过信。我四处打听，终于从同学那里得知了她的电话号码。这一次我不想再错过了，于是拿起了手机，拨通了真玉的电话。

电话那头先是传来一段悦耳的彩铃，却很久无人接听，而后便发出似乎很遥远的嘟嘟声。我以为拨错了电话，仔细地翻了一遍电话簿，没有发现有关真玉的新的信息。

怎么回事儿呢？明明提前约好了的，我站在月台上，任风一阵阵地吹过，思绪随着风一缕缕地飘荡过来。

那时候，我和真玉是同一所大学通讯社的通讯员。她是学理科的，每天与电气、实验室打交道，却偏偏喜欢上了新闻写作。

真玉像男孩子一样，风风火火，除了上课就是在学校的图书馆、学生宿舍采访。而我那时候热衷于文学创作，对新闻没有多大兴趣，却鬼使神差地加入到了新闻报道的队伍，经常在校报、广播上发表些报道文章，在学校也算是小有名气。

有一次，学校通讯社组织了校外采风活动，我欣然前往。从未见过面的社员终于聚在了一起，有说有笑，欢快的气氛感染了在场的每一个人。真玉活泼爽朗，听见有人叫我的名字，便到处找人，见我是个大男孩，扑哧一声就笑了起来，一面羞涩地低下了头，一面指着我说："听名字还以为你是个女生呢。"

经真玉这么一说，同学们立马跟着哄笑起来。我和真玉就这么认识了。而后的日子，我和真玉在一起总有着说不完的话题、聊不完的心事，彼此心里都惦念着对方。

毕业那年，我跑遍了银川的所有新华书店，就为买一本我心仪已久的，一位女作家的小说送给真玉。书终于买到了，我怀着一颗热切的心，郑重地在扉页上写下了"永远想念"这几个字，未曾想，这段话真成了我和真玉的宿命。

匆匆跑到真玉的宿舍，她已经打点好了行装，要到 L 城一家工厂上班。接过我手里的书，真玉轻轻地抚摸着书的封皮，怔怔地望着我，欲言又止，落寞的眼睛一下子湿润了。

"命运注定我们要在各自的城市漂泊，寻找属于自己的蓝天。既然我们无法走到一起，那就彼此怀念吧。"我和真玉坐在学校公园的湖边，长久地沉默，最后还是她忧伤地打破了寂静的时空。我无法说出自己的伤痛，默念了无数个日日夜夜，想要对真玉说的话，只能吞进肚子里了。

"喂，我是……"真玉的电话还是打了过来。

"我在你城市的火车站，我们能见个面吗？"我猜想，真玉肯定如我一样的急切。可是……

"抱歉，我，我还有好多事要做呢。"电话那头传来支支吾吾的声音，电话很快挂断了。

看着一列列火车从眼前疾驰而过，我感觉一切都是那么陌生，一切都是那么冰冷。千百次的惦念竟然化作了一阵风，说吹走就吹走了。

　　可能真玉想让我保留对她的那份美好的记忆，守住平静的生活吧。我只能这样安慰自己。

　　"相见不如怀念，怀念多于相见。或许我在下着雨的夜，还会愿意想起你的脸，相见不如怀念，就算你不解，我只能对你说声再见……"

　　快步跨上回家的列车，广播里播放着那英演唱的那首《相见不如怀念》，熟悉的曲调，听起来竟有些生硬别扭。

幸福的怀抱

母亲又一次住进了医院。我是从电话那头的父亲有点责怪的声音里，得知了这一消息的。

我有点自责，也有点委屈。在外工作的不易和无奈时时搅扰着我，让我在忙碌、郁闷、烦躁中艰难支撑着，真想找个人倾诉，可是我又能向谁诉说呢？谁又愿意听我唠叨呢？我的这些小情绪、小苦闷，在别人看来可能根本就不是事儿。

就在头天晚上，我还梦见母亲木然地走在车来人往的街上，没有人认识母亲，也没有人理睬母亲。她伸着双手，像要抓住什么，目光是那么呆滞而急切，口中不停地喊着我的乳名。我突然惊醒了，泪水无声地打湿了枕巾。

已经快一个月没有见到母亲了，繁忙的工作差点使我忘记了她，可母亲却无时不在牵挂着她的儿子。

母亲不让父亲给我打电话，母亲怕我因为惦记她而耽误了工作。连住院这么大的事，母亲都不允许父亲告诉我。

母亲得病已有五年的时间了。母亲得的是脑中风，脑子里时不时地像抽筋一样的疼痛，有时候吃饭都无法咀嚼。每次看望母亲，她总是强忍着病痛，慈祥地微笑着，越是这样我的心就跟着一点点的撕裂。

走进白得刺眼的病房时，母亲正一个人孤零零地躺在被一片白色包裹了的床上。母亲瘦小的身体蜷缩着，若不是走近看，我真不敢相信这就是我那坚强的母亲。

母亲听到我的声音，竟一骨碌坐了起来。母亲说："回来了。"我突然间像个在外受了欺负的孩子，一把抱住了母亲。泪水不听话地洒落，甚至能听到我喉咙里的哽咽声。

母亲拍着我的脊背说："孩子，妈好着呢，没有放假你怎么就回来了，可不能丢下自己的工作不管。"母亲没有上过学，连自己的名字都不会写，说不出那些文绉绉的能安慰人的话。母亲说，她知道儿子在外面不容易，工作生活样样都得自己操心，处处得小心谨慎，作为母亲不给儿子添麻烦就是最大的帮助了。

怎么能叫添麻烦呢？我憋了一肚子想要向母亲说的话噎了回去，像个小孩子一样把头深深地埋进母亲的怀抱。几个月来的彷徨、迷茫、伤痛骤然间消失殆尽，自己所谓的挫折又算得了什么呢？

世间最大是母爱，我在母亲的怀抱里一天天地长大，又在母亲的目光里一点点地远行。听烦了母亲的唠叨就想离家出走，干活累了就想向母亲发脾气。可母亲呢，向我索取过什么吗？我又给予了母亲多少回报呢？想到这些，我就觉得愧对母亲。

我依偎着母亲，握着母亲的手。这是怎样的一双手啊！指甲不但萎缩而且干裂，指甲缝里全是黑黑的泥污。手指头干枯无力，没有一点血色，有一个指头已经弯曲变形……

我这个只顾着过自己日子的儿子，还从来没有为母亲剪过一次指甲。要知道，母亲的这双手养活了五个儿女。

夏天，母亲靠着双手收割小麦，锋利的镰刀无数次割破手指，来不及包扎，索性放嘴里吮吸几下，撒点泥土便接着干活。收完麦子，母亲伸开双手就是一副耙子，手伸向尖刀似的麦茬捡拾麦穗，待那些坚硬的麦穗捡拾捆拢时，母亲的手指像被针刺一样，细细地流着血。冬天，待我们酣然入睡时，母亲坐在油灯下，一针一线地缝补着子女们的衣裳，灰暗的灯光总是照不到母亲的手指，那些长短不一、粗细各异的钢针冷不丁便扎着母亲的手指。

母亲的这双手没有让她的子女遭受饥饿的折磨，更没有因为穿不上衣服而失去尊严。我为能有一个为我缝补衣裳的妈妈而骄傲。母亲这双给我生命和养分的手，我未曾留意过，连紧紧握一握都没有过。

母亲很小的时候就被别人领养，没有人疼爱，没有呵护，能吃上一顿饱饭，就是最大的奢侈，能靠在养母的肩膀上歇息一会，也只是梦想。嫁给父亲，穷得买不起床单被褥，一张席子、一床破棉被便是全部的家当。

我们兄妹五个陆续出生，一家七口人挤在一张大炕上。白天母亲在田间劳作，夜晚小的哭大的闹，能睡一个安稳觉比登天还难。我这个不懂事的小儿子总是在母亲将要熟睡时洒下一大泡尿。这个时候，母亲总是把我抱在怀里，用自己的身体煨干我身上的尿渍，然后放到干燥的地方，而自己却睡到了我尿湿的位置。

如今，母亲被岁月皴枯了容颜，单薄的身躯像在风中摇曳的柳絮。母亲真的老了，我不敢想象没有了母亲我会有多悲伤。母亲的手已不能穿针引线，更不能割麦收谷。可我现在最想听的就是母亲的唠叨，最想做的就是为母亲剪剪指甲、洗洗脚、梳梳头发……

"世界上无论什么名誉，什么地位，什么幸福，什么尊荣，都比不上待在母亲身边，即使她一个字也不识，即使整天吃'红的'（注：指高粱饼子）。"国学大师季羡林的这句话，让我感到多么的庆幸！年过不惑，我尚能享受母亲带来的温馨，该是多大的幸福啊！

　　有母亲在，我便拥有了整个世界，还有比母亲更可贵的财富吗？

幸福的种子

　　有一天，父亲火急火燎地打来电话说，我们曾经的邻居林奶奶的孙子出了事故，村里的好多人都提供了帮助，有送钱物的，有到出事地点查实状况协助处理问题的，问我能不能抽出时间也去看望一下。

　　林奶奶的孙子开着卡车跑全国货运，去南方装了满满一货车的橘子，在回家的某段高速公路上翻了车，橘子到处散落，车上的人受了重伤。待我电话联系时，林奶奶的孙子已被当地人送到了医院，人没有什么大碍，丢落的橘子也被附近的农民捡拾起来，除了摔烂的，其余的全部装上车，安全地拉了回来。

　　林奶奶年轻时，丈夫就去世了。为了不让子女遭罪，就没有再婚，守寡几十年，含辛茹苦地带大了三个儿子。

　　大集体时，林奶奶家徒四壁，生活极度贫困，她既要照顾年幼的孩子，又要到地里干活挣工分，一个人挣的工分，根本就不够换取一家人所需的粮食，日子过得紧紧巴巴。有时候吃了上顿没了下顿，孩子们饿得整天哇哇叫，听着叫人难受。

　　村里人看林奶奶一家可怜，你家给点谷子，他家捧点小米，接济着林奶奶喂养孩子。谁家吃肉或是包饺子了，总是要给林奶奶家送点。在左邻右舍的帮助下，林奶奶的孩子一个个都长大了，能干活了，家里的日子逐渐好过起来。

　　林奶奶家的日子稍微一好过，便想着法子帮助村里的人，村子里上了年纪的孤寡老人浆洗衣裳、缝缝补补的活计林奶奶全揽了去；见着外地来讨饭的，别人都嫌弃，林奶奶不仅把人留在家里过夜，还拿出招待客人的白面、大米给他们做了手擀面、蒸米饭吃……

　　林奶奶把爱心播撒和传递。她经常教育孩子要懂得知恩图报，要尽自己所能帮助别人，要给自己种下福报的种子。三个儿子长大后，一个做小买卖，一个开车跑货运，一个当工人。弟兄三个，走到哪里，都笑呵呵地竭尽所能帮助别人，友善的性情为他们赢得了美满的婚姻，也为他们的事业积攒了人脉。林奶奶的孙子也好学心善，上学时经常帮助家庭困难的同学，走上社会后也是常常做好事不留名，不图回报。

　　受林奶奶家的影响，我们那个村子民风淳朴，媳妇孝敬公婆，邻里之间互帮互助，生活幸福和谐。林奶奶虽已七十有余，可她活得康宁潇洒，幸福得见人就呵呵地笑，好像她的生活不曾有过苦和难。

　　我们时常抱怨生活的不如意，冷落了我们身边的人，只是一味地要找寻自己的幸福。其实，幸福是要自己种的，如果没有幸福的种子，又怎么能结出幸福的果实？

　　春种一粒粟，秋收万颗籽。我们拥有的每种幸福，都是幸福之花结出的果实。你播下的是幸福的种子，就会处处逢春，日日花红。我们怎能不孕育、呵护自己的幸福种子呢？

　　但愿，人人都能播下幸福的种子，收获春天一样和煦的美满幸福的生活。

寻　亲

随着火车哐当哐当节律缓慢的声响，父亲魂牵梦绕、心心念念了半个世纪的老家就要到了。

贴着车窗，父亲朝拜圣殿般局促不安。一会儿突地站起来，眼睛贴着窗户向外张望，手指着呼啸而过的高楼，诉说着曾经到过的地方；一会儿抬起胳膊，狠狠地看几眼手表，计算着行进的时间。

父亲是要到那个叫做山东金乡的小县城寻亲，是要看看他那些只见过一面的表兄堂弟、叔侄们。一路上，父亲不厌其烦地向我讲述他曾经见过的亲戚的名字、相貌，盘算着他们的年岁，描绘着他们的村庄，以及曾经住过的老屋……

尽管那个未曾生养过父亲的地方遥远而陌生，但一下火车，听到来接站的孙辈祥生的山东口音时，父亲还是忍不住低低呜咽。一个劲地说，终于又一次回到了老家，一定要看看家乡的变化。祥生要给我们安排就近的宾馆住下，父亲坚决予以回绝，催促着赶紧去家里。

父亲嗔怪祥生太见外，生气地数落祥生说："到家了怎么能住在外面呢，那不显得我们太生分了。"我听着有点好笑，心里责怪父亲怎么能把他乡当故乡了呢！我知道父亲并非出生在这里，也没有在此生活的经历，只是在五十年前跟着爷爷回来过一次，认识了一下家族里的亲戚，仅仅保持着通信联系而已。

坐上回家的小汽车，母亲和妻子很快就迷迷糊糊地睡着了。而父亲则不知疲倦地打问老家的种种状况，当听说父亲熟知的几个叔伯兄弟已经去世时，父亲一阵沉默，随后又是一连串的询问。我佩服父亲的记忆，也敬重父亲对爷爷故里的牵挂。也许在父亲心里，那是一个埋在心底永远化不开的情结。

踏进家门已是凌晨子时了，而接待我们的大哥孟繁僕家，却仍簇拥着十多位与我同辈的亲戚。屋子里灯火昏黄，烟雾缭绕，满地的烟头，倾吐着他们焦急等待的心情，简陋的桌子上，摆满了各种各样的餐食。

见到我们，屋子里的人齐刷刷站了起来，不论辈分，不问姓名，拉住我们的手不肯丢开。一声声问候，一句句寒暄，说着高兴的话，诉着相见的难肠。见过父亲的一位与父亲年龄相仿的族里的老哥抱住了父亲，叫着叔，喊着父亲的小名，泪水不住洒落。

一落座，父亲就和亲戚排族谱、数辈分，相互询问着各自子女的学业，以及家里的收成。说起过世的老辈，各个打开了话匣子，凝在记忆深处的往事重又浮现在大伙的嘴头上，直到窗棂上洒满了斑驳的光影。我在想，这么遥远的距离，只一面，就是这般的亲热，互诉衷肠，真是血脉相连，千里万里也割不断啊！

早起，父亲走在乡间小道上，看看地里的棉花，瞅瞅村庄里的房子，嗅着乡间的味道，寻找着曾经的记忆。他迫不及待地催着族里的一位老哥带着我们瞧瞧爷爷的祖居，看望族里的亲戚。父亲要再认一认他曾见过的和没有见过的亲人，他要向已逝的爷爷报告，他的儿子携家带口，返回故里了。

我们挨家挨户地拜访，每到一家，不论大人小孩都显得亲切、热乎，各家都拿出自个腌制的糖蒜、金针菇和石榴让我们品尝。见到父亲的二表兄吕庆言，八十多岁的老人在几分钟的迟疑后，一下子说出了父亲的名字。兄弟俩拉着手，相互问着好，抱头痛哭，不知要说些什么。那种只有在电视画面里看到的场面，让我在父亲寻亲的旅途中实实在在地感受了一回。

转眼到了返回的时候，正是黄昏，夕阳洒满了村落。车子停靠在路边，送别的队伍排了一长串。亲人们拉着我们的手，久久不愿松开，洒着泪说着还没处够的话。几位嫂子提着满篓筐的大蒜、尖椒和倭瓜往我们的包里塞了又塞。族里的繁僕哥非要给我们带上象征根系不断的冬瓜、北瓜、苦瓜种子，让我们记住家乡的味道，世世不忘亲情，代代顾盼家乡。

看着这些淳朴的老人，望着这些热情的亲人，父亲和我已是泪眼婆娑。

人生就是这样，有些人见一次永生就难忘，有些人相识多年还是熟悉的陌生人。而这亲情却总是牵牵绕绕，远隔千山万水总是相连着，相互惦记着。

阳光里的那列火车

又一次奔忙在求学的旅途上，每个星期都要坐着这列火车往返于学校和家之间，逐渐习惯了火车的哐哐声，并像一个旅行者一样，伴随着甜美的梦，从黑漆漆的夜晚，驶向阳光灿烂的清晨，尽情享受着那份愉悦和悠然。

那年，高考落榜的阴霾整日笼罩着我，色彩斑斓的阳光不知道跑哪里了。我像一个受尽委屈的孩子，憋屈地沉默了。父亲变卖了家里所有值钱的东西，要供我到外地自费读大学。

离开父母，坐着火车去那么遥远的他乡，我连想都没敢想过。要走的当天晚上，母亲早早就做好了饭菜，一家人闷着头，谁都不说话，好像要生离死别似的，很吃劲地吃过晚饭。父亲搜腾了好一阵，才找了几段麻绳，帮我打好了铺盖。其实就是一床被子和一条用羊毛擀的毡。要去火车站坐火车了，我有点激动，甚至想振臂高呼，也有点悲戚，因为父亲要和母亲一起送我，愧疚感总是纠缠着我。

"爹你就让我自个走吧，我都十八岁了。"我小声嘟囔着。

"你还没出过门，我和你妈哪能放心？"父亲推着自行车，母亲扶着放在车后座上的我的简单行李，我背着泛旧的背包。三个人相跟着走在尘土纷扬的乡间小道上，月光洒在我和父母的脊背上，显得清冷而孤寂。

一路上，母亲不停地说着要立志要争气，家里就指望你了等等的话。我憧憬着我梦寐以求的阳光普照的大学生活，母亲说的话，我压根就没听进去。

车站里冷清清的，没有熙熙攘攘的旅客，没有热闹非凡的气氛，并不是我想象的那样热闹非凡。父亲以为错过了站点，赶紧跑到售票窗口询问、买票。当得知只有一趟车去往我要上学的地方，而且在凌晨5点才发车时，父亲嗫嚅着，低着头来来回回地踱着方步，像是自己做了错事似的喃喃自语。

"要是早点来就好了，要是提前问清楚，要是早把票买了多好，这让孩子等这么久冻感冒了怎么办啊？"父亲像是问自己又像是给我和母亲汇报。

"你把票给孩子买上，我们一起等吧，不就五六个钟头嘛。"还是母亲果断，她冷静地打破了夜空的寂静。

父亲买票去了，我偷偷地跑到站台的另一头，想看看火车、铁轨和穿着制服的列车员。一条长长的铁轨冷森森地发着寒光，不知能承载多大的重量，能运多少货物多少旅客和他们绚丽的梦？那个喷着热气的铁怪物会不会吃人啊？尽管我已是高中毕业生了，尽管我家距离火车站并不十分遥远，但我还是想象着有关火车的种种故事，陌生而胆怯。

我想知道，火车能不能带我离开这方悲伤而又难舍的土地，能不能驱散我心头挥之不去的阴影，能不能让我见到万丈光芒的前程，能不能闻到带着雨露的花香……

我和父母坐在月台上，望着稀疏的星星和即将失去光芒的月亮，一起畅谈着美好的未来。

"我们家几辈子了都是在土里刨食，我的儿子要到大城市读书，将来要在城里工作，娶个城里媳妇，我也有个城里的孙子了。"父亲兴奋地说。

"大城市不知道会是什么样子，孩子去了能不能习惯，吃的住的能不能称心？"母亲像是问自己又像是在问父亲。

要上车了。父亲背着我的铺盖，母亲提着前天给我煮的几个鸡蛋，我拿着一张火车票跟着拥挤的队伍拥向检票口。

"我儿子要去上大学，他从来没出过远门，他还小，总得让我们把他送上车吧。"穿着制服的车站管理员说什么都不让没有车票的父母进站台。尽管父亲卑微得近乎哀求，都无济于事。

"让我来帮你，你们放心回家，我会把你儿子送到学校的。"正当父母发愁，不知如何是好时，一连串温暖的声音，从一个身材高大的小伙子那里传来。

父亲想都没想就把铺盖、装着鸡蛋的袋子，全交到了不相识的年轻人手里。原来小伙子陪着他妈妈要到我上学的城市看病。小伙子和他妈妈帮我把东西放到了安全的地方，才去整理自己的行李。那对不知道姓名的母子，一路上都和我不停地说着话，把好多吃的都给了我，一直把我送到学校报了名，他们才离开。我想我是遇到好人了。

我没能看到父母亲与我分别时的样子。我猜想，母亲一定伤心地流泪了，父亲接下来不知要受多少苦，承受多大思念儿子又苦闷又难熬的心理折磨。

回头看见那列喷着热气将我从黎明载到清晨的火车，缓缓驶向另一个地方时，暖暖的阳光已洒向前行的人群。

也就是那趟火车，让我真正开始了全新的生活，从此以后，我在各个地方来来往往，坐火车、轿车、飞机、轮船……甚至开着自己的私家车穿梭于各个城市，住了城市的高楼，在窗明

几净的办公室运筹帷幄。

　　每有空闲总爱回忆那些改变我生活的点点滴滴，就像多年后的今天，我又坐着这列火车到曾经上学的那个城市读研究生，那种温馨的感觉一如当年拍打着我的魂魄，让我时时感受它披着月光迎接太阳的奔放和果敢。

一棵柳树的命运

人有命运，树也有命运，不同的人不同的树，命运也是不一样的。我家老屋门前那棵大柳树就经历了和其他柳树不一样的命运。

父亲喜欢在宅基地的周围栽植树木，有榆树也有杨树，还有一些李树、杏树和枣树，它们在父亲的精心抚育下，个个长得枝繁叶茂，这些招人待见的树木的命运显得既富又贵。

因为父亲时常给它们施些农家肥，还根据季节掌握着浇水的多寡，以使它们有足够的养料和水分维持生长的需要。而不结果子也使不了大材的柳树、椿树等就没有这么好的待遇了。

房前一棵桑树，多子又多福；房后一棵槐树，家宅兴旺又发达。父亲明白这些道理，可捉襟见肘的日子，连吃顿饱饭都是一种奢望，还哪里有闲钱购买桑树和槐树苗呢？

于是，父亲在一次逛集市时捡到了一棵柳树苗，喜出望外地拿回家准备栽植时，发现树苗的枝干几近干枯，树根也有点枯萎，想来必定是活不了的。父亲便剪了柳树的枝梢，丢在墙角不再理睬，打算夏天时用来做西红柿的秧架。

未承想，一场春雨过后，没几天的工夫，柳树苗竟然发出了嫩嫩的芽。父亲不忍心丢弃了它，便在房前一处边角挖了坑，在坑底铺上了农家肥，草草地把柳树苗栽上了。又一场春雨后，柳树苗发出了嫩芽，进而又长出了长长的嫩枝。看着柳树苗一天天地长大，我和小伙伴围着树唱啊跳啊，甭提有多高兴了。我想，柳树苗的生命力真够顽强，它在父亲的精心侍弄下一定能长得高高大大。柳树苗一天天长大，长成了一棵大树。大柳树的主干向上不停地攀援，枝干也向四周围拓宽着自己的领地。不几年时间，竟然如一把大伞擎立在半空中。夏天，柳树枝叶茂盛，投下米一片阴凉地。于是，我们一家人便搬出凳子在柳树下乘凉、吃饭、听姐姐讲故事。我的小伙伴也赶来凑热闹，男孩子在树背后"藏蒙蒙"，女孩子围着大树玩丢手绢的游戏。

大人们被孩子们热闹的场面吸引，在农闲的时候，总是提着小凳子聚拢到我家大柳树下。女人们张家长李家短的扯闲话，说到气愤时呸呸地骂上几声；男人们听评书、侃大山，听到兴奋时总会发出叫好声，有时候还为书中人物鸣不平、叫冤屈，为人物的命运唏嘘不已。

冬天时，大柳树的枝干在风的吹动下掉落在地上，我和哥姐们捡了树枝烧炕，暖烘烘的热炕驱散了冬日的寒冷。父亲说，没想到这棵柳树比一棵杨树的用处大啊！的确，任何东西当有用时，其价值便体现得淋漓尽致。柳树的有用使得它的命运丰润而又尊贵，我们全家人都把它尊奉起来，时常给它培土、浇水、施肥。

有一年家里买了一头驴，骡子占着一间畜棚，驴再进去就显得有点狭小了。父亲打算扩建畜棚，可是又没有多余的地方。有人说，干脆砍了大柳树往院门外扩充。父亲实在是舍不得砍柳树，头摇得拨浪鼓一样，连连摆着手说，那怎么行，这棵柳树可是咱家的宝贝。又有人出主意说，把柳树砌在墙里面。父亲一想，这是个好主意，既不砍树，又能解决畜棚的问题，是个两全其美的好点子。于是大柳树便被生生地夹在了土墙的里面。

大柳树的根部喝不上水，吃不上养料，还要养活那么庞大的身躯，有点太难了。大柳树的叶子开始稀少了，树枝一枝接着一枝干枯。烧炕的柴火倒是多了起来，可柳树往日的威风却不在了。邻居家的小孩子不愿意来玩耍了，大人不愿意亲近柳树了。路过的人走近柳树要么吐一口痰，要么狠狠地踢上一脚，好像大柳树与他有多大冤仇似的。

大柳树艰难地熬过几个冬天，树顶就开始秃了，像个没了头发的老头。树身一块一块地变黑，像老人脸上的斑点，显得老态龙钟。冬日的夜晚，成群的老鼠在大柳树上爬上爬下，猫头鹰也开始光顾大柳树，在阴冷的夜空中发出凄厉的叫声，听着叫人心颤。

父亲说，大柳树的大限快到了。难道大柳树要死了吗？我分明看见它还在春天伸展着几枝树丫，在微风中摆动着柳叶。

是的，大柳树的命运该结束了，因为它没有了丁点的价值。可是父亲还是没有舍得砍倒它。大柳树便在一年又一年的寂寞中枯萎了。

这棵柳树，就这样承载了它不同寻常的命运，最终暗淡成一堆烧柴，让我对它的命运唏嘘不已，并由此生出对命运的点点思索。

一米的距离

　　那一年夏天，麦收在即，父亲却出了车祸，尽管没有大碍，可不能下地劳动，躺在炕上吃喝拉撒要人伺候，急得只有无端发脾气的分了。身体瘦弱的母亲，受了惊吓，更加虚弱不堪。还要一边服侍父亲，一边愁肠地牵挂着地里的麦子。

　　哥姐都已成家，各自忙着自己的光阴，帮衬不上父母。眼看着两亩多小麦撂在地里无人打理，毒辣的太阳炙烤得麦穗纷纷垂下了头，像是给主人甩脸子似的，成熟的麦粒眼看就要落到地上。

　　我安慰父母："我来拾掇麦田吧！"

　　父亲和母亲狐疑地睁大眼睛看着我，摆着手，不相信我说的话，父亲还一遍遍地嘱咐我，实在不行就花钱雇麦客。因为父母知道，我从小很少干农活，春种夏收的大苦力活，几乎就没有沾过边，何况是割麦子这样又脏又累的重体力活呢！我对父母的担心只是笑了笑，便收拾农具下地了。

　　的确，我在父母面前是说了大话了。对于庄田里的活计，我是恐惧的，更是逃避的，甚至是讨厌的。走到麦田边，望着在烈日下随着微风翻滚的麦浪，我开始后悔对父母的承诺了。

　　那些麦子直立在田地中央，像一排排披挂着铠甲的威严士兵，剑拔弩张地等待着敌人的挑战。我俯下身体，低下头，拿手捻一捻麦穗，饱满的麦粒丢落下来，坚硬的麦芒瞬间扎破了我的手指。面对着血不停流出的手指，我竟然害怕地哆嗦着不知所措。我吮吸了几下手指，抬起头看着眼前的麦秧，几欲打退堂鼓。

那些几近干枯的麦秆拖着沉沉的麦粒像是在嘲笑我这个农家子弟，竟然被它们的气势吓得缩手缩脚。我承认我干活缺乏窍道，也受不了出地里汗流浃背的苦。可在今天，我必须要在这热浪中劈浪前行，必须要把这些父母用汗水浇灌的麦子收回家。

我挽起袖子，挥动镰刀，在麦田里开始了豪迈的挥舞。可没干上几下，麦芒粘在了衣角上、裤管里，扎进了衣服里，浑身刺痒难受；麦灰一阵一阵地飘进耳朵里，落在镜片上，和着汗水混成了脏兮兮的污泥，遮住了眼睛，模糊了视线。抬头望望火辣辣的天空，心里暗自叹息着，诅咒着满田的麦子。

可是，那一行行麦子，像一堵长长的城墙，又宽又长又厚实，什么时候才能割到头呢？我无奈地看着麦地，心里一阵紧似一阵的难受，眼前金星密布，接着就是一阵晕厥，浑身瘫软地一屁股坐在麦田里。

我在心里给自己鼓劲，一定要坚强起来，我必须征服这些滋养了我生命的植物。我爬了起来，一手揽过麦秆，一手握紧镰刀，使劲地挥动着。我在心里默念着，割一米远的地方就休息，一米就算再苦再累我也应该坚持得下来。这样想着，心里便多了许多的力量，臂膀也硬朗了起来，一米的距离很快就到了，那就再割一米。又一米的距离到了，我不停地擦着满脸的汗水，不时地被割倒的麦秆绊得趔趔趄趄，这些恼人的麦子已不再令人憎恶了，而是向着我微笑着，仿佛对我说："你真行。"

一米又一米，我被这些可爱的麦子招引着一步步地向前挪动，麦秆一片一片地倒在了我的脚下。很快，一行麦子被我笨拙地割倒了。我站在田头伸伸腰，回望那些被我割过的麦田，满心的欢喜涌上心头。

片刻休息后，我再一次躬身麦田里，一米、两米、十米……一行割罢，接着一行、两行、七八行。每割一米，我都告诉自己，一米不远，一米就在前方。那些傲慢的麦子终于让我收拾得服服帖帖，齐刷刷地趴在了地上。

凭着一股冲向"一米"的劲头，我不仅一个人割倒了两亩多地的麦子，而且一个人捆扎、打碾，颗粒无遗地把它们收到了粮仓里。那一刻，我感觉自己就是一位逍遥疆场的勇士，就是一员于乱军中割取敌将首级的将军。

在之后的人生道路上，每每在工作中接到急、难、险、重的任务，生活中碰到棘手的事情，我总会告诉自己，没有什么困难能够吓倒我们。不就是一米的距离嘛，一米有多远？

一米不远，它就在我们的眼前，就在我们的灵魂里，就在我们的不懈努力中。那么，我们是不会让一米的险途，阻隔我们征服巅峰的气魄，只要肯坚持，我们一定能攻克那些一米一米连缀起来的艰难任务。

的确，当困难巨大到无以形容、无法克服的时候，我们不妨把它分割成无数的小困难，一米一米、一个一个地去征服。这样，再艰难的任务也会分解成无数的小困难，我们就能找到分头击破它们的方法。

拥抱阳光，心情晴朗

有一段时间，我的情绪极其低迷，心里灰蒙蒙的，一片冰冷寂寥。

我讨厌嘈杂热闹的场面，厌恶别人的说笑打闹，也不愿意和生人说话。像装在套子里一样，紧紧地把自己包裹起来，生怕别人看到了我的脆弱。

朋友怕我这样下去会落下毛病，生生拽着我陪他去养老院看望孤寡老人。一来散散心，二来体会一下老人们的生活。

我不情愿地加入了陌生的队伍，进入了陌生的环境。见到了一些陌生的老人，觉得他们笑得很牵强，心里似乎藏着许多的无奈和苦痛。

走过朋友们已经擦拭得明光锃亮的玻璃窗户，我看到一位老妇人久久地凝望着窗外，像是在企盼什么，又像是在等待着什么，深陷的眼窝里泛着暗淡的光芒，几滴泪水滚落在皱皱巴巴的老脸上。

我不由得立住脚，轻轻推开了老人的房门，走进了老人的房间。一眼望去，屋子里的一角摆放着水果、牛奶、饼干，墙上挂着液晶电视，一张大床上叠放着棉衣、棉袜子。

我心想，老人不缺吃不缺穿的，怎么还这副表情？难道她还有什么不满足，还有什么不如意的地方吗？

老人看到我狐疑的眼神，似乎洞悉了我的疑惑。她皱纹密布的脸庞，一下子活泛了起来。她一把拉住了我的手，激动地摇了又摇。老人的手弯曲、粗糙，让我想起了母亲的手，也是这般的模样。

"瞧，照片上这位帅气的小伙子是我的儿子，旁边的那个是我的男人，我两个儿子和他爸外出打工时出了车祸，死了，我一个人在这个养老院好几年了。"老人松开了我的手，指着墙上的一张照片喃喃说道，老人的语速快而急，生怕我嫌弃她的絮叨似的。瘦弱的身体颤抖了起来，大颗的泪珠流淌下来。

看着墙上发黄的、边角有点卷曲的照片，听着老人的诉说，我的心怦怦狂跳，有点儿不知所措，继而开始自责了起来。还有比老年丧子，白发人送黑发人更痛苦的遭遇吗？还有比亲人尽失，老无所依老无所养更荒落的日子吗？

我凝望着眼前这位被苦难蛰伤的老人，泪水不禁奔涌而出，一个劲儿在心里默念着，来吧，老人，我没有给你带来吃的穿的，就让我留点欢笑给您吧！你就当我是你的儿子，让我握紧你的手，握紧你沧桑的年轮……

我紧紧地拥抱住了老人，就像拥抱自己的母亲那样，我要用我的手温暖老人的心，给老人留下一丝暖流，煨暖那长长的夜。我握住了老人的手，握住了这双曾经灵巧的手，握住了这双夜夜擦拭伤口的手，握住了这双再也无法操劳的手。

老人微微笑了，那笑里埋着暖暖的爱，那笑里流着浓浓的情。深深的一个拥抱，就让老人的生活里多了一丝阳光，紧紧的一次握手，就让老人燃起了生活的希望。

走出养老院，天空蓝盈盈的，大片的阳光洒落在大地上，原来我拥有整片的阳光啊，我还有什么理由萎靡不振？于是我连续阴沉的心儿，忽然晴朗起来了。

拥抱阳光，心情晴朗。

拥有一块地

春天来了，到处绿树红花，草长莺飞，一派欣欣向荣。父亲却像个受了委屈的孩子，脸上没了笑容，整天闷闷不乐、焦躁不安，嘴里不停地念叨着，该是栽瓜种豆的时节了。

父亲蹒跚地挪动脚步，在院子里走来走去，似在谋划着一件重大的事情。家里的小狗围着父亲跳来跳去，期待着主人的安抚，父亲蹲下身子，慈祥地摸着小狗的头说："去田野里撒撒欢吧，再过些日子粮食长成了，就没去处了。"父亲轻轻地和小狗说着话，又像是说给自己听。

有几次，太阳刚露出头时，父亲便从墙角搜出了锄头、铁锹，要到田地去播种。走到大门口才发现，自己已没有了田地。只好又沮丧地扛着锄头回家，却不愿意进家门，随意地走在正在播种庄稼的田头。不时捧起一把土，闻了又闻，摸了又摸，仿佛那是一把黄灿灿的粮食。

离开了土地的父亲是痛苦的，就如抽去了父亲的精气神。自从老屋被拆迁、土地被征用，父亲便如一株浮萍，心空了，意乱了。他不愿意无所事事，更不愿意住在钢筋混凝土的城市丛林中。拥有一块地，是父亲这些年来的一个求而不得的奢望。

前些年，父亲拥有着几块地，并不愁没有土地可种。父亲说："土地是人的衣食，我们要爱护它、包容它，可不敢糊弄了。"

父亲如调教自己的儿女一样，因材施教。对每块地都做好了规划，离水渠近的用来种稻子，不好淌水的则种了小麦，家门口的一块地便是家里的菜园子。每一块地父亲都精心务营，倾情呵护。每到春天父亲便整天忙碌开了，带着我们兄妹几个打磨田地、施肥、播种，在我们年幼的心灵里播撒下了浓浓的情谊和殷切的希望。

而后便是间苗、除草。田里的粮食苗壮成长，父亲便围着田埂计算着产量的多寡，期待着收割的日子，脸上溢满了笑容。而门前的菜园子，是父亲最花工夫的地方。不大的一小块地，父亲种上了茄子、辣椒、西红柿、土豆等各样蔬菜，田埂边上还不忘种上洋姜、嫩玉米。对这些菜蔬，父亲不打药，也不上化肥，而是利用冬天农闲时积攒下的农家肥施肥。

夏天，蔬菜逐个成熟，娇艳欲滴，十分惹人喜爱，父亲便摘了，拿到集市上去卖，换来的钱供我们兄妹读书所用。冬天里，父亲在院子里挖了地窖用来储存蔬菜，比现在的冰箱还保鲜。雪花飘飘的冬天，一家人围坐在土炕上，吃着田埂边上种植的嫩玉米爆出的爆米花，啃着腌制的洋姜，听父亲讲那过去的时光，日子便在一团团炉火中、一段段往事里丰盈了起来。

离开自己的家园后，父亲在郊外的村庄里租了一院土房子。刚刚住下，父亲便四处打听有没有闲置的土地给他种。恰巧有一户人家的一块地没人种，撂荒了。父亲和主家谈妥后，就侍弄起那块地。由于多年没有种植，田里长满了杂草，看上去荒凉破败，没有一点生气。可父亲并没有嫌弃，而是抄起农具在田地里大干了起来，他要在这块地上绘制自己丰润的田园生活。

父亲先是铲掉了杂草，用火焚烧，灰烬也不丢弃，用来做农家肥。翻地块，父亲就显得有些吃力了，可他还是用铁锹把地翻了一遍。父亲想用他的老方法，不打药，不施化肥。现在连牲畜都看不到了，还哪里有那么多农家肥？父亲固执地东家进西家出，收集大粪，用来给他的菜园子做肥料。父亲的菜园子在夏天便开花结果，一架架豇豆缀满了，一颗颗硕大鲜嫩的土豆藏在土中，一排排向日葵迎着太阳微笑。

父亲把一块地侍弄得生机盎然，果香满园。一地的蔬菜，父亲吃不完，便给住在城里的儿女带去，儿女们也吃不完，他便送给了左邻右舍。邻居们一个劲地夸父亲是个种菜能手，这个时候父亲呵呵地笑着，一脸的皱纹便舒展开来。在每天的劳作中，父亲品尝着土地带给他的快乐、宽慰、喜庆。一块地给了父亲希望，也给了父亲满满的欢喜。

种了三年的土地被主家收走了，父亲落寞、哀伤。随着搬进安置房日子的临近，父亲越发的寂寞、孤单。那些在土地上跃动的身影，那些收获的喜悦都埋在了父亲深深的回忆中。

游走江湖

那年秋天，秋雨连续不断地下，淋湿了年轻的心，刷洗着惆怅的心情。

我们这些刚刚高中毕业的学子，都不知道自己的江湖在哪里，今后的光阴会是怎样的景象，只顾着忧眼前之所忧，乐眼前之所乐。

考上大学的同学，窃喜着幸运之神的光顾，准备离开家乡到远方求学；而名落孙山的同窗，哀叹着命运不公，不知道自己的路在何方而无所适从……

浓密的云朵接二连三地汇聚，秋雨赛跑似的一场接一场，殷殷的送别一次又一次，伤感的泪水一串又一串。离别的零乱、落榜的迷茫，如连绵的细雨，久久不肯散去。

落榜的老李，要到离家很远的煤矿当工人。几个要好的同学都为他担心。听老人们说，矿工虽然挣钱多，但经常发生瓦斯爆炸和塌方，很多矿工被炸得尸首分离，或者被矿石埋葬，很多人都不愿意干这种活。

可是，老李从此会有一份安稳的工作，不用再面朝黄土背朝天地去土里刨食，甚至会在省城安家落户，过上城里人的生活，虽然那些黑乎乎的矿井确实让人恐惧，大家都担心老李会在某一天离开了我们，像个影子似的，停留在我们的思念中，大家又有些犹豫，不知道该不该劝阻。

淅淅沥沥的秋雨不停地下着，老李要到煤矿工作的日子一天天地临近，谁也不忍心老李到那里去受苦，于是相邀一起复读，再拼搏一把。可老李好像很看好自己的工作，也是在跟命运赌气似的，要早早地离开家乡，到那个没有亲人，没有朋友的"黑洞"里闯荡自己的江湖。

老李豪气冲天地说："《平凡的世界》里的孙少平，能在那么困难的环境下闯出自己的世界，难道我就不行吗？"无奈，几个铁哥们提着老李简单的行李，送他上了远行的大巴车。

冲着紧闭的窗户，车外，如林的手摇了又摇，扯着嗓子喊了又喊，不知道到底该说再见，还是珍重；最后干脆齐声唱起了《你在他乡还好吗》："再次握住你的手说声再见，就在那个下雨的星期天，我送你离开故乡，因为雨我们听不见彼此心里的哀怨……"

车内的老李，拼命地眨巴着眼睛，不争气的眼泪还是滑落下来，趁汽车开动的那一刻，虽然抬起胳膊擦了又擦，却摇摇晃晃地洒了一路。

雨，一直下着，每个人的脸上都湿漉漉的，也不知道是雨水还是泪水。

老徐是我们班的学霸，各门功课都很优秀，我们常常惊异于老徐数理化算题的快速、准确，更仰视他科科考试得高分的淡然，尤其羡慕老徐的前途无量，盲目地相信他一定会功成名就、衣锦还乡。果然，老徐顺理成章地被一所知名的重点大学录取，学的也是当年十分吃香的计算机软件专业。

我们替老徐高兴，为他能有一个看得见的前途而兴奋，觉得给他送别，应该不会像送老李那样令人伤感。可是，当老徐

　　跨上长长的列车，相似的场景却再次出现，尽管没人想到唱歌，大家心里却怅然得不知所以。

　　几年后，当我们挤在大学的校园里，老老实实地读书学习时，老李写信告诉我："每个人都有属于自己的江湖，你们的江湖在校园，我的江湖在商场……"

　　我有点不相信老李的话，总觉得他一个煤矿工能有什么大出息，只是在同学面前吹吹牛罢了，心中很是不以为然。

　　可是多年后，当年决意要在他乡闯出一片天地的老李回到了故乡，凭着在煤矿工作的几年里攒下的一大笔钱，老李在家乡开饭馆、办牛场，而后在钢材购销市场摸爬滚打，闯出了自己的世界，而今又在房地产市场如鱼得水，游刃有余，的确有种侠客义士笑傲江湖的派头儿。

　　几年工夫，老李开上了奔驰，住进了豪宅，洋洋自得地品尝着自己的胜利果实。而在重点大学求学的老徐，毕业后进了一家国有银行，当了一名电脑程序员，在远离家乡的一个小县城安了家，娶了妻子，生了女儿，过着朝九晚五的平淡日子。在思乡的惆怅中、简单的生活里，经营着属于自己的江湖。

　　也许，每个人都有各自的天地，每个人都应该追寻属于自己，有别于他人的人生。而且在你喟叹自己平淡无奇的生活，羡慕别人波澜壮阔的人生的时候，你的境遇已经悄然发生了翻天覆地的变化。不管你愿不愿意承认，这变化都会硬生生地戳进你的生活。

　　"你在他乡还好吗？可有泪水打湿双眼，你在他乡还好吗？是否有了太多改变……"每次同学聚会，我们还是爱唱那首《你在他乡还好吗》，那是当初唱给老李的……

有皮影戏的夜晚

夜色渐浓，星星眨巴着眼睛，渐次露出了笑脸。吃过晚饭的人们，三三两两地走向广场，或是跳着节奏明快的健身舞，或是谝着闲话散步慢行，显得悠然自得。

别无他事的时候，我也会陪着妻子到处走走，抬头仰望夜空里的星星，穿梭在那锻炼身体的人群中，品味着人间的烟火。

未曾想，今日的广场一角，掌声阵阵，锣鼓喧天，有人用嘶哑的嗓音吼出熟悉的秦腔。走近看时，一片白色的幕布上影影绰绰地跳动着姿态各异的皮影。原来这里正在上演着久违的皮影戏，惹得人不由得驻足观看。

记得小时候，各家的日子都不好过，能看一场皮影戏，就仿佛赶赴一场盛宴。年景好时，到夏收后或是冬闲的时日，侍弄了一季庄稼的农村人，眼巴巴地盼望着村里集体出钱，或是生产队到各家各户筹钱，请来唱皮影戏的戏班，在队里的饲养院连着唱上几场。也有境况好的人家，在自家院落里包上一场皮影戏，为空寂的夜晚带来些许快乐；只要听到哪个村里，或哪一家包了场皮影戏，村里的大人小孩都争相传播消息，挨家挨户喊着："有皮影戏看喽，有皮影戏看喽。"

那声音仿佛有了神通，十里八村都能听得到。我和小伙伴先是跟着稍大点的孩子走村串户地四处跑，约了人到别的村里看皮影戏。一帮小伙伴打打闹闹，惹恼了，便互相打架。若是在别人家里看，往往遭到主人家小孩的白眼，不是嫌弃占了地方，就是害怕得了便宜，骂骂咧咧，好不情愿。这个时候有人就渴望自己的村里能有一场皮影戏看，埋怨村里太穷困，连一场皮影戏也包不起，扯着嗓子咒骂村里的干部。

有皮影戏的夜晚，村里的打麦场上便一片欢腾，幕布上那一幅幅美艳的图画，在脑际反复地荡漾，我总觉得皮影戏是上天给寂静的乡村带来的祛除漫漫长夜的精灵。有一回，我和小伙伴到邻村人家看皮影戏，人家锁了大门不让我们进去，还放出狗来咬我们。我们惊慌失措地往家里面跑，跑到半路见没了狗追，几个胆大的便拾起土坷垃抬手就扔。而后，一个劲地疯跑，跑累了，坐在土墩上一边喘着气，一边诅咒那个包皮影戏的该死的人家。一帮小孩子傻傻地望着夜空，星星探头探脑地像在嘲笑我们，有人就说，有什么了不起的呢，有钱了自己家里包一场，躺在炕上美美地看。

回到家里，几个家里条件好的孩子便对自己的父母软磨硬泡，央求着在自己家门口看一场皮影戏。村里几户经济条件稍好的人家，终于凑钱包了一场皮影戏，村里的孩子嗷嗷地欢呼着，欢快的气氛便弥漫整个乡村。唱皮影戏的戏班子还未到村子里，小孩子们已经成帮结队，赶到离村很远的地方去迎接。有人学戏文里人物"哦哦呃呃"地扮角儿；有人巴结着替戏班提包扛活，一个个兴奋得不知怎么办才好。

唱皮影戏的戏班子也不过是两三个人，一个人往往身兼数个角色，既要扮唱将，又要鼓弄器乐，还要舞动皮影，忙得不亦乐乎。即便是这样，他们总是不紧不慢、不瘟不火、秩序井然。一大块白色幕布，两箱皮制的人物、道具图片，几件嘀里嗒啦响的乐器，便是唱皮影戏的全部家当。头顶挂上一只白炽灯，戏剧人物便在灯影里恣意挥洒。

皮影戏之于庄稼人，既是消遣的好口粮，又是他们认识古人征战沙场、吟哦诗文的好去处。虽然大多数农村人都是"睁眼瞎"（文盲），听不懂多少戏文，可就是喜欢那热闹的场面，沉浸在咿咿呀呀的哼唱中、敲敲打打的鼓乐里。

淘气的尕娃娃，却安分不了多长时间，不一会儿就在戏台下吵吵嚷嚷、坐立不安了，魂儿早被那个提着柳编小篮子，卖些香烟、瓜子和水果糖的大孩子勾去了。这个有点经济头脑的大孩子，既满足了我们这些流着口水的小馋猫，又为家里换些购置油盐的零钱……

一场戏看罢，人们坐在场地上回味着戏中的角色，互相哀叹着剧中的人物，久久不愿离开。戏场子俨然像一个大剧院，勾勒了寂寞的夜色，装点了空寂的村落。

有皮影戏的夜晚是美好的，美好的还有那无法忘却的乡村记忆。

与天堂语

　　春分一过，父母便开始不停地念叨起已故多年的爷爷奶奶，神情格外激动和兴奋，仿佛要迎接一个盛大而隆重的节日，或是看望一位久未谋面的亲戚。他们郑重地筹备着一切见面事宜，样样都是自己亲手操持，生怕留有一点慢待和遗漏。

　　母亲先是跟上班的儿女们打了招呼，一边计算着儿女们能够聚在一起的日子，一边准备着爷爷奶奶生前想吃而没有吃到的食物。父亲则悄无声息地购置祭祀的鞭炮、香烛、炸菜、馒头、水果，日日盼望着上坟的日子，显得焦急而热切。

　　自爷爷去世，每年清明前，父亲都会择定好日子，带领着他的兄弟姊妹、儿辈和孙辈，到爷爷的坟上跪拜拉话。爷爷的坟地远，像迷宫一样的蜿蜒山路，颠簸难行。从赶着毛驴车、骑着自行车，到现在开着小轿车，父亲从来没有埋怨过阴阳先生给爷爷定下的坟墓，而是在行进的路途中像个小学生，反复琢磨着要对爷爷说的话，从来没落下同在天堂的爷爷奶奶的畅叙。

　　每次上坟，父亲都会火急火燎地迈开脚步，就像母羊见到久别的羔羊，几乎是跌跌撞撞地扑到坟前，那么急切而激动，大老远就一边大口地喘气，一边放声喊着：

　　"爹，娘，我们看你们来了，还好吧？今年没有迟到吧？让你们惦记了一年了，我带着你的儿孙来看你来了。我带了你从没吃过的东西，可好吃了，你一定要尝尝。"父亲的声音大而急促，那一连串的问候，在空旷寂寞的山野里久久回荡。

待我们随着父母亲恭敬、虔诚地跪在爷奶的坟前，父亲先是挨个报告着爷奶生前见过的或没见过的来者的辈分和名字，还有应来而没有来者的原因。而后汇报着家里发生的大事小情，哪个儿子的儿子结婚了，有了孙子了。哪个女儿的女儿出嫁了，给了怎么样的人家，过着怎样的生活。家里添了几口人，地里的庄稼产了多少。哪个孙子上大学了，有出息了，在哪里工作了。甚至祖屋被政府征用了，要住进宽敞明亮的楼房了，不用担心找不到家了……

父亲向爷奶诉说着后人的一切，高兴的、幸福的，一年来所有父亲认为能够带给爷奶喜悦的事情，唯独不提不幸的事情。

在父亲心里，爷奶始终活在世上，从来就没有离开过他们。爷奶用苦难的汗水养大了自己的子女，可是什么都没有享受。父亲不想让自己的父母再听到伤心的消息，也不愿意让爷奶看到他们的子女忧伤的脸庞。别人给先人上坟总是哭哭啼啼，而父亲一脸的庄重严肃，但从来没有哭出声音。父亲说，爷奶苦了一辈子，难道让他们在天堂里也要听到哀伤的哭声，看到后人们幽怨的表情吗？

离开爷奶的坟地时，父亲总是恋恋不舍，一脚一脚地踏踏坟场的边角，拢拢坟头的石块。总怕雨淋坏了爷奶的家园，风吹断了父亲对爷奶的思念。一遍又一遍地叮嘱爷奶吃点儿孙们孝敬的吃食，喝点新上市的饮料。父亲声音颤抖地说着告别的话，一步三回头，似乎和爷奶的聊天还没有结束，该汇报的事情还没说清，似乎在等待爷奶的一个答复，或者一句祝福。许多次，我看到黄沙弥漫的山墚上，父亲日渐灰黑的脸上留下了道道泪痕。

　　父亲是在与天堂里的爷奶对话，尽管爷奶听不见、看不到，只有父亲一个人在絮叨，可父亲相信爷奶在听他说、看他做的一切。爷奶不寂寞，父亲不孤单，他的儿孙们不迷路。天堂里的爷奶是幸福的、快乐的。

　　现在，多病的母亲已不能和父亲率领着我们去拜祭爷奶了，可她仍然记挂着要与爷奶唠唠嗑，与在天堂里的爷奶分享美好的生活。而父亲尽管已过古稀之年，腿脚不再灵便，声音不再洪亮，神情不再威严，甚至牙齿开始脱落，依然如前惦念着与爷奶的对话，他一定要在每年的清明，与天堂里的爷奶拉拉家常说说话，道道孙辈们的幸福生活。

　　清明不仅是一个节日，更是一种亲情的传承、一种孝心的延续，逝者已逝，活着的人还需要好好地活下去，在彼此的世界里遥相祝福！

月照梨园

晚春的南长滩，越过冬的冷寂、肃杀，携着春天的晴空暖阳、花红柳绿和草长莺飞，随着月光柔媚出现，南长滩像个疲惫的庄稼人，安歇在疏朗的农家院落里，停泊在滔滔的黄河边。

暮色中，那些来梨园赏花的观光客，铺展开随身携带的帐篷、炊具和吃食，在河边的背风处、在果树的树荫下，搭起了五颜六色的屋舍，想在这远离闹市的村落，找寻宁静中的欢快。

卸下了一身的疲惫，我们大口喝着甘甜清冽的泉水，疲乏的身体顿时清爽许多，当即决定在南长滩的农家土炕上过夜，同行的大人、小孩雀跃着、欢呼着，脸上洒满了开心的笑。

村落里已然弥散着世故的商业气息，头脑灵活的庄户人家，利用闲置的房屋，开起了招徕游客的家庭式的农家山庄。我不喜欢嘈嘈杂杂的吵闹，更不喜欢那些势利的生意人家。领着友人来到了一家只有两位老人的院落，好客的拓跋氏的后人，为这远道而来的客人打扫干净了睡铺，支起灶火做晚餐。

袅袅的炊烟飘荡在夜空，仿佛穿过时空回到了久远的岁月。我们吃着柴火土灶煮得漂臊臊的揪面片片，就着野地里采摘来的凉拌苦苦菜、黄黄苗（蒲公英的幼苗），比饱尝了一顿盛名久扬的宴席让人更加舒畅。

吃过晚饭，月亮已经悄无声息地漫过远山，似一个大瓦数的大灯泡高高地挂在半空中，毫不吝啬地照亮了整个村落。空旷的山中小村，沐浴在如白昼般清新素白的月色中。热情的主人搬来了结实的梨木板凳，我们便坐在农家小院里，和老乡拉着呱，谝着话，畅听着山村的传说，如梦如幻。嗅一嗅空气，轻柔、干净，一股股花香随着微风吹过，扑进鼻孔，沁人心脾。

院落里的菜园里种着辣椒、茄子、草莓，虽只是几株嫩苗，却绿闪闪的，油光发亮，蓬蓬勃勃地生长着。几只蟾蜍在月色下跃动着苍绿的身体，尽情地享受着晚间的美餐。几只老母鸡咕咕咕地叫着，不紧不慢地迈着步子，悠悠地走进自己的窝棚。羊圈里等待草料的山羊，着急地咩咩叫着，显得有点生气。远处，狗吠声在旷野里，长长短短地传递着山谷的悠远。这静谧的山村，让人感觉到了从未有过的惬意。

月上中天，伙伴们各自歇息了。我却毫无睡意，我不忍心抛了美丽的月色入睡，也不愿去想那些烦闷的心事，只想置身在这月影中，任月亮爬过我的脸庞，穿透我的心魄，涤荡我日益浮躁的灵魂。

到梨园里走走吧，也许那里会有别样的情趣！我乘着月色，悠悠地踩着黄河石铺就的石板路，仰望着夜空，穿过洒满了月光的弯弯曲曲迷宫似的羊肠小道。

群山环抱的梨园，在月光的映照下，黛色的树叶、褐色的树冠，像经历了风霜洗礼的老者，庄严肃穆，不骄也不躁。几千棵上百年的梨树，如守卫黄河的将士，果敢地迎接着一次又一次的挑战。也如相依为命的伴侣，一棵挨着一棵，相互依偎着、亲吻着，枝枝相连，叶叶相伴。

梨园里，月光透过梨树的层层叶片，洒在了苍茫的大地上。仰视树干，一个个圆圆的小月亮挂满了枝头，微风轻抚，梨园里的树木、花草，"一树梨花一溪月"，似织女织就的薄纱，披在了那美艳的姑娘身上，越发得惹人怜爱。

这梨园，让我想起了戏曲演员咿咿呀呀唱戏的"梨园"，那些涂脂抹粉，扮演着青衣、花旦的戏子，是否也如我一般，思绪万千，想起那些铿锵豪迈的往事、低眉顾盼的生活，把风花雪月的柔情融入这风情万种的梨园，演绎梦幻般的人生。

皎洁的月光借了梨花的美，把银辉洒向了空寂的孤村，悦动了蓬勃的心绪。"院落沉沉晓，花开白雪香。一枝轻带雨，泪湿贵妃妆"。满腔的浓浓愁绪化为生命跳动的音符，让人忍不住披着月色，甩袖弄舞。

这世外桃源般的梨园依着黄河，黄河伴着梨园。远山倾落在清白的河面上，梨园倒映其间，勾勒出了一幅亦真亦幻的水墨画。听那静静流淌的黄河水，宛若仙境。春天里一树一树的梨花开得畅快、淋漓，装点了枯寂的山庄；秋天里枝头缀满了黄灿灿的香水梨，幸福了贫瘠的村人。

沿着山石砌成的梨园小径，沐浴着如水的月光，沉浸在美轮美奂的月色中。不觉已回到了住处，同伴已酣然入睡。我和衣躺下，回味这个月夜，睡意渐渐侵袭而来。

一张便条

迷茫阴影笼罩下的心灵，多么渴望一束光的照耀，即使那光是微弱的，也会燃起蓬勃的斗志，激发前行的勇气。

那年的七月，我如一粒被抛弃的、卑微的种子，在即将枯萎的那一刻，只因那张泛黄的小纸条，才走向了幸福的港湾。那张便条就像一束暖暖的温情的光，照亮了我那无望、空寂、自卑、斑驳的心灵，让我找到了生命的方向，一如种子坚定了对土壤的依赖，不畏惧狂风的嘲笑，不屈于淫雨的打击，一点点向上攀爬，微笑着享受朝露和晚霞的沐浴，昂扬着自由的身躯，走向澄明而灿烂的未来。

那一年，我因十五分之差第二次高考落榜，成绩连上中专都达不到。无奈、痛苦、焦虑和悔恨，使年少的我一下子变得颓废、消沉。

父亲本指望我考上名牌大学，从此鱼跃龙门，走出农村吃上商品粮，从而光宗耀祖。可我却让整天面朝黄土背朝天，在土里刨食的父母失望了，愧疚得直想找个老鼠洞钻进去。我不敢正视父亲的眼睛，那无奈、失望、恨铁不成钢的目光如钢锥般扎得我的心一阵紧似一阵的疼痛；母亲只是一个劲地唉声叹气。

我能理解父母的心情，更能感知他们对我今后生活的担忧。像我这样身体瘦弱，眼力差，没有侍弄过庄稼的学生娃，待在农村是没有什么出息的，日子无论如何都过不到别人前头，让村里人耻笑是必然的了。

残酷的现实，迫使我开始思考自己的人生。突然感觉自己渺小得如一只蝼蚁，卑微地爬行在路上，随时都有可能被人踩死，绝望得只有听天由命的份儿了。不禁悲从中来，哪里还有什么理想抱负。昔日的那些豪言壮语，那些曾经激扬的文字，都躲进了字纸堆里嘲笑我。

因着对读书的渴盼，对知识改变命运的笃信，更不甘于命运的摆布，我祈求父母再给我一次机会，可是父亲冷漠的表情给了我不容反驳的回答。在姐姐的劝说下，父亲答应了我继续求学的要求，开始又是卖猪仔又是卖粮食，筹钱送我到省城自费上大学，激动得我好几个晚上都没睡着。毕竟又可以上学了，将来还有可能有一个体面的工作，过上城里人的生活。

背着铺盖卷坐着火车，一路憧憬着大学的美好时光，幻想着村里人羡慕的目光，兴高采烈地来到了要上的学校。上了一段时间课后我才知道，虽然是在正规大学上课，住着大学生宿舍，但是没有正规大学生的待遇，坐火车不是半价票，没有学生服，连到图书馆借阅图书都不可能。农村来的根本就转不了城市户口，工作都无望，更甭想吃上"皇粮"。

最糟糕的是，在一个班上课的大部分是城里不学无术，家里没法管教的高考落榜生，这使我还没从成为大学生的兴奋中反应过来，就进入了失落、自卑和失望的情绪中，整日耷拉着脑袋不知所从，任凭知识渊博的教授在讲坛上口若悬河地演讲也无动于衷。

要知道，我是揣着父母的血汗钱来上学的，一年两千块钱的学费，父亲得流多少滴汗水，要用多少袋粮食才能换来，三年的学费完全可以给我娶媳妇安家了。这种工作没有着落，实现不了父亲的愿望，看不到什么希望的学，到底还上不上啊？

我陷入了无尽的思索和彷徨中，一遍又一遍地问自己，到底是屈服于命运，半途而废回家种地，还是拿出力量和勇气与命运抗争？几天的思想斗争后，我决意留下来安心读书，不管是什么结果，都要坚持下去。

就这样过了好久，程教授知道了我的情况，她把我单独叫到办公室，语重心长地对我说："成才的路有千万条，就看你如何选择。上什么样的大学不重要，重要的是你能否学到真本事，能否练就真本领。大学毕业证只是个敲门砖，走上社会需要的是你的能力，只有多读书才能开阔视野、创新思维、开拓思路、找准目标，干出一番事业，实现自己的理想。"

老师的话如黑暗中的一盏明灯，一下子照亮了我原本模糊的未知前景。随后她给我写了一张请图书馆提供方便的便条。在那段时光，我一头扎进了书的海洋，在知识的宝库中寻找自己生命的方向。我如饥似渴地读了许多中外名著，领略了中国四大名著的魅力，探求了巴尔扎克、普希金、雨果、莎士比亚等外国名家作品的奥秘，认真研读了对人生有所启迪的《平凡的世界》，以及《白鹿原》《废都》《尘埃落定》《穆斯林的葬礼》等中国当代作家的作品。读书丰富了我的精神世界，知识武装了我的头脑，文学净化了我的灵魂。

从此，我从萎靡不振的"小老头"，变成了阳光自信的大男孩，爽朗的笑声飘荡在校园的每个角落。从自卑的泥沼中走了出来，我找到了人生的航向，迈向了广阔的天地。在老师的推荐下，我加入了学校的通讯社、文学社，和正规大学生一起探讨人生、交流写作，寒暑假还被派到报社、电视台实习。这期间，我发表了大量的新闻稿件和文学作品，被多家媒体评为优秀通讯员，还以不菲的稿费和奖金贴补了窘迫的生活。

因为这些经历，毕业后我顺利进入一家大型国企，一直从事管理工作，在人生的道路上豪迈前行。

二十年过去了，那张便条已经泛黄了，还静静地躺在我的书柜里，我像爱护珍宝一样珍藏着它。因为它是照进我心灵的那一束光，看到它就如远行的船员看到久违的灯塔一样，使我有一种暖暖的温馨的家的感觉。

我常常坐在书房，捧着书，任大片的阳光洒满书桌，想起那张小纸条带给我的那束让人热血沸腾的奋斗拼搏的阳光，便情不自禁地热泪盈眶。

听到过这样一个故事：一个商人在翻越一座山时，为躲避山匪，走投无路时，商人钻进了一个山洞。山匪也追进了山洞里。在洞的深处，黑暗中，商人被山匪逮住了，身上所有钱财，包括一把准备夜间照明用的火把，都被山匪掳去了。

之后，两个人各自再寻找洞的出口。这山洞极深极黑，且洞中有洞，纵横交错。两个人置身洞中，像置身于一个迷宫。山匪将火把点燃，借着火把的亮光，他能看清脚下的石块，能看清周围的石壁，因而他不会碰壁，不会被石块绊倒。但是，他走来走去，就是走不出这个洞，最终力竭而死。而商人失去了火把，没有了照明，他在黑暗中摸索，行走得十分艰辛，他不时碰壁，不时被石块绊倒，跌得鼻青脸肿。

但是，正因为他置身于一片黑暗之中，所以他的眼睛能够敏锐地感受到洞口透进来的微光，他迎着这缕微光摸索爬行，最终逃离了山洞。没有火把的人最终走出了黑暗，有火把照明的人却永远葬身黑暗之中。

　　在人生漫长的旅途中，有时前途茫然，也很灰暗，可这些都不能使你失去脚下的方向，只要你心中有个可照亮的火把，哪怕是丝丝光亮也会让你走出生命的低谷。

　　我感谢引领我走出困境、获得新生的程老师，她让我认识到了生命的光亮和自我的信仰，于一个人是多么重要。因为这份心灵神圣的超越，让我在后来的工作和生活中，不止一次地帮助那些需要帮助的人，并从他们感激的微笑里收获了赠人玫瑰手留余香的快乐。

　　在人生匆忙的行程中，每一段经历都是生命的音符，虽然有的高亢激昂，有的哀婉低沉，但光明始终伴你我左右，让我带着属于自己的那些微弱的光，找到了在阳光下高尚的生活动力，因为我记得："高尚无须证明，它是我用一生雕琢的事业！"

橱窗情愫

认识《中卫日报》，是在小区的橱窗里。

那是一个炎热的夏季，我所居住的小区一角竖起了一面大大的橱窗，橱窗里张贴着刚刚创刊不久的《中卫日报》。起初路过的居民只是匆匆瞥上一眼，并不凑近了仔细看，也不去关心有什么重大的新闻或是市里发生的大小事件。

但随着《中卫日报》信息量的增多，加之每天及时更新，小区里的人们开始关注这份属于中卫市民的报纸。

早晨的微露中、周末的午后，都有许多人围着橱窗品头论足，说长道短，议论纷纷。她像一棵消息树，传递着国际国内的重大新闻、市民的生活变化。这个说中卫的工业园区又引进了一家大型企业，要在咱中卫招聘员工了，咱儿子可以不用到外面打工了，在家门口就能找到工作，这下不用发愁子女东奔西跑了。那个说市长信箱可管用了，每期都在《中卫日报》上刊登市民反应的问题，不管问题大小总能得到答复，而且政府总是千方百计予以解决……

平常爱看报的老王说，《中卫日报》不仅能让我们了解中卫发生的事，也能让我们了解国际时事。说着，指着橱窗里一篇关于钓鱼岛事件的评论文章感叹不已。渐渐地，这份年轻的报纸便闯入了我的世界，仿佛一位老友时时让人惦念，浓浓的情愫便化也化不开。

我做了十多年新闻媒体的通讯员，不仅爱看每期的《中卫日报》，而且喜欢阅览《中卫日报》的《水城休闲吧》栏目刊登的文章。每天路过小区的橱窗时，总会拿眼看看有没有熟悉的作者的稿件。有时遇着好文章，驻足品味一番，方肯疾步离开。

每周一期的"水城休闲吧"登载着本市作者的文章，也有外地作者的。一篇篇散文、随笔描绘着中卫的发展、变迁，倾吐着作者对故乡的热恋，抒写着生活的点滴，处处散发着泥土的芳香。每每捧读总感觉如沐春风，如淋甘露。

看得多了，心里痒痒的，也想在《中卫日报》上发表自己的所感所悟。于是在繁忙的工作之余，我静下心来爬在电脑键盘上，悄悄地开始了写作。我抱着试试看的心理，把一篇《为父亲种一棵树》投给了《中卫日报》"水城休闲吧"栏目。没过几日稿件便在头条刊发了，看到自己的第一篇散文在家乡的报纸发表，心情格外激动。文章在橱窗展出的那天我竟像个小孩子一样无数次跑到橱窗前观看，仔细阅读自己的文章，有几处文字编辑做了处理，显得更加贴切了，心里便充满了感激。

第一次写散文，《中卫日报》就给了我莫大的鼓励，使我放下了许多包袱，敞开了心扉，心灵世界更加宽广，利用空余时间在两年内写出了五十多篇饱含深情的散文，投到区内外报刊并一一发表。《中卫日报》发表我的散文《母亲的手擀面》得到了许多读者的喜爱，勾起了身在他乡的中卫人对家乡的怀念。这里面有报社编辑的无私帮助，也有我对文字的无限钟情。

在这个互联网时代，我始终钟爱着纸质媒体。《中卫日报》这份家乡的报纸注定将陪伴我，丰富着我的生活，扶携着我的写作一步步向前，迈过生命的每一个季节。

善终关怀

让生命有尊严地谢幕，人生方才显得华丽圆满。这是我成为一名临终关怀志愿者后，从心底流淌出来的感悟。

一天凌晨，我在睡梦中，被一阵急促的电话铃声吵醒。临终关怀小组的闻组长告诉我，要去看望一位濒临死亡的病人，还说这个人可能我认识，让我赶紧和她一起去。

大清早就遇上这样的事儿，心里是有些抵触的。我懒懒地穿上衣服，慢悠悠地赶到了会面的地点。闻组长已经站在寒风中等着我，让还有点小情绪的我既惭愧又感动。

在路上，我问起这个病人的情况。闻组长说："病人小名叫虎子，打了通宵的麻将后，突然昏倒，已经躺在床上一年多了，一直处于昏迷状态。医生诊断为脑出血，现在靠输液和简单的流食维持生命，最近几天呼吸困难，不能进食，恐怕是不行了。"

虎子住在一栋老旧楼房里，楼道里杂乱肮脏。走进虎子的家，我一下子惊呆了。屋子里没有几样值钱的家具，虎子直挺挺地躺在一张特制的钢管床上，不停地翻着白眼，面孔奇瘦，似从棺材里倒出来的骷髅。此时嘴里嗷嗷地叫着，嗓子里呼噜呼噜的像扯着风箱。我第一次见到这样的场景，心里面异常恐惧，吓得不敢直视病人的眼睛，甚至害怕靠近。

虎子是我认识十多年的朋友，他比我大两岁，尚未到知天命的年纪。印象中他是一位长相帅气，性格豪爽，干活干净利落的大哥。如今，却成了一个即将告别这个世界的临终者，透过那张狰狞的面孔，我的脑子里翻腾出无助疼痛的感觉，心里像扎进去一把刀一样刺疼。没想到，当一个辉煌的生命与死神牵手后，竟是这般的微如尘埃。

虎子原本有一个幸福的家庭，有一个可爱的女儿。他常年在外奔波，打拼奋斗在生意场上，挣下的钱不少。可是，商人重利轻别离，长期独守空房的妻子耐不住寂寞，狠心与他分手。家散了，他的精神支柱一下子倒塌了，生命拐向了弯道，把一个壮硕的生命抛向了漫漫的沙漠，以至于抽烟喝酒打麻将，没有规律的生活导致了今天不得不忍受精神的鞭打和肉体的折磨的现状。

虎子的姐姐告诉我们，自从虎子病倒后，只要有一丁点可能挽救的信息，哪怕能够些许延长生命，他们必定满怀希望地带着病人赶到医院。可是，一次又一次地奔波，一次又一次的失望。

一年多的时间，渐渐花光了虎子的积蓄，甚至卖了房子、卖了厂子，最后向亲戚朋友凑钱，甚至借了高利贷。家人们期待着奇迹出现，可失望却一次次地光顾，病人的病情一天天加重。

有着多年临终关怀经验的闻组长，站在病床边上看了又看，柔和的目光始终与病人的眼睛对视，她低下头深深地给病人鞠了一躬，然后轻轻地拉过病人的手握了又握，才慢慢凑近病人的耳朵说："虎子大哥，我是你的妹妹小闻，还记得吗？我来看你了。"闻组长默默注视着病人，眼睛始终没有离开病人形如枯井的眼睛，大约是想看看病人的意识是否清楚。

"你想不想见一下你的女儿？"闻组长又小声说。我疑惑地看了看闻组长，怀疑虎子此时的感知能力，却忽然发现虎子的眼角滚落几滴眼泪，想必心里是清楚的。

在外地某重点大学读书的女儿对父亲病情突然恶化还一无所知。闻组长赶紧电话联系虎子的女儿，待落实了返家日期后。闻组长对虎子说："你的女儿明天就回来了，我现在给你放一段音乐听，好不好？"当舒缓、吉祥、柔和的音乐响起时，虎子的眼泪像线一样流落。我们静默着，无人说话，虎子合上眼渐渐地睡着了。

第二天，虎子的前妻和女儿赶了回来。见到女儿，虎子嗓中发出的呼噜呼噜的声音停止了，嘴里呃呃地，脸上现出奇异的温柔之光，但毕竟精气已竭，不久就低垂下了眼睑，满脸黯然了。

闻组长见病人已了却心愿，又贴近病人的耳朵说："虎子大哥，你要是觉得太累就放心地走吧，去一个吉祥、没有病痛的世界去歇一歇吧。"虎子从嗓子里发出了细微的哦哦声，呼吸慢慢弱了下来，一个小时后停止了呼吸，安详地离开了这个他无比留恋的世界。

这样的一种送别方式，起初我的心里灰沉沉的，像在春天里沐浴阳光时，突然一片乌云遮盖了天空。生命有开始，必然就会有结束。我们为什么要去评判他，为什么要让自己心中住上一个走向新的世界的生命的阴影呢！我无法控制悲伤的心情和乱如丝麻的情绪。

面对每一个临终者，我的精神世界总会被他们的人生经历和生命历程洗刷一遍。但我们无需说什么，只管用我们的生命呵护另一个生命，我们的心里就会安然，灵魂就会升华。

生命是可贵的，生命的价值是无法用金钱衡量的。不管处于什么样的境遇，生命都是有尊严的。可是否有尊严的生和有尊严的死，我们自己掌控不了，也无法掌控。

　　但是生命与生命之间是有链接的，需要互相呵护和陪伴。我对临终者的关怀经历，让我的生命插上了飞翔的翅膀。的确，他们告诉我，我们每一个人与生命告别时，不会孤单，不会迷路，总有一个生命搀扶着你走向生命的对岸。

　　我认识小华时，他尚未到不惑之年。三十多岁，正是风华正茂、朝气蓬勃、发展事业的好时机，正是享受妻子儿女幸福时光、孝顺父母报答养育之恩的大好光阴。然而，突如其来的病魔，来了就没有走，像菟丝子一样缠绕着他，从未脱身。

　　小华患的是骨癌，医生已经判了死刑，生命进入了倒计时，可他对生命的渴望是那么的强烈，家人更是尽一切努力挽救他的生命。可一个生命一旦被病魔钳住，抗争是无力的。小华自从得病，手术未曾停过，连续九次大手术，其疼痛我们常人是难以想象的，但小华还是一次又一次地与死神抗争。

　　为了看病，家里的积蓄花得精光，妻子毅然决然地离开了小华，不足十岁的女儿无人管护，年迈的父母无人照料。小华的身心经受着无比强烈的打击，由于得不到科学的护理，小华身上四处流脓，气味异常难闻，真是求生不能求死不得！

　　临终关怀小组与小华进行了深度的交流沟通，了解小华内心的真实想法后，闻组长指定了有护理经验的几位志愿者轮流护理，还协调当地福利院收养了小华的女儿，给这家人撑起生命的风帆。

　　生命陪伴生命是一种高尚的情操，我们没有这种对别人的呵护，就不会有别人对我们的陪伴。关怀一个临终的生命是一种善行，也是充盈我们内心的精神食粮。

　　临终关怀志愿者每次去小华的家里，都会带上音乐光盘、经典书籍，围坐在小华的身边倾听他的诉说，为他诵读经典篇目。

小华泰然地静待生命的终结，一个月后，他平静地离开了人世。

当生命由鲜活走向枯萎，当生命告别生命，那是重生前的告白，那是灵魂与灵魂的对话。与其说我们陪伴一个生命走向了彼岸，不如说一个走向彼岸的生命给了我们生与死的思考。

每一个离别人世的生命无一不洗涤着我们的灵魂、净化着我们的心灵，在我们心里升起一千个灿烂的太阳，照亮我们前行的路，温暖我们容易受伤的心，让我们的内心更加强大，对现实生活更加珍爱，倍加珍惜，静待花开花落、云卷云舒。

别　离

一

父亲的周年忌日越是临近，我的心就越是疼痛。

父亲的身影每晚都在我的梦里缓慢地踱来踱去，不知道是在寻找他的儿女，还是寻觅回家的路。我狠命地追赶，伸出手想要揽住父亲，我要告诉他，他的儿女一切安好，母亲的身体也很硬朗。

可是父亲躲闪着，头也不曾回一个，只留给我一个黑乎乎的背影。我哽咽着呼喊父亲，泪水滚滚而下，心像被掏空般洞开，整个人如一片羽毛，在空中飘飘荡荡，没个根底。

在我心中，父亲就是一座高山，一座让我仰望、让我栖息的高山。正当我迈开脚步丈量这座山时，父亲已然随着一阵夏风，与我做了永远的告别。我知道这样的别离是不可抗拒的，可我依然想紧紧地牵住父亲的手，像父亲牵着我的手一样，看那明丽的夏天，看那十里水街的荷叶，听那交响乐般的蛙鸣，如今却只有冷冰冰的记忆时时将我淹没……

二

好容易挨过了冬天，病弱的父亲忽然说，春天来了，我们一起去省城，再去走走那里的小路，再去看看风中的凤凰碑，再去爬爬肃穆的北塔……

可初春的风，还在肆虐着、怒吼着，凶猛的病魔日日吞噬着父亲羸弱的肌体，他能禁得住这料峭的春寒吗？还是到医院检查一下比较稳妥。

冰冷的化验结果让我有了一种不祥的预感，双腿竟然筛糠般颤动，手心里都攥出了水，那颗虫牙开始钻心的疼，却不敢向父亲透漏一丝风声。都说父子连心，父亲的病情已经严重到如此地步，作为儿子的我，却直到现在才有心痛的感觉！

父亲这是要离我而去吗？我还没有好好地陪伴父亲，我还没有完成父亲的心愿，我甚至还没有深深地拥抱过父亲。我躲开等待化验结果的父亲，趔趔趄趄地走到医院的一处角落，大颗的泪珠无声地滴落下来。

不，我不能哭，我得想办法救父亲，我不能让父亲离开我！狠狠地抹了一把眼泪，我疯了般奔跑着、呼喊着找寻医生，让他拔去我刺疼的牙齿。我天真地以为拔了我的这颗坏牙，父亲的病症就会消失，父亲就不会离开我。

终于冷静下来，我若无其事地走进父亲的病房，挨着父亲躺在爬满了皱纹的白色病床上，像小时候依偎在父亲身旁一样，我表面上平静得如一泓没有风的湖水，内心却汹涌澎湃，一刻也安静不下来。

往事如同动画片一样频频播放，一会儿久远，一会儿近在眼前。那年我摔断了腿，父亲抱着我疯也似的跑向医院的情景；每天迎着夕阳，用自行车载着我上山拔芨芨草的岁月；伴着父亲拿把小锄头锄草的日子……

"我的病该不会严重的，你不要伤心。"父亲大约看到我在发呆，轻声安慰我。

我忽然惊醒，急忙迎合着父亲说："是啊，你不是想去省城吗？过些天我们就去，那里有先进的医疗设备和高超的医术，我们顺便再检查一下，你很快就会康复的。"

父亲盈盈笑着，沟壑般的皱纹里却写满了岁月的沧桑，慈爱而苍凉。

三

到了省城中心医院，父亲又一次投身各种各样的检查之中。当抽血的钢针深深扎进父亲松塌塌的肌肤里，父亲硬生生地撇过脸，不让我看到他难受的表情。

等待化验检查的长椅上，看见我坐立难安的样子，父亲静静地拉住我的手，轻轻地捏了又捏。我知道父亲是在安慰我，叫我不要担心。我勉强笑笑，心竟莫名安定下来。

逼仄的病床，我和父亲颠倒着躺下，父亲把瘦弱的身子往床边挪了又挪，疲惫的我一沾枕头，便自顾沉沉睡去。

夜半醒来，我惊异地发现，一辈子睡觉呼噜震天响的父亲，破天荒睡得很安静，难道……

我不敢再想下去，急忙拉开灯，伸手去探父亲的鼻息，还好没事儿！我这才发现若不是床边上的不锈钢管挡着，父亲的身子早就跌落床下去了。我这个粗心的儿呀！

我内疚地摸了摸父亲的腿，望了望黑漆漆的窗外，心里翻腾着一股又一股的哀伤。没想到，父亲为了让他的儿子睡个好觉，宁肯侧卧着一夜不眠，也不让我受到呼噜声的惊扰，甚至不愿让我被挤得睡不舒服。

　　中午的太阳尚好，病房里却有些沉闷压抑，父亲要我带他到外面透透气。春天的省城绚丽多姿，柳叶儿飘飘，迎春花绽放，到处生机勃勃。

　　我和父亲漫步在唐徕渠畔，看着哗哗流淌的渠水，父亲讲起了他第一次来省城的经历。那是他年轻时，用麻袋背了猪仔来贩卖，没挣上几个钱不说，猪身上的虱子爬到了父亲的脊背上，叮咬得父亲丢了麻袋撒欢地奔跑，引得路人纷纷围观。

　　父亲说着，情不自禁地朗声笑了起来，我笑着笑着，忍不住背过父亲，眼泪又涌了上来。

四

　　"爹，我们去动物园看看猴子吧。"我巴巴地望着父亲说。

　　"能行呢。"父亲的声音出奇地响亮。

　　我挽着父亲的胳膊，走在动物园的石阶上，父亲的肩膀总是向着我靠近又靠近，很享受的样子。一会转过头向我笑笑，一会儿悠然地望望碧蓝的天空。

　　我怕父亲走得太累，劝他慢点走。父亲突然间甩开我，放开嗓子唱起来。父亲唱《冰山上的来客》《八路军进行曲》，一曲接着一曲，那么长的歌词，竟然一字不落地唱下来，不能不让我惊讶于父亲的记忆。说实话，这是我第一次听到父亲悦耳的歌声。

　　总以为父亲的生活单调、乏味。可是，这泛着生活的浪花，就像优美的抒情诗，让我对父亲有了新的认识。父亲童心大发，他不再慌慌张张地赶路，一边悠闲地哼着歌，一边观赏着关在笼子里的珍禽异兽，还不时逗逗顽皮的小猴子，或者夸张地大叫一声……

　　我脑中晃动着三年前的情形，那是母亲生病到省城做手术，我趁返程等车的间隙，带着父亲和母亲到动物园，让他们散散心。父亲走路匆匆忙忙，一个劲地催促，让我赶紧带他们回家，他说母亲刚做完手术，身体虚弱，不能走太多路。我的老父亲啊，你总是在想着别人，唯独忘了你自己。

　　"父亲你慢些走！"我怕患病的父亲劳累，一个劲地责怪父亲不顾惜自己。

　　可父亲的眼睛像录影机一样，生怕错过每一个镜头，细细收纳着眼前的风光。

　　我们一起徜徉在大学的校园里，听那呢喃的鸟鸣，看那波澜起伏的湖水。我搂着父亲，像搂着我敬爱的师长、可爱的兄弟，一股股暖流穿透心间。

　　那些学弟为我和父亲照了一张又一张合影，一个个羡慕的眼神告诉我，我的父亲是最幸福的人。父亲用感激的目光与先生交谈，他说他的儿子多亏了先生的帮衬。

　　饭菜软糯可口，热情的师母劝父亲多吃点儿，可父亲歉意地摆摆手，叹一口气："吃不下了。"先生的好茶清香扑鼻，父亲幸福地抿一口，低下头喃喃自语："沾了儿子的光，我这辈子享福了。"

五

父亲躺在床上，苦苦的汤药灌进父亲的胃里，满肚子的药水哗啦哗啦响，像扑向堤岸的潮水。我每次握住父亲的手，眼里都会涌满泪花儿。

我对着窗外，望着小区里日渐绽绿的小树，心里翻滚着一千个疑问。难道扛过冬天的父亲，赶不上昂扬的夏天了吗？我开着小车载着父亲，想要再去抓一服救命的草药，让父亲的生命染满绿色，就如父亲载着小时候的我四处求医问药一样。

小诊所的名医装着若无其事的样子，摸着父亲的脉搏，摆来摆去。父亲似乎看出了隐藏在背后的秘密，眼神黯淡了下去，噤声摇摇晃晃地走出了诊疗室。一路上，父亲不说话，眼睛深深地望着窗外。这时的田野，四处绿波荡漾，野花芳香，麦苗拔节。

可是，父亲的气力已然耗尽，走下车竟是那样的沉重。我抱着父亲，父亲抱着我。从门外走到屋子里，像地球到月亮的距离，遥远、沉重。夜色朦胧，我心沉沉。

父亲睡着了，平静地睡着了，睡得那样香甜，睡得那样安然。

六

端午节是父亲最为重视的节日。每年的这个时候，母亲都要焖上满满一锅糯米饭。糯米掺上稻米，撒上葡萄干、圆枣、苹果干，母亲做得精细、黏软、润口，香喷喷的。父亲每吃一口糯米饭都要砸吧一下嘴，长出一口气说："这该是世间最香甜的美味了。"他吃了一碗还要一碗，母亲嗔怪父亲别吃坏了肚子。

父亲笑呵呵地不吭声，碗里的饭照吃不误。

难道端午是父亲的节日吗？若不然父亲怎么在这样一个日子，狠心离别他的亲人，抛弃他的故土，去往一个陌生的世界？

扶着父亲的灵柩，风钻进我的衣袖，钻进我无助的心灵，带走了我的魂魄，带走了我生命的航标。我趴在父亲的脚下，多想再听一听父亲的呼吸，再为父亲洗一次脚。可是这一切都已不再可能，空留下长长的思念。

父亲化作了一缕风，飘向了他的彼岸。父亲啊，你来去匆匆的人生，与这个伟大的节日一样伟大。

我的父亲，就这样在这个粽叶飘香的夏夜与我别离了。

依依墟里烟

生在村庄，长在炊烟里。炊烟之于村庄，如同鼻息之于头颅，这一对密友，从远古时代携手走来，早已融为一体，共同见证着人类的繁衍生息。

我在晨雾氤氲中睁开了生命的双眼，在袅袅娜娜的炊烟中踏上了人生的舞台。无数个夜晚，村庄那经久不散的炊烟慰藉着我孤冷的心绪。炊烟于我，是渗透进骨子里的精神食粮，有着割不断的情愫。

多年没有看到过那天地相吻、朦朦胧胧、缥缥缈缈的乡村别样景致了。那是一幅缠绕着最催人向上的生活画面，宁静、温馨、和谐，哪怕只是淡淡地望一眼，也让人通体惬意。那是一段萦绕在我心头挥之不去的浓浓乡情，温暖、活泼、憨厚，浅浅地把身体融进炊烟里，浑身的精气神便充溢心间。

我离开了村庄，炊烟在我的世界里定格了。村庄也离开了我，它被城市裹挟进了钢筋混凝土铸就的楼群中，可我的梦里依然清晰地缠绕着村庄水墨画般的炊烟。

生我养我的村庄，只有二十多户人家，西边临近县城，却被连绵的耕田割裂开来，与城市既陌生又熟悉，北边的一条排水沟成为了与其他村庄划分的天然界线，南边一条宽大的农灌渠缓缓流过，村人们戏称村庄为"小台湾"。

　　这个称呼在当时是闭塞、孤立的象征，可这一点都不影响村庄的浪漫和激情。村庄引黄河水灌溉，庄稼丰盈，不管是麦浪翻滚的夏天，还是稻花香醉的秋天，村庄都像不断变换的水彩画，一年四季连接成一幅时光画轴。村庄里的大媳妇、小丫头、老少爷们、碎娃子，嗑着瓜子谝闲话，麦草堆里说情话，小溪湾里戏水玩，把寡淡的日子涂抹得绚烂多姿。

　　我对村庄的所有记忆都来自这里，我的血管里流淌着有关村庄的每一滴血液，浸染着每一缕炊烟。

　　一抹炊烟激活了村庄，款款的炊烟把温情献给了村庄。清晨的薄雾迈着曼妙的舞姿，一簇一簇在村庄跃动了起来，一簇连成一团，一团染成一片，由村庄的西头漫向东头，农家的妇人燃起了柴火，一家一户的屋顶上的烟囱便热气腾腾，一袋烟的工夫，一缕一缕的青烟，比赛似的，柔情地与雾气拥抱在了一起，整个村庄便仙气缭绕。村庄的上空在寂静的晨雾中伸展开了生命的臂膀，奏响了生活的音符。

　　茫茫炊烟中，白胡须的老爷爷背了背篓，提着铁铲，在村庄四周转转悠悠，眼睛紧盯着撒野的驴马、放风的牛羊拉下的粪便，看见几粒驴粪蛋蛋时，脸上深深的皱纹里便游进了一条小鱼，欢快地跃动。老哥们在村庄的某个田头或是村巷碰了面，总会互相寒暄几句，说："老不死的，腰身还直得很哩！"应者不急也不恼，说："硬朗得很着呢，再娶个媳妇都没麻达。"朗朗的笑声，拨弄开了一片浓浓的云雾。

　　当了奶奶的村妇抱了满月的小孙孙，迎着炊烟挂着金灿灿的笑脸，从村头走到村尾。村妇在心里念叨着："让我娃遇上个读书人，长大了读书做官，一辈子吃穿不愁；让我娃碰上个儿孙繁盛、家道兴旺的，给我家的香笼里添点福气，吉祥随心。"

当长辈的总是满心地为后辈儿孙祈求财富、显贵，这是人类亘古不变的理想。村庄里的人不管是谁见了抱着的满月孩子，总会带着笑，摸摸兜里的值钱物件，读书的会从衣兜里取了钢笔递上，做小买卖的会拿了面值最大的纸币塞进小孩的襁褓中。做农活的多半身上什么也没有，又急又臊，不知如何是好，村妇讪讪地笑着说："揪了身上的纽扣给我娃讨个吉利吧！"渐渐消散的炊烟中，村妇满足的笑容和农人憨憨的面孔如画般美丽。

村庄在夕阳的柔情中泛起了红晕，树木、田野、村落、正在收工的庄户人都仿佛披上了金色的衣裳，红得耀眼、夺目，恍若一幅"落霞与孤鹜齐飞"的油画。赶着羊群的牧羊人如得胜归来的将士，仰着头甩着长长的鞭子，嘴里不停地吆喝着，脸上洒满了金灿灿的斜阳。

刚刚迈进家门的庄户人，没等丢下农具就被长着大冠子的公鸡引着一群母鸡团团围住，点头哈腰地索要吃食；耕作了一天的老牛，哞的一声，似要把长空撕扯开一条口子；不甘寂寞的毛驴，一声长啸，长叹着苦难的命运。忙活了一天的庄户人，一丝不苟地擦拭、归置好农具，担水、拌料，喂饱了家里的牲畜、家禽、猫狗，方才直一直酸硬的腰身，掸掸身上的灰尘，长吁一口气，吐出了一天的劳累。

灶口里填进去一把柴火，刺啦一声，一根火柴点燃了生活的滋味儿，噼噼啪啪燃动着生命的激情。男人卷了纸烟，悠悠地吸着，把一天的疲劳冲散得无影无踪；女人或蹲着或坐在木块钉成的小木凳上，一手添着柴草，一手使劲地扇着扇子，扑燎扑燎的火苗便蹿赶着旺了起来。

锅里的水翻滚着，女人直起身子，盛了面粉，和起了擀面。女人的胳膊有力，收放自如，甩动着松塌塌的乳房，一送一收，圆月般的擀面便铺在了案板上。叮叮当当的切菜声，刺啦刺啦的下面声，使疲惫的农家院落顿时活泛了起来。

家家户户的屋顶上，一股股炊烟混合着热气蒸腾的水汽，融入落日的余晖，在村庄的上空飘飘洒洒，使整个村庄都沉浸在圣洁的吉祥之中。这时候，炊烟里总会来来往往地传递着女人呼喊孩子回家吃饭的吆喝声，"老三回家吃饭喽""二娃子快快归家啦"，一遍连着一遍，一声接着一声。张三家的喊罢，李四家的接着喊，长长短短地扯着嗓子喊。

那声声呼唤中飘荡着乡间的爱，洒落着质朴的自然之音，在村庄的炊烟里舞动着生活的节拍。

村庄的节日就是炊烟丝丝缕缕、浓情交融的盛典。在所有节日中，春节是庄户人最为钟情也最为浓烈的，而这个节日正是炊烟装点村庄最浓情的时刻。

吃过腊八饭，庄户人便开始忙活着贮备过年的吃食了。先是脾气相投的几户人家合了伙一起烤制馍馍。男人们在某家院门外用泥块砌了小土窑，用铁板制作了烤箱，一捆捆麦草被扔进灶膛里，滚滚的浓烟便把节日的馋虫勾了起来。女人们的脸上燃着激越的音符，一坨坨面团在她们的手里被揉捏出千姿百态，有夹心的糖馍馍、枣馍馍，有脆皮的千层饼，有印了花纹的酥馃子，抹了香油——摆在炕桌上、案板上。

男人们守在小土窑旁，谝着闲话，吸着纸烟，掐算着烤馍熟透的时间，不大会的工夫，一大盘热气腾腾、馨香无比的烤馍出炉了，惹了馋嘴的小狗围着主人摇着尾巴眼睛直溜溜地瞅着铁板上的烤馍。光景好的人家，过年时要杀一头猪，慰劳一年的辛苦。

要杀猪的人家，杀猪时必定邀了邻居来帮忙。男主人把尺八的大锅摆在院子中央，用秃了头的笤帚一遍遍地清洗，容不得一点点的污渍带进来年；女主人抱了劈好的木柴，不紧不慢地塞进灶口，火苗催着大锅里的水沸腾着。院落里帮忙的庄邻，忙里忙外的主人，被雾腾腾的炊烟渲染得欢欢喜喜，精神抖擞。

于是，一声欢呼，几个壮年男子跳进猪栏，又是拽猪腿又是牵猪耳，惊恐的肥猪哄哄叫着，拼了命地在猪圈里狂奔。猪终是逃不过被屠宰的命运，四蹄捆绑着躺在木板上，待一刀下去，鲜血控进瓷盆子里。肥猪被村邻七手八脚地抬进冒着热气的大木盆里，剃毛、剥肚，七八个壮年男人把一头猪肢解了。猪宰好了，主家会把猪肉割成一条一条的，以极低的价格卖给前来帮忙的邻居。接好的猪血，撒一撮盐巴，结成块后分给了邻居。

孩子们燃放的鞭炮嘣嘣响起时，庄户人家的屋里屋外就是一片炊烟荡荡、暖融融情切切的人间盛景。

村庄是埋在灵魂里的根脉，不管走多远，总会惦念起那无遮无拦的盈盈笑容。

草房子

　　草房子是村里集体打麦场上作看护粮食之人休息用的一间小屋，墙是掺了麦秸的泥巴砌成的，屋顶上覆着厚厚一层麦草，两面墙上开着小小的窗户。草房子守在村口的排水沟沿边，像一条忠实的老狗，日夜守护着庄户人汗水凝成的希望。草房子是看场人临时眯瞪的地方，盘了土炕，糊了窗纸，当成一个小家也是十分惬意的。不说那劳累后的甜梦醋睡，只闻一阵阵的麦香，就醉得仙人儿似的，笑容满面。草房子背后的土坡上，爬满了挤挤挨挨的猪草，开了花，紫的、白的，艳艳的，引了蜜蜂、蝴蝶蹁跹起舞。草房子荡漾着儿时的欢笑，盛满了乡间邻人的飞短流长。

　　一个个麦垛在麦场高高垒起时，庄户人满心的欢喜在脸上荡漾。草房子里不时有人进进出出，大人们焦急地等待着打碾、扬场，小孩子结伴玩着捉迷藏的游戏。大人们等得不耐烦了，会围成一圈玩纸牌，折牛腿、摸花花，玩得酣畅淋漓。三五个在麦草堆里玩累的小伙伴，夜深不敢回家，悄悄摸上草房子里的土炕，先是不敢吱声，躺一躺，你蹬一下，他捣一拳，终是弄醒了熟睡中的看场人。看护粮场的多是村里的五保户，或是老成可靠的人，最让孩子们喜欢的看场人是一位读过古书的老人，对孩子们的玩闹并不恼怒。有小伙伴撺掇着看场人讲故事、说古书。草房子里便传出了看场人娓娓的说书声，有神怪斗妖魔、有侠客战武林、有英雄斩奸臣，还有那些老掉牙的童话故事。看场人每一次都畅快地讲着，小伙伴支起耳朵津津有味地听着，然后随着故事进入了梦乡。长大后的小伙伴，碰着面儿，总会聊起那个说书的看场人，对那段时光的记忆总是悠悠地回味。

打了新麦，草房子顶上会覆上厚厚一层麦草。泛着黄灿灿亮光的麦草，在屋檐下披挂着，成一长串，晶莹剔透，远远望去，像水晶帘子。小伙伴趁大人不注意，会爬上屋顶，窝进麦草里，伸展四肢，嘴里叼了麦秆，当成糖果一样嚼啊嚼。夏日的夕阳漫过来，照得小伙伴的脸上霞光闪闪，眯缝着眼睛，任凭凉风一阵阵吹拂。夜色渐深，星星探出脑袋在云层间嬉戏，满天的星星，明珠般把夜空装扮得璀璨明亮。小伙伴伸出指头数着星星，一颗，两颗，比着赛地数，谁数的星星多，谁就可以在第二天头一个上房顶。有上了学的伙伴，知道了星座，会说："这是天蝎座，那是白羊座。"数着星星，小伙伴又说起学校里的趣事，有说语文老师梳着长长的辫子，好漂亮的，有说上学就是好，能学老多知识呢。引得没上学的伙伴巴巴地听着，盼望着快些儿长大，去上学读书。小伙伴只顾了数星星、聊趣事，饥饿的蚊子叮咬得手上、腿上满是疙瘩，却浑然不知。隔天，只要有人相邀，伙伴们仍然早早地爬上了草房子的屋顶。

草房子不住看场人时，空落落的，像没了儿女的老院落。这样的日子也不是久长的，总有一帮小伙伴时不时地，倚了土墙而坐，太阳暖融融地落下来，草房子是暖的、墙是暖的、人是暖的。小伙伴晒暖了后，会搭了人梯寻找麦草里麻雀的家，东躲西藏的小麻雀，在麦草里做了窝，安了家。小伙伴寻着了麻雀窝，东张西望，生怕大人们呵斥，一把掏了几个蛋，匀一声，跑向僻静的地方，点了火烧了吃。若是遇上孵出了小麻雀，掏鸟窝者会突然记起大人的告诫，悄悄地又放了回去，像是做了一件大好事，心里暖暖的，会得意乐呵好几天。草房子里的燕子窝，小伙伴是不会玩弄的，大概是他们牢记着燕子是益鸟的训诫。通常我和几个小伙伴玩累了，仰躺在土炕上，眼睛扑闪着想着心事，燕子窝里的雏燕嘈嘈切切呢喃，忽然，燕子妈妈飞了进来，小燕子便大张着嘴叽叽叫个不停。眼前的情景，让我们念起了自己的妈妈，立刻跳起来冲出草房子，燕子一样飞奔着回了家。草房子因着燕子，生出了许多的生机和意趣。

后来，收割机代替了镰刀，粮食在地里就脱粒归仓了，打麦场不再繁忙热闹，草房子完成了看护粮场的使命，杵在地头，显得孤零零的。村里有人出主意挖了草房子，被拦挡下了，就因为草房子里融进了许多人的情感。草房子屋顶上的麻雀多了起来，可是小伙伴对此没了兴趣。就在村里人渐渐淡忘了草房子时，村西头的一位老太太住进了草房子。老太太住进草房子后，村里人议论纷纷，说老太太的媳妇太恶劣了，把婆婆赶了出来，老人无处去了才在这安了身。老太太有两个儿子，娶了媳妇后便分了家，老太太跟着老大住，老伴随了小儿子过。未承想儿媳妇容不下老人，嫌老人干活少，吃闲饭。骂归骂，草房子显然是老人遮风避雨的唯一去处了。老人没了房子，没了地，吃粮只能捡拾掉落在路边、地里的麦穗、稻穗。老人的心里酸楚，痛得流泪，可日子还得过下去。一年的时间，老人捡了十多袋麦子、水稻，还有炭块，把草房了塞得满当当的。捡来的粮食，老人舍不得吃，打碾、捡净后给了儿子。村里人骂老人，真是活该。老人不怨，不争辩，也不说儿子、儿媳妇的坏话。老人把草房子里里外外收拾得利利落落，门前开出了几块田地，种上了辣椒、西红柿、茄子，各式

各样的蔬菜开花、结果，老人吃不完，送给邻居，邻居呵呵地笑。老人在屋外的空地上种上了向日葵，每天太阳出来，她都会嗅一嗅花盘，念叨几句，凑近听，老人说："每一天都是新的，就像这向日葵，总得寻着阳光才能活得开心。"

老人被儿子接回了家，每天依然捡拾粮食、炭块，依然向着太阳微笑。在此后的岁月里，草房子又住了几位流浪的老人。草房子如风烛残年的老人，墙皮斑驳，屋顶的麦草再无人添覆，风吹雨淋，渐渐塌成了一堆土丘，塌成村人胸口的一份别样的记忆。

村　口

　　我是从村口逃离了村庄，奔向城市的。在那个黑漆漆的夜晚，通往村外的那条羊肠小路，瘆得人心里直发慌。

　　到了村口，忽然冒出一条黑狗，狠命地追着我狂吠。我蹲下身子，捡了石头抛出去，黑狗站住了，伸着长长的舌头，眼睛直勾勾地看着我。

　　我突然想起，这条黑狗是我从另一个庄子捡来的，那时黑狗黑黢黢的还是个小不点，母亲不让家里养狗，我把它送了邻居家的小伙伴。它怎么会在这个时候出现在我的身后呢？它是来为我送别的吗？

　　村口是我生命的出口，我的第一声啼哭是从村口飘到遥远的他乡的。要不然，我怎么总是渴望着未知的村外呢！

　　我流连在城市的繁华中，疲惫得像一头年迈的耕牛，总想找到回家的村口，一脚踏进曼舞着炊烟的村庄。

　　我还能回到我的村庄我的家吗？村口仿佛一双明亮的眼睛，注视着我虚伪的表情，我的每一个动作都被那双眼睛刺得变成了夸张的舞蹈。满脑子装着村口那来来往往的过客，有推着崭新的横梁自行车迎娶新媳妇的俊朗后生，有顶着白色孝衣扶着棺木送葬的长长队伍，隔三差五还能见到逃荒乞讨的外乡人，还有舍了村庄追逐梦想的游子……

村庄起初只有几户人家，多是从外乡逃难落户的。我的爷爷就是从山东来的，来了就不想走了。原因就是这个村庄能种麦子，可产水稻。比起整天吃馍馍就咸菜的日子，这里就是天堂了。

　　那个时候，村庄并没有村口一说，黄河从家门口流过，平展展的田野，想走哪里凭着一双脚。后来，村庄修了灌溉渠，挖了排水沟，渠宽，沟深，硬生生地把村庄割裂成了一处孤岛，村里人戏称为"小台湾"。

　　村庄的北边是一条悠长悠长的排水沟，如一条小河，四季流水不断，哗哗流淌着，或浊或清。水浊时，村里的小伙伴会扑腾扑腾地跳进沟里游泳，水清时，沟边的草丛中机灵的鲍鱼露着褐色的脊背，游游荡荡；两岸的芦草、毛柳葳蕤，有野鸭子、水鸟，它们与村里的牲畜结伴啃食，悠闲自在。

　　排水沟成了与其他村庄的天然界线，可它阻挡不了村人们外出的脚步，晃晃悠悠的小桥上，一片欢笑，时不时地就惊醒了眯着眼小憩的老牛。

　　我小时候时常光着脚丫子跑出村口，在小桥上跳来跃去，伸了手在空中逮那蹁跹的蜻蜓，低空中绿翅膀、绿眼睛的蜻蜓，怎么那么多啊，一会儿飞向草丛，一会儿飞向指尖，捉住一只，放在手心，那乡间的温暖便流遍全身。小桥就是进入村口的天街，它是村庄的纽带，它把村里的人们与熙熙攘攘的世界连在了一起，鸡鸣、狗吠，传递着村庄亘古不变的烟火。

　　一排椿树昂扬在村口，枝丫繁茂，绿叶婆娑，农闲时的庄稼人聚在一起，吹着夏风，享受树荫下的凉爽。男人们卷了纸烟，吧嗒吧嗒吸着，议论着谁家的庄稼长势喜人，时时伸出大拇指夸上几句大家公认的庄稼把式，再掰掰指头估算着自家一季的庄稼能打下多少斤粮食；有喜爱玩闹的，捡了土坷垃，画了楚河汉界，玩起"狼吃娃娃"的游戏，一会儿默默推算，一会儿争得面红耳赤。

女人们端了针线筐子，一边纳鞋一边诉说着家里儿媳、公婆的长长短短，吐沫星子飞旋在半空中，听者或是哀叹或是发出啧啧的夸赞。生了娃娃的小媳妇，敞了怀当着众人给孩子喂奶，听上几句荤话便羞红了脸，躲猫咪似的踮着脚尖走开了。庄稼人把土地看得比命都金贵，人人都像伺候贵客一样精心务营，容不得任何人糟践它。谁家的庄稼荒了，日子过囊包了，就成了众人谩骂的靶子，你一言我一语，什么难听骂什么。

若是谁家的老人过世了，村口就传播开了老人生前的过往，好的坏的，一股脑地拿出来翻晒、品咂，而后便是长长的一声叹息。娶了新媳妇的先是恶语诅咒亲家心狠，要的彩礼多，铺排大，欠了一屁股的账债，而后又说新媳妇能干，庄田地的活挡不住，是个过日子的好女子。

我总觉得村口就是一双臂膀，村人的忧伤、哀愁、喜乐统统拥拦进村庄的怀抱中，它不嫌弃你，也不阿谀你，它给你的就是海一样的爱恋。我时常怀疑我的心魄，怎么总是与生我养我的村庄牵牵绊绊，行走在人生的路上久了，我方才明白，是村口这根粗大的绳子把我与村人们的心紧紧地连在了一起。

在我的脑际清晰地刻印着父亲和母亲站在村口张望、期盼的身影，那身影里埋着焦急、不安，绵延着长长的思念。我丢下割草的镰刀，背了行囊，梗着脖子外出求学闯世界时，村口玉米地里的玉米在风中沙沙作响，月亮把村庄照得白晃晃的。

母亲一手提着给我煮的鸡蛋，一手牵着我的手，在迈向村口的小路上唠唠叨叨地嘱咐我，在路上要小心，在外面要注意身体。父亲低着头，拉着装满了杂物的皮箱，一直默默不语，直到出了村口，声音哽咽着说："儿啊，你要记住你是农民的儿子，不可与人攀比吃穿，要比学问哩！"我把父亲的话记下了，把母亲的心带走了。

在外地学校的食堂吃饭菜吃得反胃，挂记起了母亲的大蒜拌面，在家信中向父亲说起。父亲在回信中写道："炊烟里的面食，有你母亲的体温和家乡的烟火味，能不想吗？"我读着信，脑中总会闪现母亲站在灶台边的单薄身体。

从我离开村庄的那一刻起，父亲就盘算着我归来的日子，母亲悄无声息地预备着我喜爱的吃食。每次返家时，尚未到村口，远远地就看见父亲和母亲站在村口的大石头上，手遮着眼前的太阳，眼睛一刻不容耽搁地望向通向村口的小路。父亲洗得泛白的帽子在风中显得更白了，母亲瘦小的身廓愈加瘦小了。

见到我时，也不管脚下的石头，趔趔趄趄扑向我，又是牵手又是摸脸，不停地说她的儿子瘦了。父亲劈柴，母亲生火。焰焰的火苗、淡淡的烟雾，把父亲和母亲的疼爱深深地植入了我的心间。

村口是我生命的灯塔，照亮了我前行的路。

村　戏

在那些物质匮乏的日子，村庄里最让人兴奋、痴狂的事情，莫过于一年不多的几场村戏了。

村戏的演员多半是从县剧团请来的专业人员，也有村里人临时组建的草台班子。剧种当然是村里人百听不厌的秦腔。

西北人对秦腔都是十分喜爱的，它就像生养在此的人的性格一般，咿咿呀呀地唱念做打，高亢婉转的吼声中满含着坚毅的情感、豪迈的性情，总能把咸淡的日子，涂抹出蜜一样的甜美。

到了冬闲时节，村庄进入了寂寥无味之中，庄户人除了三五成群挤在向阳的墙根下晒太阳外，别无他事。这样清寡的日子久了，会几句唱词的人便放了声地唱起了秦腔，憋闷的心情瞬间就融化了。有人就撺掇着，相约去找村上的干部，张罗几场秦腔折子戏。

村里人看几场秦腔的愿望，多是能够如愿的。而赶戏场、看戏，就成了乡间生活的一道亮丽的风景。唱大戏的日子一定下来，村庄里就骚动起来了，村里村外传递着要开大戏的消息。几个秦腔铁杆粉丝，或是穿了老羊皮袄子聚在村口，或是抄了袖筒圪蹴在墙角，眉飞色舞地谈论起了县秦腔剧团的角儿，说某某扮的旦角仪态端庄，唱腔像百灵鸟儿叫；又说某某演的关公，大刀舞得虎虎生风，过五关斩六将，好一个英雄好汉……

越说越兴奋，有人顺手捡了棍棒摆开架势扮武生，也有人学了演员拿腔拿调哼上几句的。那狂热劲儿不逊于现在的追星族。

戏台就是大队部门前的一处高台，多半是在晚上开戏，戏台上搭了根据情节变换的幕布，投射灯一打开，远远望去，戏台就像一座灯火辉煌的宫殿，把村庄映衬得亮堂了起来。村里的大人、小孩早早就吃过饭，只待天色渐暗，一个吆喝一个，约了伴儿，提了板凳赶到了戏台下面，端端地坐着。

也有趴在树上、窝在草堆里的，即便是看不清戏台上的表演，也要听听那铿锵有力的唱词。有头脑灵活、精于计算的村里人便借了机会，提了箩筐做起了小买卖，在戏场里一声接一声地叫卖，卖香烟、瓜子喽，卖汽水、面糖喽。

看戏的人花几角钱买了瓜子，一边磕着，一边谝着闲话，心急火燎地巴望着心仪的名角快快登场。一通哐哐锵锵，嘭嘭咚咚，戏台上的百味人生便粉墨登场了。

戏一开演，台下嘈杂的声音便戛然而止。看戏的老戏迷，眼睛一刻不停地随着演员的动作流转，耳朵支棱着，生怕错过一句唱词。

有一年，演《墙头记》《卷席筒》，台下的观众看得津津有味，唏嘘不已，嘴里嘀咕着村里的某个老人，儿子不孝顺，日子过得恓惶，愤愤地骂上几句，哀叹："真是戏如人生，人生如戏。"

折子戏《牡丹亭》《西厢记》演上几段，年轻的后生就按捺不住躁动的心，直起身在戏场子里搜寻年轻貌美的大姑娘、小媳妇。瞅着了对眼的姑娘，小伙子就开始在人群中窜来窜去，一会儿踅摸到姑娘身后，凑到耳旁说："戏有什么好看，跟我走，我让你一辈子都看不够。"逗得姑娘的心小兔子般狂跳。

也有立时翻了脸的，姑娘又是瞪眼又是拿脚踢，小伙子并不恼，捧了瓜子塞进姑娘裤兜里，攥了面糖送到姑娘嘴边。姑娘不再声张，要么甩了胳膊，赶紧喊伴回家，要么羞怯地随了小伙子找个僻静的地方说情话去了。有的时候，戏场里还就能成那么几对欢喜鸳鸯。

我听不懂戏文，可看着戏台上穿着各式衣服的演员，又是嬉笑怒骂，又是打打杀杀，羡慕、崇拜，心里痒痒地也想学着演员比划一番。我便和几个小伙伴挣脱家长的束缚，爬到树上折了树枝，另立了场子。有扮包青天的，扮王朝马汉的，拿了木棍当做铡刀，一声喝叫，押了"坏人"，一刀铡去；也有扮牛头马面的，扮阎罗王的，升了公堂审问犯人，木块当做令牌一扔，堂下哀求者被送进了"地狱"。小伙伴的玩闹，欢腾在尘土飞扬的田野里。

有胆大的小伙伴跑到戏台后面，想要看个究竟，刚刚扮上小丑的演员，腾一下闪到小伙伴的面前，吓得小家伙们一溜烟地飞奔而去。一场戏看过，小伙伴们总要在村庄里激动好些时日。

在村庄不远处有一家修理厂，厂子围墙外经常会倒出一些边角料。小伙伴们便捡了纸片、钢丝，做成唱戏的道具，扮了七品芝麻官、关公，摇头晃脑地在村庄的巷子里，咿咿呀呀，摇摇晃晃，现学现卖，惹得村里的大人们笑着说："这些碎娃子，都能耐地唱上秦腔了。"

我和秦腔似乎有着天然的因缘，看一场戏总能记住许多唱词，有时会跟着大人们吼上几句，大人夸赞一下，心里面的花会开放许久。

锣鼓声声，唢呐哀怨，村戏点亮了村里人的日子，慰藉着庄户人灰白的心绪。几场戏演罢，村里人仍然没有尽兴，别的村戏台搭起时，依然结了伴听戏、赶戏场。那些折子戏，村里人最爱看的要数《打金枝》《辕门斩子》《苏妲己》《铡美案》了。

戏演罢，村里人便咂摸、回味起戏里的长长短短。说到抛弃发妻，娶了公主当了驸马的陈世美，总会恨恨地骂上几句，说："糟糠之妻不可弃，富贵不能忘恩负义。"说起烽火戏诸侯，只为苏妲己一笑的商纣王，呸呸吐上几口吐沫，怒不可遏地诅咒"红颜祸水"败了江山。看的是戏，却让看戏者辨忠奸、颂英雄。

村戏滋润了一代又一代的灵魂，丰润了村里人贫瘠的乡村文化。我脑中经常闪现这样的画面：夕阳下，挥鞭驱牛，人困牛乏，疲惫不堪。就唱一段戏词。耕牛伫立，夕阳不落，顿时有了精神，全身平添了许多气力。

又一声吼，充满野性的激情，吼声和鞭哨响彻云端，人和牛奋耕的剪影定格在乡村暮色里。这就是我的祖辈们，他们就靠了这唱腔走过贫困和苦难，繁衍生息、代代相传。

世事变迁，城市在无限扩张，村庄走向衰落，村戏被遗忘，秦腔只是一部分住进楼房的农村老人消磨时光的生活点缀。

那种对村戏渴盼、期待的岁月已然远去，但黄河故道边的老人们大概谁都不会忘记，在这曾经贫瘠的历史舞台上，走动过那么一群装忠扮奸的戏人，他们的唱腔虽然已同黄河涛声一起消失于深邃的时空，但村戏的精魂，早已融进一辈辈人的生命里，生生不息。

那些与缸有关的日子

缸是一种容器，更是人类从荒蛮走向文明的象征，它散发着烟火的气息，弥漫着谷物的醇香。

这种用黏土烧制的物件，从远古时代就进入了寻常百姓家，在漫漫岁月中浸透了农耕生活的情愫，镌刻了一步步翻越历史高山的文明，盛载了人们平常、简单的日子。

有过农村生活经历的人，对于缸是亲切的，有着难以忘怀的酽酽情感。农家房屋的角角落落，放满了或大或小的缸，盛着水，盛着稻谷，盛着草糠，盛着腌制的肉和菜……盛着庄户人的酸甜苦辣。它不是什么稀罕玩意，可庄户人家却不能没有它。

缸的个头大的高过七八岁的小孩，小的如一方茶几，一概的黑黝黝的，像晒得黝黑健硕的庄稼汉子，外表粗糙，内心宽容、豁达。别看这些大大小小粗鄙的缸，不如现今小巧玲珑、五颜六色的坛坛罐罐时兴，可在二十世纪七八十时代，它可是一个家庭殷实与否的象征。农民们收了粮食，第一件要做的事，便是到集市上挑选各式各样的缸。看起来粗手笨脚的庄稼人，对缸的挑剔绝不亚于对一头牲畜的精挑细选。庄户人赶着马车，约了伴儿，一趟趟地赶集，就为了能够淘几个称心的缸。集市上一溜地码放着烧制出来的缸，买缸人对缸的厚度、形状、内里、底部、上口，一个个眯着眼睛瞧，放倒了查验，立起来比划，甚是精心仔细。直到同去的伴儿都选到了满意的缸，方才满脸堆着笑，互相催促着抬了缸往架子车上装。晃晃悠悠的架子车装了五花大绑的缸，载了心里开了花的庄稼人，一声鞭响，马车便把农人们的希望与渴盼带进了平凡的日子里。

我家的家什、物件，在我的脑海里留下了清晰的印痕。一张瘸了腿的炕桌，摆满了全家人的衣物；一架油漆了的长条桌供着祖先的牌位。除此之外便是那些或大或小，或高或矮的缸了。就是这些现在看起来一文不值的缸，却是父亲一口一口置办下的，在当时是父亲和母亲全部的资产，母亲把它们当做宝贝一样珍爱着。

那口用来满足一家七口人饮水的阔口大缸，立在我家机井旁长达三十多年。大缸的身上疤痕累累，一个连着一个的疤，仿佛一位饱经沧桑的老人脸上的斑点。那盈晃晃的缸里分明时时闪现着父母弯腰弓背的身影和大颗滴落的汗水。起初，父亲要到一里外的青石井里，摇着辘轳一桶一桶地提了水上来，再用扁担挑了水倒进一口深深的大缸里。用水时，大人伸手勾腰，才能舀到水，小孩子是够不着的。母亲做饭时，付出的力气就显得大了，劳累的母亲常常为着一家子的吃喝操心费力。后来家里院子里打了口机井，接水的铁皮桶放在外面容易生锈露底，人口多用水量大，机井又时时打不上来水。父亲急躁的夜夜睡不安稳，既怜惜母亲辛苦，又愁肠拮据的日子。

有一年收了麦子后，父亲和母亲便在收过的庄稼地里捡拾落下的麦穗，终是买回来了一口足以盛够家里人畜所需用水的大缸。大缸是父亲和母亲到很远的下河沿陶瓷厂买来的，便宜不说，关键是结实耐用。大缸摆在机井旁时，父亲喜悦的心情在缸里翻开了浪花。清洌的水盛满了，缸底的沙子闪着金光，对着缸里的水面扮个鬼脸，大缸在太阳的照耀下越发的熠熠生辉，日子也便活泛了。大缸里的水，不光做饭用，夏天里干活渴急了，拿了水瓢，舀了便喝，甘甜可口，一身的疲乏荡然无存。用了几年，大缸在大雪天里冻得裂了口子。父亲找了箍匠，用竹条在缸身上缠了几圈，在缸底抹了白灰，大缸依然能用。后来大缸又被家里的骡子踢翻了，磕了口子，父亲不再找箍匠，自己想法子涂了白灰，样子难看，可照旧能用。几次哥姐都嘟囔着要把大缸丢了去，央求父亲重新买一口新缸，都被父亲拒绝了。

　　摆在屋子里的缸，是家具也是聚宝盆。缸身瓷实，缸底厚重，它们装着米，盛着面，供养着一家人的生活。母亲小心地呵护着这些"价值不菲"的缸，生怕被人碰坏了，更怕馋嘴的羊钻了空子，偷吃了缸里的粮食。装了米面的缸，母亲要在缸的顶部盖上厚厚的木板，压了石块，出门进门都要瞄上几眼。可是总有馋嘴的羊，趁着饮水的当儿，好像知道缸里有好吃的似的，莽莽撞撞地掀了缸上的木板，伸了嘴便吃。一时贪嘴，竟然掀翻了缸，面撒了一地，米见了缸底。父亲一声吆喝，羊儿没命地跑，缸哐啷哐啷地碎了。母亲见状，一屁股坐在地上，号啕大哭，一个劲地埋怨父亲。父亲一气之下，抓了领头的羊，又是捶打又是咒骂。贫穷的日子总是让人不堪回味，父亲的无奈、母亲的愁苦，在这个盼不到好日子的时代，诅咒是一种情绪的发泄。

　　日子好起来的时候，我已长成一个能吃两海碗干拌面的大小伙子了。家里添了四口高高的大缸，其中两口用来盛过年时的油炸馃子，另外两口在秋天时腌制大白菜。

　　每年过春节前，母亲是最为忙碌的，一件件缝制大人小孩的新衣裳，一样样贮备过年的吃食。哪一样都精细，哪一个都不能漏，直到大大小小的缸里装得满满当当的。母亲劳碌后躺在热乎乎的炕上，脸上挂了笑容，等待着一家人品尝她的劳动果实的幸福时刻。母亲炸制的油馃子，是一家人最喜爱的。炸制油馃子，母亲要和两大盆面发酵，放在热炕上，盖上棉被，直到发面溢到了床单上，母亲方才满意地甩开膀子，一坨一坨地揉匀，揉成面饼，做出单耳或是双耳的油馃子。父亲管油锅，母亲做面馃，两个姐姐打下手。炸制一天，母亲才能收工。炸制好的油馃子，控干了香油，一一被母亲放进了事先擦洗干净的大缸里，然后在缸口上铺上薄膜，把缸盖得严严实实。母亲说，炸好的油馃子在缸里捂捂，不长毛不干裂，放的久长且好吃不腻。油馃子散发着香浓的味道，引得家里的猫咪喵喵地围着缸转来转去。过年时，扯了缸口上的薄膜，油馃子的香味扑鼻而来，吸一口，便急急地伸手抓了吃，舌尖瞬时被美味淹没了。小孩用小罐子提了油馃子，看社火、浪亲戚，互相交换着吃，都夸各自的母亲手艺好，那灿烂的笑铺满了脸，朴素、纯洁的幸福感流淌在了心间。

　　人们对缸的钟爱浓缩在了他们琐碎的日子里。秋天腌制的酸菜是农人家里一个冬天的菜蔬，家家都甚为重视。腌菜是女人们的专属，男人是插不上手的。腌菜好不好据说是看手气的，菜腌制得好的女人，往往是一个村落的女人争相学习的榜样。有的人家腌制的酸菜脆爽可口、酸咸适中，炒在锅里不烂，过节时或炖肉或烩炒，都是上好的菜品；有的人家腌制菜，也许是方法不当，也许是白菜的品质不好，总之腌制的菜，待到从缸里捞出来，不是菜叶子烂了，就是整缸的菜臭了，搞得一家人一个冬天都没了滋味，一个劲地埋怨家里的女主人。村里的女孩子长到能出嫁时，定要学着腌制几样能拿出手的菜，若不然在出嫁后便会遭到婆家的嫌弃。

有人说，腌制的酸菜的好坏，与用的缸有着很大的关系，这似乎没有经过明确的考证。我对此却深信不疑。这缘于我对母亲腌制的酸菜的无比喜爱。我家腌制大白菜的两口大缸，是父亲在陶瓷厂几百口缸中挑选出来的。父亲说，家什是家里的一分子，你要善待它，它就对你好。买缸时，父亲会看缸底是否厚实、缸体是否匀称、制缸的用料中是否有渣滓，还伸开臂膀丈量缸的尺寸够不够数。选上满意的缸，父亲会对着缸说："你是我家的宝贝了，就到我家里享受去吧。"听得让人哑然失笑，可父亲对缸的呵护的确真真切切的。每年秋末，父亲铲了地里的雪里蕻和白菜，一溜地摆开了在院子里暴晒。水灵灵的白菜和雪里蕻蔫了。父亲开始收拾腌菜的家当，一面小心翼翼地把头年用过的缸抬到院子里刷了又刷，缸里缸外拾掇得干干净净，直到缸的内壁能照着人影了才肯罢休，一面帮母亲洗菜、烧水。

母亲腌制的酸菜惯坏了我的胃，那一入口便散发着缠绵的喷香，即便走遍天南海北，总也惦记着、盼望着。满满两大缸酸菜，是母亲用一整天的工夫腌制的。一口缸里的菜是丝条状的，白菜切成一条一条的，放在热水锅里一过，再用大笊篱捞了投到缸里，放一层白菜撒一层盐，离缸沿有一拃高时，压几块石头，生活的希望就被虔诚地封存了起来。不久，用从缸里捞出的菜和土豆条一起炒成酸菜土豆丝，撒上一把葱叶，满屋的香味飘飘荡荡。或是酸菜炖了豆腐，扯几根粉条，令人口舌生津。另一口缸里却是囫囵个的大白菜，也是码一层白菜，撒一层盐，菜码够了，在上面放些洋姜、未红透的西红柿。那些雪里蕻用小缸腌制了咸菜，喝稀饭吃馒头，就上几口，嘴里有嚼头，味蕾不寡淡。大

雪飞舞的冬天，捞一根酸白菜，切几段洋姜丝，拌上几片西红柿，喝几口小酒，美妙惬意的日子浪花般翻滚。

　　缸，这日渐消失的物件，默默见证了我们或苦难或欢欣的生活，伴着我们走过了柴米油盐的平常日子，那种乡野的清香、泥土的芬芳，一如我那宽厚的父老乡亲。

远去的村庄

此时在城市
在高高的观光电梯里
在八百度的近视镜片里
袅袅的炊烟和馨香的沙枣花渐渐模糊
舞动的麦浪用恐惧的眼神
打量这个陌生的世界
童年的白杨树摇摆着孤独的身体
生怕
野蛮的现代文明刺穿它的魂魄
忧伤的小花狗躲在主人的背后
露出稀疏的牙齿
嘲笑我早已不是它的伙伴
城市的高楼正使一切变得遥远
星星月亮人的心
都在生疏都藏在了童话故事里

摘下镜片再也看不见少年的脚印
祖父的坟茔被工厂胁迫到了不知名的地方
那是一块长满了芨芨草沙蒿有水有山的宝地

父亲还指望它长成参天白杨和他的希望

先人睡在深深的泥土里

尽管他常常搬家

依然有他的血脉在延伸

黄上地黑眼睛千年不变的村庄的夜色

我常常在夜晚在汽车轰鸣的星空下

思念亲人想起自己

年少的眼睛清澈如水

能分辨夜的每一根纤细的思维

曾经把我喂养大的村庄苦苦菜玉米面

让母亲疲惫的皱纹舒展哀怨的目光晶亮

骑在牛背上的小弟挥动着皮鞭笑容里装满自豪

牧羊的步履踏遍沟渠河畔

肥硕的羊儿嗅见村庄的饭香

浅浅的小河鱼跃着童真的欢喜

瓜果地总能蹿出一阵阵惊慌

打麦场上一堆堆麦垛收进父亲的汗水里

现在正是插秧的季节

灶台上忙碌着母亲的身影

而我坐在砖和混凝土砌成的大楼里

在液晶屏幕的电视机前收看有关猪流感的

新闻播报

我栖息的村庄河流带给它

生命也输入灾难

楼群张开贪婪的大嘴吮吸
耕地小河绿树还有房屋
吞下农具羊群还有善良的笑脸
我的儿子吃着化肥里的蔬菜水果
咀嚼着天真的童趣
是塑料大棚变换了季节还是
季节搅乱了纯真

所有播种和收获的日子
我曾和母亲一样匆忙一样流汗
那弯锋利而多情的镰刀
藏在心底偏僻的角落讥笑我
收割下的希望怎么就发霉了
父亲的脊背弯在耕作和岁月里
脸上的诗行
让我读懂了沧桑

我所远去的村庄我的生命大地
我失去的不是土壤庄稼与河流
而是我自己犹如乐手
弹起琴却忘了谱
不能与风为伴和玉米比高
不再熟悉农具不再理解禾苗的艰苦
和忧伤，不再端起母亲递给盛满幸福和辛酸
的饭碗
黄沙掩埋我前行的脚步

楼房遮盖我阳光的往事
那些斑驳的往事
令人失去夜不能寐的重量

远去的村庄
你以永恒的沉默面对天空
那些闪烁的星星隐没在群星中
那些滋补大脑的枸杞晾晒在浮华的青春里
圈进城市的农民守候在奢望的大门口
远去的村庄啊我用什么面对你
面对全部的记忆和历史
失去你
我到哪里还能找到生命生长的土

晨光从晚霞中升起

一

爱情被这喧闹的街市湮没
湮没的还有那痴痴的梦想

无助的躯体
梦游在天堂的边缘
晚霞的灵光消失在乌云中
还有斑斓的夕阳
前行的脚步留下
一段回忆
回忆是一个难解的命题
渴盼的缠绵和美景终究埋在梦里
那纯真的年华依然在天地间生长

二

点燃天灯
望着火石样的亮光

飞向自由的王国

祈祷那些屈死的灵魂安息

惹怒上苍的刽子手

把多少美丽的生命

从华丽世界带走

天堂里没有车来车往

也没有欺诈和虚伪

却有亿万双祈福的眼神和五彩的花朵

三

拨弄琴弦时

发现琴谱丢在了梦里

梦里的琴谱一页一页地翻过

却是一张张惊恐的面孔

兀自惊悸时

木讷的琴束

奏响天籁的音符

四周的鸟儿静静地倾听

仿佛思想家在思考难解的哲学

四

窗台上飞来一只不知名的小鸟
疲惫的翅膀和忧郁的眼神
躲躲闪闪左顾右盼的身体
摇摆在自己的世界里
一定是受了某种惊吓或伤害
也许是遭到了强暴或遗弃
要不然怎么会到这个陌生的角落
这个角落就一定安全吗
至少可以歇息片刻
她还会飞走的
一定

五

走在路上
前面就是彼岸
慌慌张张仪态各异的人群
你争我抢有的掉队有的前行
掉队的寻找自己的路
前行的却迷失了方向

六

凝视窗外

童真洒落在小院

跌跌撞撞的小生命

挣脱束缚想要飞翔

恐惧的母亲疯也似的要抓住

抓住自己的人生

蹒跚的脚和摇晃的头

行走在文明的钢筋混凝土间

孤寂的思想停滞在艰辛的生活

曾经的人生从指尖滑落

希冀和理想长成满头白发

飘荡在岁月里

七

焦灼的土地

还有焦灼的无数生命

将一颗颗虔诚的心交给上天

期盼给虚弱的身体一些力量

那些被上帝宠坏了的精灵

已经蜷曲着肢体

呻吟着绝望的叫喊

天空啊你能眷顾

那些懒惰的娇惯的大河
却要看着挣扎的生命
奄奄一息
降下你的甘露
抚慰大地的忧伤吧

八

给我一支烟
思想便萦绕在心间
诗行倾吐而出
语言抑扬顿挫
所有的不悦和寂寥
随着烟雾消失
连同那长长的忧伤

九

酒是生活酿造的
时间越久越醇香
饮一杯就知道生活的剧情
生活是强暴
你强他就弱
无力反抗就享受

十

山的那边是海
再高的山也高不过人
比山更高的是信仰

海的那边是山
再大的海也有靠岸的地方
比海更大的是心胸

勇敢的雄鹰总是喜欢高耸入云的山峰
那不是它的家可那是它生命的方向
骏马总是在草原上奔驰
战场也一样有它的雄姿
诗歌不一定是忧伤
也有欢快和愉悦
晨光总是从晚霞中升起

鹰击长空

成功的花儿，人们只惊慕她现时的明艳！然而当初的芽儿，浸透了奋斗的泪泉，洒遍了牺牲的血雨。

一

这是广袤的塞北高原跃起的一颗启明星。

这是一个逐步拓展的、阔步前进的大型造纸企业集团。她犹如一条奔腾的巨龙，向着一个更比一个高的目标奋勇前进。

然而，二十二年前她却是一个破败不堪的县办企业。

在经济改革的巨大浪潮中，她如同巨浪中颠簸的一叶扁舟，几经历练，躲过层层惊涛骇浪的冲击，经历过"九死一生"严峻的考验。且不说建厂时的艰难困苦，更不提申请发行股票时的曲折经历；仅就林纸一体化的孕育、痛苦分娩直至工程设计的建设过程以及宁夏美利造纸工业园区的建设等，就足可以证明，美利人顽强拼搏的奋斗精神，务实创新、感天动地的情怀。回顾往昔，这艘船上搏击滔天巨浪的舵手董事长刘崇喜正是如今的航空母舰的舰长。他同企业共命运，他伴企业荣辱，在浩瀚的商界激流中勇往直前。

1985 年 9 月，这是一个记忆犹新、难以忘却的日子。年仅

27岁的刘崇喜被出人意料地任命为中卫造纸厂筹建办公室主任。他异常熟悉这个名不见经传的造纸厂的前身——中卫亚麻厂破烂不堪，经历苦涩。但他怎么也没想到出现在他眼前的是这样一片心酸的景象：近看，两排摇摇欲坠的土坯房没精打采地置身厂院中央；远望，一片积水中长满芦苇，无人问津的茅草棚在秋风中显得格外凄凉……

刘崇喜怀着失望的心情，两条腿像灌了铅似的沉重，寸步难移。然而，更令他感到沉重的是建厂资金没有分文，仅有的两台旧设备还静静地躺在离厂几十里外的照壁山铁矿的库房里。还有从亚麻厂移交过来的尚未经过造纸培训的40名工人，况且他们中老的太老，小的太嫩，而有些老工人一看，"嘿！来了个娃娃头给俺当领导，哼！"头摇得拨浪鼓似的不屑地走开了。

"希望在哪里？前途在哪里？目标定在哪里？"刘崇喜，这个农民的儿子，1979年宁夏农学院农机系毕业的大学生，希望一展宏图、大干一番事业的他，却又从自治区计委调回中卫工作。他一时陷入了困惑和苦苦的思索中。退，还是上，两难的抉择。退，是很容易的，他可以提出一个很简单而又冠冕堂皇的理由，一走了之。

但是，这个倔强的、满怀壮志的汉子，压根儿就没想到退，而是想着如何知难而进。

他崇尚雄鹰的震慑威力和那展翅翱翔的雄姿。既然涉足这个困难的境地，就应该勇往直前，干出一番惊天动地的事业。

一个企业的成长，首先需要的是高素质、高技术的人才，刘崇喜深知用人的重要性和培养人才的迫切性。他求贤若渴、礼贤下士，亲自登门拜访，请来了学造纸专业的女大学生雍学秀。随后，又请来了西安大学电工专业的孔繁仪……于是，一个名副其实的"娃娃班子"在建厂的实践中应运而生了。

1986年4月，正值确立项目，四处求人的紧急时刻，匆忙中，刘崇喜不慎把脚跌成骨折。俗话说："伤筋断骨一百天！"谁知刘崇喜只休息了三天，便出现在工地上。他深知工程项目不能因自己受伤而停工待料。他拖着打着石膏的脚，挂着双拐，艰难地、一瘸一拐地四处奔波，寻求支援。

县建筑公司、西园乡建工队等建筑公司的门外留下了刘崇喜的身影，他提出了诚恳谦虚、发自肺腑的请求。

他囊中羞涩、身无分文，一遍遍地恳求施工队"先发兵，后算账"。然而，二十世纪八十年代末已是商品经济时期，谁能干干打雷不下雨的赔本买卖？可刘崇喜实在无法筹措资金，他坚信总有机会补偿的，只要立项准确、产品有销路，办起来的企业绝对是硬挺挺的，一定会产生极大的效益。

虽然造纸企业的立项是确定的，但产品的销路是否畅通？他进行了大量的市场调查研究。于是低矮潮湿的办公室里彻夜亮着电灯，刘崇喜夜以继日地查找资料，研究分析纸张市场的行情和纸厂管理的制度，做出了可行性研究报告。用科学的实际数据理论进行论证，向全厂职工说明了造纸行业的大好前景，一大堆有力的数据和理论赢得了县建筑公司的信任和援助。

当时，在中卫建筑史上发生了一件罕见的事：尽管造纸厂身无分文，穷得叮当响，但两支浩浩荡荡的建筑施工队伍开进造纸厂建筑工地。

1987年11月18日，这是一个全厂职工无法忘记的在中卫造纸厂具有历史意义的光辉日子，一座年产1万吨文化用纸、基建和设备总投资为2000万元的中型造纸厂诞生了！

1988年初，中卫造纸厂顺利投产。由于大批的新工人还未能完全适应各个生产环节，加之许多规章制度还未能在生产实践中建立健全，到 4 月份，企业亏损 32 万元。于是各种说法接踵而来，"中卫造纸厂生不逢时。""行船遇上了顶头风。""早知今日，何必当初！"

面对各种风言冷语，刘崇喜和他的"一班人"镇定自若，他们一面分头把关，寻找问题症结，一面号召全厂职工群策群力，共度时艰。然而，一个意想不到的消息由官方传来：有关业务部门面对中卫造纸厂首战亏损的局面，提出了一个最省事的办法——将中卫造纸厂承包给邻市同行业来经营。

命运有时候真会捉弄人，让你想都来不及想就发生了。

"我失败了吗？难道我就这样妥协了吗？不！雄鹰已经展翅高飞，绝不能折翅落地，开弓没有回头箭！"刘崇喜低着头走在阴凉的公路旁，不断思索着。他希望县上能给他一次机会，让他再试一试。

多么坚强的信念啊！

1988 年 5 月，中卫造纸厂里聚集了县委、政府、人大、政协四套班子的领导和邻市同行业的接收代表，共同商定接管事宜。在会上代表们各抒己见：究竟是自己干，还是承包给别人干？联席会议围绕这个问题展开了激烈的争论。

讨论结果是：自己干。

刘崇喜当着与会领导的面，坚定地表示："保证年底扭亏为盈，绝不辜负领导的期望，绝不给中卫人民丢脸！"他的决心使与会人员的脸上露出了满意的笑容。

刘崇喜不负众望、的的确确实现了他金子般的承诺。

1988 年底，中卫造纸厂一举扭亏为盈，产品销往全国 20 多个省、市、自治区，产值达 445 万元，获利 28.5 万元。

1989 年，刘崇喜和他的"一班人"与全体职工一鼓作气，在扩大企业生产能力，抓企业内部管理、强化各项生产指标、培训各类专业技术人员上狠下工夫，使当年产量达到 600 吨，产值达 560 万元，盈利 78 万元。

1990 年，在市场经济疲软的情况下，厂内克服种种困难，仍然创产值 480 万元，盈利 24 万元。

1991 年，刘崇喜瞄准市场动态果断适时地进行技术改造，产品品种发展到 6 个系列 30 个品种，产量达到 2 万吨，实际销售收入达 2004 万元，创利润 260 万元。

一个企业没有一套严格的管理制度和行之有效的运行机制就绝没有发展的可能。

刘崇喜从首战亏损的现状中，痛切地认识到：一个好的企业，仅仅有好的起点还不行，还必须有健全的、不断完善的规章制度。他下定决心狠抓职工队伍的培育；产品讲质量，职工也要讲素质。他认为，在竞争中，人如果败下阵来，产品产值无论如何也上不去。

在全厂职工大会上，他响亮地提出了"顽强拼搏，务实创新"的企业精神，激发职工热爱企业、当家做主的自觉性。在抓职工教育的同时，刘崇喜选派作风正派、在职工中有较高威信的共产党员担任生产车间教导员，负责职工的日常思想工作。在生产线上，大力开展岗位技术练兵活动，并建立了"定期经营分析会"、每天的"生产调度会"等规章制度。

一分汗水，一分收获；一分勤劳，一分喜悦。

刘崇喜看着上班的职工一个接一个地走进车间，他笑了，笑得很甜很甜。

二

霓虹灯在欢快的乐曲中有节奏地旋转着，祥和的气氛中，热闹的婚礼在愉快地进行着，只见一对对新人走到一位满面红光、身材高大者面前，敬上一杯杯喜酒，表达他们最真挚的情意。

这是一造车间正在举行的集体婚礼场面，那位被敬酒的就是他们的婚姻介绍人刘崇喜。刘崇喜为他们的婚事倾洒了一腔热血，一对对新人从相识相恋到结合，都是经刘崇喜费尽口舌撮合而成的。

刘崇喜当"红娘"，这是"一箭双雕"，是为企业挽留人才的一件法宝。他为能多招人才，留住人才，尽力为职工创造良好的工作条件，为他们解决个人问题，解除后顾之忧。一幢幢家属楼拔地而起，职工们都住进了宽阔明亮的楼房，而刘崇喜却还住在县城破旧的小平房里。他不是不想拥有一套装修豪华的房子，企业一天天地发展壮大，职工人数越来越多，尤其是青年职工占多数，不给他们把家安排好，怎么能够让他们安心工作，充分发挥潜能，创造成绩呢？每次建家属楼，他首先想到的都是职工。

刘崇喜和领导班子成员总是以身作则，有困难大家克服，有危险他冲锋在前。

排污沟堵塞了，公司号召职工义务抢修。身患慢性肾炎的刘崇喜第一个跳下去，总经理、副总经理、中层领导、党员、团员，一个跟着一个跳下去……

二造车间烘缸漏气，需要尽快抢修。工作气温高达50多摄氏度，刘崇喜第一个爬了进去。在场的修理工急眼了："厂长，你不能，万一你有个三长两短，我们企业靠谁呀！"而刘崇喜却置若罔闻。他认为：为政不在多言，干部的表率作用就是最好的思想教育工作。

供气车间的上煤葫芦电机出了故障，煤运不上去，刚刚出差归来的刘崇喜听说车间出了问题，有可能停产。他顾不上许多，赶到现场号召干部职工义务背煤，保证生产，他身先士卒，第一个跳进煤场，不顾身有疾病，踩着79层台阶，咬着牙带领职工背煤整整三天，类似这样的事例不胜枚举。

职工们说："在我们公司，哪里有故障，哪里有危险，哪里就有我们的刘董事长。"每逢节假日，别的人在家享受天伦之乐，而刘崇喜却带领班子成员出现在生产第一线；医院伤病员的病床前和离退休老职工的家里有他语重心长的声音。大年三十，妻子盼着刘崇喜回来过一个团圆年，儿子等着爸爸回来放鞭炮，而这时的刘崇喜，正带着慰问品到料场慰问护场工。

刘崇喜深切知道，能成为一名优秀的企业领导既要有艰苦创业的精神，又要具备过硬的领导才能。他在学校学的是机械，在机器运转方面他是行家，但是他认为仅有专业知识还远远不够，作为领导，还必须具有管理才干和灵活自如的语言驾驭水平以及准确缜密的分析事理能力。因此他开始在浩瀚如烟的古典文化遗产中积淀和汲取丰厚的营养。为了建立自己的资料库，他的工资几乎大半买了书，案头摆满了《史记》《宋词》《唐诗》《孙子兵法》等经典名著。

夜深人静时，刘崇喜聚精会神地研读着哲理经典，时而在书页上圈圈点点，时而手捧书本闭目沉思，他深感中华文化的博大精深、奥妙无穷，他以豪迈的情怀，在古典文化的海洋里畅游着、畅游着……

刘崇喜体现着企业家应有的风范，潜心研讨经营管理学问，深入实际，结合本企业的特点，写下了《论一酬多挂在企业生产中的应用》《企业发展战略论证》《财务双轨制的运用》等论文，受到有关专家的一致好评和赞誉。由他设计出台的《十年规划发展蓝图》《宁夏美利纸业集团企业文化手册》循序渐进地在企业得以实施。随后，他又组织编制了《宁夏美利纸业"十一五"发展战略策略》。

刘崇喜经常鼓励身边的工作人员多读书、读好书。在他的鼓励下科室的许多工作人员克服重重困难，报考电大，参加函授学习，取得了大专文凭，学到了相关知识。他们都由衷地感谢刘董事长，说不是刘董事长勤奋好学的精神鼓励着我们，我们根本没有勇气再进考场了。

美利人把刘崇喜实施的具有先进科学性的经营之道，概括为"一二三四"管理法。一是坚持以人为本的一根轴；二是依靠技术进步和科学管理两轮驱动；三是建立决策标准化体系、技术革新新产品开发体系和质量保证体系；四是一种策略——招贤纳士，一个精神——务实拼搏，一种方法——尊重科学、实事求是，一种气势——开拓进取。这都是刘崇喜在读书的过程中归纳总结出并结合企业的实际情况制订的。他说，要善于从书本上挖掘闪光点，要善于借鉴别人的优秀管理经验，要敢于承认自己的不足和缺点，方能够百战百胜。书中自有颜如玉，书中自有黄金屋，此话真真切切！

三

开弓焉有回头箭。

1992 年的春天似乎来得格外早。刘崇喜和他的"一班人"聚集在一起研究企业进一步发展的良策。他提出：要适应新的市场经济体制，必须尽快转变思想观念，把过去计划经济时代的思想意识转变到市场经济上来，企业应由经营型转变为效益型，要变被动为主动，要适应市场，就必须生产市场需的产品，提高产品的档次，由低档纸向中高档纸发展，开发生产以杨木浆为主原料的纸品。

经过讨论，大家一致同意刘崇喜的意见，认为应该把眼光放远一点，规划长远一点，起点高一点，技术水平和产品档次高一点。

筹资近 1 亿元的二期工程在刘崇喜的努力下，如期开工了。这期间向相关单位打报告、寻求各方支持，刘崇喜又一次颠簸在求人的路途中。他觉得好累好累，每到一个部门都要苦口婆心，费尽口舌，人家才肯点点头。最头疼的不是人家不理他，而是人家心服口服他的说法，但就是不表态，让他干坐冷板凳，坐也不是，走也不是。其实，这些工作完全可由副手去完成，可他总是心里不踏实，万一事情办不成，就会毁掉工厂的前途。就这样，他总是整天脚不离地风风火火、匆匆忙忙地奔波着，为实现他心中的宏伟理想，为报答中卫人民的支持，他不辞劳苦，愿把热血洒在中卫这片土地上！

多么伟大的精神啊！刘崇喜以建厂时的豪迈气魄，开始了第二次创业。

力量是钢，力量是铁。刘崇喜召集厂级干部认真研究了二次创业的计划，并很快拿出了规划方案。要在较短时间内抓好生产的同时，建设现代化高速长网纸机车间、涂布纸加工车间、多段漂白浆车间。把产品与市场需要衔接起来。工程建成投产后可生产无碳复写原纸、静电复印纸、胶印书刊纸、双胶纸等中、高档纸品。

刘崇喜常常想：作为企业的最高管理者，最重要的是要决策准确，审时度势，有高瞻远瞩的思想意识，应该像雄鹰那样迎风翱翔，鸟瞰一切，看准目标扶摇直上。这一次究竟决策是否准确还得要实践来检验。他派出总经理孔繁仪外出考察，选择较先进适用的生产纸机，保证工程的顺利进行；安排工程师郭旭斌带领职工到咸阳造纸厂学习；而他却寻求金融部门的支持，用他的诚心，用他恳切的话语、有力的数据和翔实的资料说服并得到了中国工商银行中卫支行的支持。

于是，中卫造纸厂出现了两道风景。一道是热气腾腾的造纸场面，一道是热火朝天的建筑工地。刘崇喜说，我们是边生产边建设，现在这样，将来仍会这样。

刘崇喜深知要建设现代化的生产车间，就要有现代化的工人。他提出在建设的同时就要对职工进行培训，强化业务技能的训练和技术素质的培养。先后选派 600 多名职工到咸阳、寿光等造纸厂学习，并办起了职工中专班，专门培养制浆造纸和企业管理人才。在他的倡导下，职工学技术、钻研业务的积极性普遍高涨，车间里掀起了比、学、赶、帮、超的热烈氛围。

1995 年底，二期工程顺利完工，两台 1760 纸机和三段漂车间开始试车，并一举获得了成功，开发生产出了无碳复写原纸、双胶纸、胶印书刊纸。刘崇喜又一次笑了，他的笑还是甜甜的。

这时候恰逢中卫工商银行建行十周年。二期工程初出产品，他欣慰无比，终于又迈出了一大步。于是他赋词一首《满江红》予以感谢有关兄弟单位的大力支持和广大职工的努力。

奋起甲戌，俯瞰神州，磅礴浩然。听惊涛，金犬驾鹰，壮举又一程。英姿搏击千里浪，荡尽惊雷彩云归。彩云归，看江山归，看江山娇娆，当自奋。

展英翅、乘长风，昌经济、丰功业。开今朝壮举，敢为人先，银企携手架金桥，再把山河重安排。重安排，吾辈当树志，莫等闲。

1996年中卫造纸厂被中国轻工总会、宁夏回族自治区政府列为现代企业制度试点单位。开始了脱胎换骨的改革，企业要由工厂制向公司制转变。早有先见之明的刘崇喜迅速组织人员编写了《现代企业制度实施方案》并很快得到了评审小组的审查验收。

当有记者采访刘崇喜时间：宁夏回族自治区有10户企业被列为现代企业制度试点单位，为什么你们能够率先通过评审。刘崇喜说，我们早就在思考如何实现多种经营集团化发展模式，韩国等东南亚国家，以及我国东南沿海城市早就开始这方面的工作，我们耽误的时间太多了。我们要实现以造纸为龙头，集科工贸、建筑、安装、机械制造为一体的集团化经营模式，就必须实行公司制改革，否则我们将没有出路，会陷入死胡同。

多么高远的战略眼光啊！

1996年12月，宁夏美利纸业集团有限责任公司组建成立，刘崇喜担任董事长。并相继成立了宁夏美利纸业股份有限公司、宁夏美利包装装潢公司、美利纸业建筑公司、美利纸业安装公司、环保公司等子公司。

与此同时，刘崇喜打破了干部用人制度，坚持能者上庸者下的原则，不管是工人还是干部，只要有技术、有管理才能，就把他提拔到管理岗位上来，并相应地提高了工资奖金的发放幅度。在分配上要求车间实行公开制，把工人的工资、奖金与技能效益双挂钩，使奖金向生产一线倾斜，充分调动了广大职工的积极性，使职工在技术上精心学习，在业务上努力提高，在消耗上精打细算，取得了好的成效。

根据企业实际情况，精简合并了非生产性的职能办事机构，实行定岗定责定产量，培训、考核、择优上岗的竞争机制，压缩精减了机关职能科室非生产人员，进行待岗培训，充实到了新建车间生产一线，没有让一名员工因待业而流向社会。

企业规模越来越大，产能迅速膨胀，市场销路也日渐好转，纸产品在市场上的影响力日盛一日。刘崇喜没有被这些成绩所迷惑。创业难，守业更难。刘崇喜深知企业管理的重要性，也深刻地意识到市场竞争的残酷。他一面筹划着企业进一步发展的宏伟蓝图，一面以国家经济政策、产业政策为指针，坚持管理与效益并重，以扩规模、求发展、增效益为中心，强化企业管理，苦练内功，扎实基础，向管理要效益。

事前计划，事中监督，事后考核，刘崇喜逐渐总结出了一些企业管理的经验和办法。这些年来，他每年都组织人员提前提出并制订年度生产经营大纲和月度综合经营计划，推行了满负荷工作法，使企业管理更加科学和完善。针对一个时期草耗增大、单位成本居高不下的现状，刘崇喜号召全公司开展学邯钢、降成本活动，深入推行目标成本管理，强化现场管理，强调文明安全生产，加强了基础管理和全面质量管理，普遍采用了国际国内技术标准和产品标准，制定了严格的内控标准，严把工艺工序环节关，使成本很快下降到合理范围之内。

刘崇喜组织开展的全方位、多角度、广泛的各类生产经营管理活动，调动了职工参与经营管理的积极性。刘崇喜按照公司法的要求适时转换经营机制，由粗放型向集约型、集团化的资产规模经营转化，建立健全了科学的管理体系，全面推行了优化组合管理，自上而下建立健全了目标管理制，加强了竞争机制，完善了激励机制，实现了岗位技能效益工资挂钩机制，建立了内部约束机制，建立了以市场为导向，营销为龙头，生产经营一体化的适应社会主义市场经济的现代企业管理体制。

为了切实加强生产管理，提高员工素质，刘崇喜大胆革新，对职工不断进行培训，并聘请了中国造纸协会、中国制浆造纸工业研究所、中国造纸开发公司、西北轻工学院等单位的专家教授16人作为公司的高级顾问，策划公司的发展和技术产品开发方向，进行生产技术和产品质量的攻关，负责培训、培养公司的工程技术人员和管理干部。公司各个关键岗位的技术、管理骨干100%得到了上岗培训，850余人经过多次培训，经选拔，300余人进入职工中专进行专门学习培养，有185人被输送到大专院校、先进造纸企业进行培养和锻炼。

刘崇喜实施的一系列改革措施，强化了职工的业务素质，提高了业务水平和技术能力；理顺了各项规章制度和管理体系；推行了各种运行机制，企业焕发出了勃勃生机。

四

1998 年 4 月 27 日。

宁夏美利纸业集团公司锣鼓喧天，鞭炮阵阵，响亮豪迈的乐器演奏声响彻云天，美利人的脸上绽放着异彩，个个群情激昂，欢腾雀跃。

从来不多喝酒的刘崇喜，醉了。总经理孔繁仪、企管部部长张希孟也醉了，他们是喜极而醉。

"美利纸业"股票顺利通过审查并上市发行。这是美利人的一块丰碑、一个新历程、一个新起点，他们能不醉吗？

自集团公司成立后，刘崇喜一面深化企业改革，一面向自治区政府提出申请发行股票，并经政府推荐，希望能早日上市。其间，向国家有关部门写匿名信的有之，电话告黑状的有之，股票发行受到了干扰，遇到了阻力。

刘崇喜的决策经得起考验。

政府部门的领导来了，中国证监会的来了，审计事务所的来了，一遍又一遍地审核、查账，没有查出一丁点毛病。国家证监会还三次到公司审查，结果满意而归。

谁说什么就让他说去吧，还是让实践来证明。

中国证监会股票发行审核委员会最后一次会议以全票赞成的方式通过，同意美利纸业募集设立的股份公司上市发行股票。

宁夏美利纸业有限公司股票的上市，是其发展史上的一块丰碑，是奔向辉煌未来的又一个转折点，也是其腾飞的新起点。

1998 年，刘崇喜率领他的"一班人"认真贯彻党的方针政策，强化管理，苦练内功，在公司内部实行"分灶吃饭，独立核算"

的经营管理体系。刘崇喜依据上市公司的法律法规对公司高管人员提出了更高更严的要求，进一步完善教育培训体系，加强企业文化建设。

为打造"美利"品牌，他在企业内部深入开展"质量效益年"活动，强化营销管理，加强技术合作，与上海、北京等地的高科技单位进行强强联合。刘崇喜在经营过程中始终以市场为导向，对产品规模和产品品种进行了合理调整，使美利纸业的市场影响力和产品占有率急剧增强。

科学技术是第一生产力，刘崇喜深知其深刻含义。他建立完善了科技管理体系，加快科技兴企步伐，出台了一系列鼓励科技人才的措施和办法，实施了科技创新奖励和扶持政策。科技创新坚持实践促使科技人员在生产中的创新创效成果逐渐增多，生产潜能得到了有效发挥，产品附加值加大。科技创新使美利纸业上了一个台阶，也使刘崇喜再次尝到了甜头。

刘崇喜在不断勾画心中的蓝图，他计划建成投产一批重点骨干项目；扩大生产规模和产品品种，实现大集团、大公司的规模经营效益；加大资本运营力度，进行产业调整，实行重组、收购，并和优良优质资产置换；对有发展前途的产品项目和产业进行资本输出，拓宽资本经营的路子，兼并收购其他有前景、有市场、有效益的企业，建立合资合作产业，引入外来资金，扩大战略联盟，发展壮大公司，巩固和开拓公司的竞争地位，走出了一条投资少、见效快、收益好的路子。

刘崇喜始终是干着现在，想着未来，时时刻刻关注市场，分析市场，随时调整产品结构，生产一代、开发一代、储备一代，他总是站在高处决策未来。

21世纪的到来，又为美利的发展注入了新的活力，也为刘崇喜向着新的目标奋进增加了更大动力。造纸年产量已达 15 万吨，总资产达到 20 多亿元。

原地踏步？躺在功劳簿上享受？不！刘崇喜又有了新的发展目标。他要建设一个大型的现代化造纸企业，要建设百万亩速生林基地，建设百年不衰的美利，加快生态建设，改善当地自然环境，彻底根治污染。

向前、向前、向前！我们是战无不胜的队伍。

五

刘崇喜这个土生土长的农民的儿子，黄河两岸的这片热土养育了他，昌业报国，造福桑梓一直是他的梦想。怎样才能开辟一条既不污染，又能为乡亲们谋取福利之路呢？这一直是他苦思冥想的问题。中卫地处西风口，三面环绕沙漠，每到春秋两季，黄沙弥漫，沙尘肆虐，遮天蔽日，给人们的生产生活带来不便。

特别是 1993 年中卫的一场沙尘暴，沙尘蔽日、狂风大作，不但使人民遭受了数以万计的经济损失，而且因沙尘暴造成的交通、安全事故就有数十起，死伤人员达几十人。美利纸业的运草车也被迫停运不能通行，致使生产不能连续进行。刘崇喜听到这个消息后，心情十分沉重，怎样才能治住沙尘这个恶魔呢？植树造林，搞林纸一体化，而且要在沙漠中植树，遏制沙尘，这个念头在脑中灵光一闪，刘崇喜马上明白了自己该做什么。

正如中国的火药曾使这个古老的国度名扬海外而又被洋人用洋枪洋炮将国门打开一样，东汉时的蔡伦无论如何也不会想到千余年后的今天，会有大批的洋纸近似疯狂地涌入了这个东方的文明古国。维系了半个世纪的"麦草情结"曾为我国纸业的发展立下了汗马功劳。然而，在全球经济一体化的今天，中国造纸业却拖着穿着"草鞋"和"小鞋"的两只脚踯躅前行。"以草为主"加上"小而散"，必然"差而脏"。面对WTO，面对更多的"海外军团"，中国的造纸业真的应对乏力了吗？而中国纸业还要解决不堪重负的环保问题。

早在建厂初期，刘崇喜就认真分析了纸业发展的趋势，从世界纸业和中国纸业的现状出发，提出了"以木为主，林纸结合"的原料路线。随着企业规模的不断扩大和纸业原料形势的日趋变化，他的这一构想也日臻完善。

西部大开发为美利纸业的发展提供了一个难得的机遇，在集团领导组织有关专家多次论证之后，以刘崇喜为首的美利纸业领导班子，在全国率先提出了林纸一体化《新世纪战略工程》的基本构想：从2001年开始用5年时间投资40亿元人民币，营造50万亩速生造纸林基地，兴建年产40万吨高档纸生产线，这项工程被宁夏称为"54534"工程，将构成林、浆、纸相互依托、相互促进、共同发展的造纸产业链经营格局。这项工程力争"十一五"末竣工投产，届时企业以总资产60亿元、年造纸生产能力70万吨的规模，跨入国内造纸十强，跻身世界造纸企业先进行列。

这个工程一经提出，马上在社会上掀起了轩然大波。在沙漠中植树造林，这不是天方夜谭吗？因为宁夏的现状是一年种、二年砍、三年烧光秆。国家和政府年年号召植树造林，但形成规模的林子并没有多少。更何况在茫茫无人迹、干旱缺水的沙海中造林，谈何容易？

有些人在怀疑，有些人在观望，甚至还有些人直接打电话给刘崇喜，让他不要干那吃力不讨好的苦差事。面对这一切，刘崇喜并没有退却，反而增添了他的责任感，他说："这种事情总得有人干，如果人人都不愿干，那沙尘暴就永无尽头，中卫县城就永远处在沙尘的威胁下，要说这是个螃蟹就让我第一个来吃吧！"刘崇喜用自己的行动回答了世人的疑虑。在刘崇喜的带领下，为了有效推动林纸一体化工程的全面启动实施，企业自筹资金，先后组建了美利绿丰公司和8个林场，于2001年下半年开始调动千军万马，展开了声势浩大、规模空前的平沙整地、兴修水利、植树造林大会战，在宁夏、甘肃、内蒙古三省十五个县，沿腾格里沙漠边缘铸起了一条新的绿色长城，创造了西部沙漠造林的奇迹，谱写了一曲人进沙退的壮丽凯歌。

中卫的老百姓明显地感觉到现在风沙小了，都感慨地说："是美利纸业给我们干了一件大好事！"由非专业林业企业造林，这在我国是一项前无古人的伟大创举，也得到了国内外媒体的普遍关注，在社会上引起巨大反响。国家有关部门和地方各级领导及知名专家学者亲临现场观摩视察指导工作。中央和地方新闻界朋友多次现场采访，都给予了充分肯定和高度赞扬。

2002年6月7日《人民日报》发表了题为《敬礼，我们心中的时代英雄》的评论，把在腾格里沙漠沿线造林、征服沙害、改善生态环境的美利人称颂为祖国的英雄、人民的英雄。

在腾格里沙漠边缘的沙海中，总可以看见一个健壮、睿智的中年人，他用自己的足迹丈量着这片沉睡了数千年的荒漠。他时而手抓黄沙凝神沉思，时而放眼远眺勾画未来，这就是刘崇喜，置身茫茫沙海时，他感到了一种亲切、一种责任、一种愿望，一个大胆的构想在他心中萌发了……

从2003年开始到2010年，用八年时间，总投资87亿元，建设100万亩造纸林基地和50万亩芦苇基地、新建100万吨造纸工程和 60 万吨制浆工程。与此同时，依托造纸业，带动发展相关产业，把宁夏美利造纸工业园建成我国规模庞大、独具特色的现代化纸城，使宁夏美利纸业跨入世界大型造纸企业行列，成为我国西部纸业通往世界的桥头堡。到"十一五"末，企业年造纸能力达到 135 万吨，总资产超过百亿元，年销售收入超过百亿元，年创利税 20 亿元。

这是一个何其壮观的宏伟蓝图！为了这个宏伟蓝图，刘崇喜付出了太多太多。自治区人民政府于 2003 年 2 月份正式批准建立宁夏美利造纸工业园区。刘崇喜便开始带领公司全体员工投入到工业园区基础建设大会战。从规划设计到打桩定线、勘探打井等基础设施建设，他都亲自参与。

有时早晨四五点就起床，一直干到晚上十二点以后。没有办公室他带领大家露天作业，晚上没地方休息他就蜷在汽车上打个盹。一次在勘测一条园区干道时，他带领几个人，从早晨 7 点钟开始，没吃一点东西，没喝一口水，5 个小时徒步穿行了十几千米远的沙漠，有的人累得鼻子淌血，有的人累得爬不起来，但没有人喊苦叫累。因为大家看到他们的董事长晒得比谁都黑，嘴上结了血痂，脸上晒起了水泡。即使这样，刘崇喜也无怨无悔，他总是说："我们所积累的建设资金都是民脂民膏，是人民的血汗钱，如果造成浪费就是对人民的犯罪。"

正是在他人格魅力的感召下，在两个多月的园区建设中，动用推土机、大型运输车辆 300 多台，每天投入劳动力 2000 多人，推平了千余座大小沙丘，清挖土砂石 250 多万方，兴建了"三横八纵"的主干路 30 多千米，兴修水利扬水站 2 座，砌护渠道 40 多公里，打井 10 眼，架设了供电线路和通讯线路，实现园区四通一平，完成园区造林 4000 多亩，植树 20 多万株，形成了

22 条林带，仅用 4 天 4 夜就在沙漠中修建了一条长 7 千米、宽 12 米的园区干道，园区建设的基本框架已初具规模。

刘崇喜始终牢记为人民服务的宗旨，始终把自己所从事的工作与党的事业紧密结合，以昌业报国为己任，以身作则，率先垂范，以他高尚的精神风范和敢为人先的思想品德，带领美利人创造了一个又一个奇迹，受到了国家领导人和自治区党政领导的高度重视和极大关注。

2007 年 4 月 11 日，胡锦涛视察美利纸业时充分肯定了美利纸业治沙、固沙、造林造纸、水资源循环利用于一体的发展模式。他说："你们干的是一件利国利民的大好事，一定要坚持下去！"

2003 年 6 月 16 日，曾庆红亲临宁夏美利纸业公司造纸林基地和造纸工业园区进行了视察，对刘崇喜和美利纸业的艰苦创业、大胆创新精神予以高度赞扬，尤其是对正在实施的林纸一体化工程给予了高度评价，他认为像刘崇喜这样的企业家人才，实在难得，美利纸业想得好、干得好，企业都像这样干，没有干不好的。他称赞美利人有胆有识，顺应了时代发展的潮流，以实际行动，实践了"三个代表"的重要思想，从事了前无古人的伟大事业，做出了惊人的壮举，功在当代、利在千秋。时任自治区党委书记陈建国、政府主席马启智在视察宁夏美利造纸工业园区时称赞道："宁夏美利造纸工业园区工程宏伟，气魄非凡！"

2006 年 10 月 17 日，宁夏美利纸业集团公司整体划至中国冶金科工集团公司，并更名为中冶美利纸业集团有限公司，成为了中央企业的一家子公司。刘崇喜身上的担子更重了，可他始终认为："凡事大，莫大于天下事，凡责重，莫重于国家责；我们肩负着国家建设的重任、民族的希望、投资者的信赖、党组织的信任，同时也肩负着我们自身生存的重任，我们不敢有丝毫松懈，不敢以随意的精神状态对待工作，更不敢以冒险投机的意识对待我们的事业。"

刘崇喜以一颗真诚之心，满腔热血，敢于超越自我、把握未来的胆识和气魄，铸造了美利纸业的辉煌未来，书写着他不平凡的人生。他多次被自治区党委、政府评为优秀共产党员、优秀企业家、宁夏十大杰出青年。2000年被评为全国劳动模范，2002年被评为十大经济人物之一。是宁夏回族自治区第九、十届人大常委会委员，2007年被选为党的十七大代表。

刘崇喜同志的成长历史，我们无法将之与当今社会的流行现象做比较，他没有豪华的住宅，更没有华丽的衣着和虚伪的迎合。有的只是一个现代企业家应有的风范，风趣幽默、知识丰富、磊落大方、敢打硬仗、甘于清贫，把身心都奉献给了生他养他的宁夏大地，执着地追求着他心中的梦想，不为名不为利，只为人人都安康，都富裕。

注：此文在2008年发表于多家报刊。

后记：此心如莲

　　这部散文集是我多年来辛勤笔耕的结晶，它凝结着我对文学的热爱和痴心，集聚了我记录生活、思考生活的一些片段。集子收录的大部分作品都在一些报刊上发表过，可以说是给我的文字找了一处安身之地。虽说集子里的文章多叙述了对往事的一些回忆，但却是我思索人生、品味生活、找寻内心宁静与安详的一段历程，我为之欣然。

　　小时候就有一个梦想，长大了一定要当一名作家，写我的家乡，写我的左邻右舍，写我的父母兄弟，写人世间的悲欢离合、爱恨情仇。这个梦想，来自于父亲经常讲给我们的故事、广播里每天播放的评书，还有二姐偷偷读过的几本小说。这个梦想让我在孩童时期就表现的异于同龄的小伙伴，作文写得好，经常得到老师的表扬，因而洋洋自得、喜不自禁，显得自傲、不合群。上高三时，幻想着要成为路遥那样的大作家，靠写书为生，扬名立万、光宗耀祖。一度放弃了课业的学习，整天沉迷在小说的世界里，读小说、写诗、写散文成了那段时光的全部生活。结果高考名落孙山，悻悻然地卷了铺盖回家。现在回想起来，真是不堪回首。幸而后来又走进了校园，又有了读书的机会，有了延续梦想的可能。高中时有写日记的习惯，每天都写，每天都有一些奇思妙想。之后写了许多散文、小说、诗歌四处投稿，可却没有一篇发表，连封退稿信也未曾收到。到了大学里才发现自己的文字功底差得要命，写的一些东西，根本称不上作品，发表是不可能的事情。但这并没有让我丧失成为一个作家的梦想，我一点都不气馁，反而这种欲望更加的强烈。但凡有空，就天马行空地写，也不管好歹就投稿。

那个时候，读书写作把我的生活和学习充盈的斑斓无比，充实幸福。有一段时间书店是我经常光顾的地方，银川的几家新华书店都留下过我蹭书读的身影。二十世纪九十年代初，陕西作家群横空出世，路遥、贾平凹、陈忠实等作家的作品，我爱不释手，反复品读，好多时候都是在书店的工作人员的再三催促下才依依不舍地失望离开。书读得多了，写的文章自然就上了档次，一篇篇手写体的稿件变成了铅字。由豆腐块到长文，《宁夏日报》《银川晚报》等多家报纸上留下了我的名字和文章。一家电台还邀请我做了特约撰稿人，每个星期都投寄一篇文章，受到了听众的赞誉和欣赏。连续不断地发表文章，我很快成了多家媒体的通讯员，自信心明显增强，成为一名作家的念想更加的强烈。即便如此，我在文学方面的修养和功底依然浅薄，未能写出气吞山河、大气磅礴的鸿篇巨制，距离作家梦想的实现还很遥远。但此心依然！

走向社会，步入职场。高强度的文案工作和大量通讯报道的撰写，使我对文字产生了畏惧，总是硬着头皮完成任务，加之工作繁忙，对于文学的爱好日渐淡漠，坚持多年的读书写作习惯被觥筹交错的人际交往和应酬替代。空闲的时候就感觉到空虚和无聊，打麻将、玩扑克填补了我的生活空当。一度，深为自己的行为感到可耻、自责。夜深人静时，铺开稿纸想写一些东西，但大脑总是空白一片。但种进灵魂里的梦想时不时地就跳了出来，不断地追问、不断地敲打。于是，我尝试着写一些有深度的工厂管理类文章，慢慢唤醒了对文字的爱恋。这个时期，对当一个作家的梦想有了新的认识和看法，作家是生活的记录者、灵魂的救赎者，承担着一定的社会责任，书写生活也反观生活，不管是小说还是散文、诗歌，都是人类精神世界的粮食。我把写作的目光投向了身边的人和事，对过往的经历回味、反思，不加粉饰地真实呈现出来，一篇篇散文便在笔下流淌了出来。突然觉得，日子回到了从前，一件件悲伤的、愉悦的、令人难忘的事不停地闪现在眼前，便有了这部集子里收录的文章。

这部集子里的大部分散文是叙述亲情的，有人说我写作的视野过于狭窄，也有人说我的笔触个人情怀过浓，我不否认、不辩驳。我不想追求大而光远的所谓深度散文，我只想记录下生活的一个部分，也许是剪影，也许是一个镜头，它都是我生命中的一处风景。这部散文集里有我的童年、有我的哀怨、有我的奋斗、有我的挣扎、有我对亲人的爱，也有我对生养了我的大地的情。它不单单反映了我的个人经历和情感，更反映了许多人的经历和情感，也许会引起读者的共鸣，其他的都显得无足轻重。

我的第一部文集——《捧一把阳光温暖你》就要成书面世

了，我的内心是惶恐的，总怕浅薄的文字耽误了读者的宝贵时间。我知道，文章一旦发表就不属于作者自己了，写作时就要负起责任，就要对文字心存敬畏，让它彰显出生命的色彩。尽管才疏学浅，文学修养还有待提高，但这是我诚心实意捧出的一片真心。

整理这部散文集耗时一年有余，虽说都是已经发表过的文章，经多人修改润色，但再次编校，还是有许多需要修改和加工的地方。在成书的过程中，得到了许多朋友的大力支持和帮助，有鼓励也有鞭策。作家张永生对本书中的许多篇目进行了非常认真的修改加工，为文章增添了许多色彩。中卫中学语文老师、评论家房子对本书的整理编辑提出了宝贵的意见。作家石也对本书润色、编校，倾注了大量心血。中卫三中语文老师拓明芳不顾眼疾发作，对本书进行了两次校对。中卫中学语文老师范春荣对整部集子进行了最终编校。宁夏大学教授、我的恩师韩义，宁夏著名作家梦也为本书写了情感饱满、客观公允的序言。还有中卫市文昌阁读书会的王会平、刘乐牛、李慧英、苟大乾、冯舒琴、王对生、郝雪峰等文友对我的文章都提出了可贵的修改意见，在此一并致以深切的感谢和深深的祝福！

文学的路还很长，我相信我会一直坚持走下去。借用文友王对生大姐送我的一句话——"此心如莲"作为这本书的后记题目，是我出版这部散文集的初衷，更是我生命的一个新的起点。

2018 年 1 月